KB125349

둥지 위의 매미

초판 1쇄 발행 2016년 3월 1일
초판 6쇄 발행 2016년 4월 15일

지 은 이   정광섭
발 행 인   권선복
편   집   김정웅
디 자 인   이세영
마 케 팅   정희철
전 자 책   신미경
발 행 처   도서출판 행복에너지
출판등록   제315-2011-000035호
주   소   (157-010) 서울특별시 강서구 화곡로 232
전   화   0505-613-6133
팩   스   0303-0799-1560
홈페이지   www.happybook.or.kr
이 메 일   ksbdata@daum.net

값 15,000원

ISBN 979-11-5602-370-8   03810

Copyright ⓒ 정광섭, 2016

* 이 책은 저작권법에 따라 보호받는 저작물이므로 무단전재와 무단복제를 금지하며, 이 책의 내용
  을 전부 또는 일부를 이용하시려면 반드시 저작권자와 〈도서출판 행복에너지〉의 서면 동의를 받
  아야 합니다.

도서출판 행복에너지는 독자 여러분의 아이디어와 원고 투고를 기다립니다. 책으로 만들기를 원하는
콘텐츠가 있으신 분은 이메일이나 홈페이지를 통해 간단한 기획서와 기획의도, 연락처 등을 보내주십시오.
행복에너지의 문은 언제나 활짝 열려 있습니다.

둥지 위의 매미

정광섭 지음

도서
출판 행복에너지

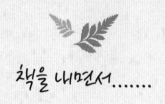

책을 내면서.......

　인간은 어디에서 왔으며, 또 어디로 가는 걸까요?

　태어남이 있었으면 분명 돌아가야 할 곳이 있을 터인데, 티끌세상이라 티끌처럼 왔다가 티끌처럼 사라지는 게 인간의 운명은 아닐까요? 예고하고 찾아오는 불행이 없듯이, 장난처럼 찾아온 운명 또한 없을 터이니까요.

　뜻하지 않게 태어나 어떤 길을 향해 가든지 모든 사연은 여러 가지 인연에 의해 이루어지고, 사계절의 순환을 인간의 삶과 연관시켜 그 의미를 유추하는 것일지도 모릅니다. 마치 시냇물이 줄기를 따라 강으로 흘러들어 가고 해와 달은 어김없이 뜨고 지듯이 말입니다.

　그런데 왜 인간은 사랑으로 인해 아파할까요? 그렇다면 사랑은 사랑 안에서 아파해야 덜 아플까요? 그렇습니다. 사랑은 끊임없이 추구하고 픈 무형의 절대이기에 항상 아쉽고, 허전하고, 메마른 가슴은 눈물에 젖는지도 모릅니다. 그런데도 사랑하는 사람과 함께하고 싶어 속절없이 흐르는 시간을 붙잡으려 합니다. 왜일까요? 사랑의 본질은 사랑으로 인한 아픔까지도 함께해야 하는 것이므로 그 유형의 본질 앞에서 자유로울 수가 없기 때문입니다.

인간은 태초의 사랑을 안고 커다란 사회라는 동그라미 속으로 자연스레 스며듭니다. 그곳에서 여자와 남자는 사랑을 배우고, 때로는 그 사랑을 품에 안는 게 두려워 어쩔 수 없이 깊은 밤을 하얗게 지새우며 썰물처럼 빠져나갔는데도 가슴에 남은 상처를 추억과 그리움으로 혼동하는지도 모릅니다.

그래서 콘크리트 도시와 삭막한 생존 경쟁의 극한적인 시대를 살아가고 있는 우리들에게 진정으로 필요한 것이 무엇입니까, 라는 고전적인 질문과 맞닥뜨리게 된다면 정말 묻고 싶은 게 있었습니다. 인간이 엮어가는 아름다운 사랑이라는 게 무엇입니까, 라고 말입니다.

오래전에 이미 기억에서 지워버린, 이를테면 사랑으로 인해 힘들고 아파하는 이들에게 조금이나마 위로와 격려가 되었으면 하는 마음에서, 사랑이라는 보이지 않는 힘으로 또 다른 분신의 완성을 엮어내는 『둥지 위의 매미』를 세상에 내보내게 되었는지도 모르겠습니다.

끝으로, 의학 용어에 도움을 주신 부천 예가인성형외과 이학근 원장님께 감사드립니다.

창가에 내리는 어둠을 바라보며…….

정광섭

프롤로그

을씨년스럽게 몰아치는 바람과 함께 흰 눈송이가 나뭇가지와 대지를 온통 하얀 세상으로 만들고 있다. 흩날리는 눈발이 온몸을 세차게 휘감아 오는 통에, 노인은 목을 더욱 움츠린 채 얼은 손을 입김으로 녹였다. 고요하리만큼 한산한 길은 사람들의 왕래조차 없어 사람들이 살고는 있는 걸까? 의문이 들 정도다. 주변으로 인가도 보이지 않아 호젓한데 산 중턱을 깎아 지은 흰 건물의 교도소가 웅장하게 보였다. 15척 높다란 담 위의 감시대에서 경비교도대가 총을 들고 사방을 훑는 걸 바라보는 노인의 눈빛이 처연하다.

"저곳이구나! 춥고, 배도 고플 텐데……."

입술말로 웅얼거린 노인이 정문으로 들어서서는 접수창구로 천천히 걸음을 옮겼다.

오지의 산골 깊숙이 새로 지어진 교도소는 '범죄와의 전쟁'으로 체포된 폭력조직범죄단체의 중요 인물들을 격리 수용하려는 목적으로 지어진 특수교도소다.

엄동설한의 날씨에 오지 산골을 찾아온다는 게 쉽지는 않은 모양이다. 그러다 보니 어쩌다 찾아온 사람이 접수창구 앞을 기웃거릴 뿐이라 접수창구가 한산했다.

접수창구 앞에서 한참을 서 있어도 안에서 인기척이 없다. 두리번대던 노인이 창구 안으로 사람을 부른다. 그제야 접수증을 받아 든 직원이 서류를 처리하고는 잠깐 기다리세요, 했다.

접수 번호를 받아든 노인이 몸을 돌려 의자로 다가가 앉으려다 말고 다시 몸을 일으켜 창가로 다가가서는 창밖으로 시선을 보냈다.

"얼마나 추울까?"

입술말로 읊조린 노인의 눈시울이 금세 붉어졌다.

눈 덮인 앙상한 나뭇가지 위로 까치 한 마리가 이쪽 가지에서 저쪽 가지로 통, 통 옮겨 다니며 까- 까- 울어댄다. 까치는, 예로부터 손님이 온다는 걸 미리 알려준다 해서 반가운 철새임은 분명한가 보다.

교도소 통로의 벽은 모두 쇠창살로 막혀 있다.

겨울의 찬바람을 막으려고 통로의 벽은 비닐로 막아져 있다. 산기슭을 타고 몰아지는 한파 때문에 창문을 대신한 비닐에서는 바람결 따라 후두둑, 윙윙 소리가 을씨년스럽게 귓가를 때렸다.

"뭔 날씨가 이리 춥노? 퍼득 가자!"

목을 한껏 움츠린 교도관은 어쩌다 한 명씩 찾아오는 수형자를 계호하는 게 귀찮다는 기색으로 이런 추운 날 뭐 하러 오노? 속내를 웅얼거린다.

"그러게 말이요. 이 추운 날씨에……."

교도관의 지시를 받으며 걷던 태민이 교도관을 곁눈질로 보고는 한껏 목을 움츠린 채 창살 밖으로 보이는, 흰 눈이 쌓여있는 나뭇가지들을 흘끔거리며 느릿느릿 걷는다.

　교도관을 따라 접견실로 태민이 들어선다. 냉기가 온몸을 휘감던지 태민이 목을 웅크린 채 문이 열리는 틈새로 노인이 들어서는 모습에 눈이 휘둥그레졌다.

　"어, 어머니!……."

　태민이 노인을 불러놓고는 다음 말을 잇지 못하고 멍한 상태다.

　"태, 태민아!……."

　노인 역시 태민을 불러놓고는 멍한 상태로 태민에게 다가가는데 목도리로 얼굴을 휘감고 있어 노인의 눈만 간신히 보였다.

　아크릴 창 건너편으로 보이는 태민에게 다가가 아들을 어루만지듯 아크릴 창을 더듬는 노인의 손은 빨갛게 얼어 있고, 주소가 적힌 편지봉투가 들린 손은 덜덜 떨리고 있었다.

　추위에 떨고, 초췌한 태민의 모습이 안쓰러운지 노인이 얼른 목도리를 풀자 드러난 얼굴은 칼바람에 빨갛게 얼어 있었다.

　"어머니! 추운 날씨에 이, 이 먼 곳까지……."

　노인을 부른 태민은 차마 다음 말을 잇지 못한 채 노인의 얼굴을 더듬듯 아크릴 창을 쓰다듬는다. 노인과 태민, 아크릴 창을 사이에 두고 서로의 얼굴을 만지듯 그렇게 쓰다듬었다.

　"태, 태민아, 어미는 울고 싶어도 네 마음이 아플까 봐 참고 있는데 어미 앞에서 그렇게 울면…… 어미가 너를 여기에 두고 어떻게 발길이 떨어지겠어?"

　태민의 눈가로 흐르는 눈물을 닦아주듯 아크릴 창을 어루만지는 노인의 두 볼로 물줄기가 뜨겁게 흘렀다.

　"어, 어머니!……."

　더 이상 자신의 감정을 주체할 수 없었던지 태민이 두 손으로 머리카락을 움켜쥐고는 벽에다가 머리를 찧었다.

"태민아! 어미 앞에서 그, 그러면 안 돼! 그러면 어미 마음이 더 아프잖아? 그러니 이제 그만 울어. 지난날의 모든 잘못 다 반성하고 새 출발하자."

"어머니!……."

태민은 노인의 눈물을 보는 순간 자신이 얼마나 초라하고 못난 아들인가를 깨우치고 몸부림쳤다.

"태민아, 많이 춥지? 배도 많이 고플 텐데……."

"어머니, 제 걱정은 조금도 하지 마세요. 건강하고, 밥도 잘 먹고 있어요. 그, 그리고……."

잠시 말을 멈춘 태민이 노인을 응시하다가 마음속에 그리움을 안고 있던 의문에 넌지시 입술을 뗐다.

"어머니, 아기는 어때요?……."

"태민아! 사실 그 문제도 있고 해서, 네가 이곳으로 왔다는 통지서를 받자마자 어미 혼자 온 거야."

잠시 말을 끊고 태민의 눈시울을 똑바로 응시하던 노인이 결심을 한 듯 말을 이었다.

"태민아, 독하게 마음먹고 어미 말을 들어라. 백일도 안 된 아기가 대문 앞에 버려졌다. 형이 미국으로 가면서 아기를 해외 입양 시키려 하는데 그, 그래서는 안 되잖아, 그렇지? 너의 의견을 들으러 온 거야."

멍한 시선이 된 태민의 눈길을 받고 있던 노인이 그래서는 안 된다는 고갯짓을 보였다.

"어머니! 그게 무슨 말입니까? 무슨 부귀영화를 누리고 살겠다고, 얼굴도 못 본 아기를 버립니까? 제가 평생 혼자 살지언정 아기는 버릴 수 없습니다! 어머니, 제가 이곳에서 나갈 때까지만 아기를 지켜주세요.

어머니!……."

　두 손으로 얼굴을 감싸 쥔 태민이 아크릴 창에 이마를 비벼대며 몸부림치는 걸 바라보던 노인이 화급히 태민을 불렀다.

　"태민아! 이 모든 건 너와 어미가 받아들여야 할 운명이라고 생각한다. 그러니 다른 생각하지 말고 건강하게만 나와. 그러면 이 어미가 새 출발할 수 있도록 도와줄게."

　"어머니!……."

　더 이상 자신의 감정을 추스를 수가 없어 태민이 괴성을 지르며 문을 박차고 나가려 하자, 옆에서 지켜보던 교도관의 고성이 메아리처럼 울려 퍼졌다.

　"함부로 행동하지 마라!"

　"태민아!…… 건강하게만 나오거라. 어미가 아기는 잘 보살펴 줄 테니까!……."

　태민의 사라지는 뒷모습을 움켜잡듯 아크릴 창을 붙들고 흐느끼는 노인의 몸이 밑으로 허물어졌다.

　"그럴 수는 없는 거야! 어떻게 핏덩어리를 그렇게 버려!……."

　접견실에서 뛰쳐나온 태민이 울부짖으며 상처 난 짐승처럼 통로의 창문을 뜯어 휘둘렀다.

　"서, 서태민! 와 이러노?"

　깜짝 놀란 교도관이 태민을 잡으려 해도 성난 그의 모습에 휘둥그레진 눈망울로 어쩔 줄 몰라 했다.

　"비켜! 나를 가로막는 자는 다 죽여 버릴 거야!"

　"서태민, 이러면 안 된대이!"

　자신을 뿌리치고 내달리는 태민의 뒤통수에 소리치는 교도관의 눈빛이 황망했다.

"뭐, 뭐야?"

미친 듯 울부짖으며 이리저리 우왕좌왕하던 태민이 사무실로 뛰어드는 모습에 놀란 교도관이 후다닥 의자에서 일어섰다.

"나를, 지금 잠깐만 아기에게 보내줘, 잠깐이면 돼. 잠깐이면 된다고!…… 아기만 지켜주고 바로 돌아올게! 약속할게, 믿어줘! 엄마도, 아빠도 없는 아기가 어떻게 혼자서 살라고! 제발, 잠깐만 아기에게 보내줘!……."

"이 자슥이 미쳤나?"

"에이, 그래 미쳤다!"

눈을 부라리는 교도관의 눈빛에 대응한 태민이 의자를 들고 사무실의 창문을 때렸다. 와장창! 유리창이 깨지는 동시에 교도관이 밖으로 후다닥 뛰쳐나가며 외쳤다.

"빨리 보안과에 연락하소! 비상벨, 비상벨!"

비상연락을 받고 출동하는 교도관들의 구둣발소리가 통로를 요란하게 했다.

"저 꼴통 자슥, 끝끝내 속 썩이네. 법만 없으면 총으로 쾅 쏴버리꼬마!"

경비교도대들을 지휘하고 나타난 그자가 음산하게 뇌까리곤 태민을 노려봤다.

"이유가 뭐꼬?"

"잠깐만 아기에게 보내줘, 아기만 보고 올게."

"이 자슥이 돌았나? 징역 사는 놈이 형기도 안 끝났는데 우째 집엘 가노? 저 자슥 잡아!"

그자의 명령이 떨어지자 사무실로 들어서려 하는 자들을 향해 태민이 창문을 뜯어 던졌다. 입구로 날아간 유리창문이 벽에 부딪쳐 와장창! 부서지자, 들어서려던 자들이 황급히 뒤로 물러섰다.

"들어오지 마! 내 몸에 손을 대는 자들은 다 죽여 버릴 거야!"

사무실로 진입하려다가 태민의 반항으로 그들이 뒤로 물러나는 모습에 혀를 찬 그자가 무섭게 소리쳤다.

"저 자슥 하나 못 잡나? 에라이 문딩이 새끼! 순순히 항복하면 봐주지만, 체포되면 용서 안 한대이!"

"아기에게 안 보내줄 거면 좆 같은 소리 하지 마!"

태민이 또 다른 뒤창을 뜯어 쥐고는 울부짖었다.

그자의 명령을 받은 경비교도대원이 물대포를 쏘아대므로 손으로 물줄기를 막으며 구석으로 몰린 태민이 비틀거린다. 그 틈을 이용해 그들이 우르르 사무실로 들어와 태민의 얼굴을 향해 가스총을 분사했다.

"윽!…… 내 몸에 손대지 마라! 차라리 죽어버릴 테니까!……."

손에 들려 있던 창문으로 자신의 머리를 때리는 동시에 와장창! 유리가 깨지는 소리와 함께 찢어진 머리에서 붉은 피가 샘솟듯 뿜어져 나왔다.

"저 자슥, 빨리 갈고리로 목을 걸어! 가스총, 가스총 또 쏴 버려!"

가스총을 맞은 눈에선 피눈물이 흘러내렸고, 목에 갈고리가 걸리고, 그물이 머리 위에서 떨어졌다.

"안 돼! 아기한테 가야 돼!……."

그물에서 빠져나오려 허우적대는 태민의 절규가 싸늘하게 울려 퍼졌다.

"헉!…… 이, 이게 무슨?……."

꿈결에 깜짝 놀란 아버지가 부리나케 눈을 떴다. 생전 꿈속에 나타나지 않던 어머니인데? 입술말로 읊조리는 얼굴근육이 씰룩인다.

왠지 모를 무언가가 머릿속을 짓누르는 자극에 아버지가 다시 슬그머니 눈을 감는다. 눈을 감고는 무슨 일일까? 입속으로 되뇌어도 가늠이 되지 않아 고뇌하는 눈치다. 몇 번 마른세수를 하고는 의자 등받이에 상체를 기댄 채 책상 위에 널브러져 있는 것들을 찬찬히 훑는다.

한손으로 턱을 받친 채 골똘히 생각에 잠긴 머릿속이 무겁고 혼란스러워 또다시 눈꺼풀을 내린다. 낯설지 않은 답답함으로 일렁이는 내면이 가시에 찔린 듯 아리다. 한꺼번에 밀어닥치듯 몰려드는 엄습이 신경세포를 자극해 형용할 수 없는 것들이 둥둥 떠다닌다. 그것은 마치 썰물이 빠져나간 갯벌에서의 생물들의 꿈틀거림인 양 스멀대자, 몸이 차츰 움츠러들고 이마에선 식은땀이 솟는다.

그다지 상쾌하지 않은 방안 공기가 폐를 자극하는지 아버지가 밭은 기침을 하더니 의자에서 엉거주춤 일어난다. 그러고는 창가로 다가가 커튼을 한쪽으로 밀어젖히곤 창문을 연다. 아파트가 즐비한 뒷골목은 예전의 낮은 지붕을 그대로 갖춘 집들이 다닥다닥 붙어있다.

눈앞으로 세탁소가 보인다.

세탁소에서 나온 20대의 젊은 여자가 흰 원피스를 들고 이리저리 살피며 세탁소 앞을 지나칠 때다. 미용실 문을 확, 밀치고 나오던 40대의 여인과 부딪치는 줄 알았는데 두 여자는 아슬아슬하게 비켜간다.

앞을 살피지 않고 원피스에만 정신을 둔 여자의 잘못인지, 아니면 미용실 문을 확 밀치고 나온 여자의 실수인지는 모르나 말 한마디 없이 외려 서로의 뒷모습에 눈을 흘긴다.

미용실에서 나온 여인은 세탁소 앞을 지나쳐서야 눈길을 거두고, 세탁소에서 나온 여자는 무당집을 표시한 깃발을 지나쳐서야 시선을 돌린다.

후덥지근한 날씨는 바람이라곤 한 점 없이 습기가 눅눅하다.

창틀에 두 팔을 괴고 턱을 받치고 있으나 창밖에 무슨 일이 벌어져도 꿈쩍도 안 할 태세다. 먹먹한 상태로 붙박인 듯 골목 밖으로 사라지는 자동차의 뒤꽁무니에 눈길이 머문다.

두 여자의 스쳐지나가는 모습으로 인해 아버지의 입가로 번지던 미소가 사라진 지 오래다. 문득 교회 지붕의 십자가를 물끄러미 응시하는 아버지의 눈망울에 핏발이 서 있다.

모든 게 얼마 전 아이와의 통화가 내내 마음에 걸려 그럴지도 모른다는 생각이 든 아버지가 눈을 감고는 마음을 정리한다. 힘이 하나도 없는 목소리로 아이가 그렇게 물었다.

"뭐 하세요?"

"원고 마무리하느라 들비에게 신경을 못 썼구나."

"아니에요. 식사 거르지 마시고 운동도 열심히 하세요."

아이의 힘에 겨운 어투였다.

무슨 일인가? 속내로 읊조리고 잠시 무거운 침묵이 흐른 뒤에 안 되겠다 싶었던지 아버지가 입술을 뗐다.

"왜 그래, 어디 아픈 데 있는 거냐?"

"아무 일 없어요."

아이가 한 말을 속내로 곱씹었지만 힘이 하나도 없는 아이의 음성에 신경이 쓰여 아버지가 바로 말을 이었다.

"요즘 마무리 작업 중이라 좀 소홀했지?"

아버지가 물은 뒤 아이의 대답을 기다리는 속내가 편치 않았다.

"걱정하지 마시고 마무리 잘 하세요."

아이의 무덤덤한 반응을 미루어 보아 그동안 서운했으리란 생각에 잠시 정적이 흐른 후였다. 얼마쯤 정적이 흐른 뒤 아이의 다음 말이 이어졌다.

"소설의 정의가 뭐예요?"

아이의 뜬금없는 물음이었다.

"글쎄…… 인간이 자유를 통하여 삶에 대한 존재를 깨닫고, 진실된 자아를 만들어가듯 그렇게 잠재의식 속에 머물러 있는 또 다른 나를 찾아내기 위해 자아의 껍질을 깨는 불씨겠지. 그리고 우리들이 겪으며 살아온 일상생활의 모티브를 통해 창의적 상상력으로 자기 물음과 자기 성찰을 제시하는 삶의 형상일 터이고, 우리 삶 속의 형상이 작위적이라 해도 작위적이지 않게 언어로 엮어가는 이야기일 거야."

"쉬운 것 같으면서도 어려워요."

착 가라앉은 음성이라 바짝 신경을 쓰고 귀 기울여야 알아들을 수 있을 만큼 가늠하기 힘든 아이의 어눌한 말투였다.

"요즘 남자 친구하고는 자주 만나는 거야?"

슬쩍 대화를 바꾼 것은 관심을 표명하는 것이며, 좀 더 구체적으로 남자 친구와의 관계를 알고 싶었던 아버지의 마음이었다.

"네…… 걱정하지 마세요."

아이의 걱정하지 말라고 하는 말, 전해지는 분위기를 봐서는 무슨 일인지는 몰라도 심상치 않음이 분명했다. 아이의 상황이 어떤지 물어봐도 아무 일 없다는 말뿐이라 믿을 수밖에 없었다. 혹시 남자 친구와 싸운 건 아닐까? 그래서 마음이 편치 않았지만 워낙 표현을 안 하는 아이이므로 대놓고 묻기도 뭐한 노릇이었다. 하여튼 마무리 작업에 매달리느라 그동안 소홀했던 게 신경 쓰인 건 사실이었다.

"기억나세요? 제가 아주 어릴 적 어린이대공원에 놀러 갔을 때요? 길을 잃고 울고 있을 때 저를 찾았다는 기쁨으로 부둥켜안고 울었잖아요."

말이 멈춘 뒤 아이의 숨소리만 들렸다.

도대체 무슨 일인가! 생전 묻지도, 표현하지도 않았던 지난날의 기억들을 들춰내는 아이의 심경을 몰라 마음이 내내 불안했다.

"저는 마음이 우울할 때면 언제나 그 생각이 나요. 그럴 때면 저를 꼭 안아주며 이젠 괜찮아! 아빠가 지켜줄 테니 울지 마! 그러다가 눈병나면 어쩌려고, 하셨잖아요? 그 생각만 하면 왜 그렇게 마음이 아려요, 오늘은 그날이 더 생각나요. 후후…….”

아이의 헛웃음은 깊은 울림을 주고 다시 말이 이어졌다.

“꼭 묻고 싶은 게 있어요.”

말을 멈춘 아이의 흐느낌이 들리는가 싶더니 당황스런 질문이 이어졌다.

“그분은 어떤 모습이에요?”

입을 막은 아이의 손가락 사이로 새어나오는 격한 흐느낌이 들렸다.

그것은 누구를 지칭하는 것인가? 메아리처럼 귓속으로 울려 퍼지는 뜻을 인지한 것은 잠깐 적막이 흐른 뒤였다.

“그분?…….”

되풀이할 상황이 아님에도 불구하고 너무 놀라 기어코 반복된 단어다. 상기되는 말들을 떨쳐내기라도 하듯 달리 대꾸할 묘안이 떠오르지 않아 아버지가 묵묵부답으로 가장했다.

아이는 초등학교를 입학하고 나서 그분의 존재를 물었다.

“어디가 얼마나 아파 이렇게 오랫동안 오지를 않아? 다른 친구들 엄마는 학교에 자주 오는데 나만 엄마가 없어?”

그분의 존재를 물었을 때 몸이 아파 산에서 요양 중이야, 라고 당황해서 어설프게 둘러댔어도 궁금증에 덮인 아이의 눈망울은 하고픈 말이나 알고 싶은 것이 많다는 의문이었다. 묻지도, 알려고도 해서는 안 된다고 가르친 적이 없는데도 스스로를 다스린 아이였다.

그러다가도 가끔 묻고 싶어 하는 눈치였으므로 어쩌면 좋지! 생각할 때면 걷잡을 수 없이 번민되는 것은 둘째치고라도 현실이 무거워 걱정이 가라앉질 않았다.

그래서 아이의 눈치를 살피는 일 또한 서글픈 일이라 혹여, 매번 그러한 과정을 거치게 될지 모른다는 게 끔찍해 무던히 가슴을 쓸어내렸다.

예술성도 있고, 창의력도 좋고, 친화력도 양호한 편인데 가끔씩 왠지 모를 멍한 표정으로 넋을 놓을 때가 있다, 는 담임선생의 전언으로 가슴이 울컥했다.

아이는 자신의 숙명을 예견이라도 한 듯 눈치만 볼 뿐 그분의 존재를 묻지 않았다. 이따금 물어볼 만도 한데, 라는 속말을 되새길 때면 가슴이 저려 아이의 얼굴을 똑바로 바라볼 수가 없었다.

조금 더 세월이 흘러 그분의 존재를 또 묻는다면 어떻게 매듭을 풀어야할지 고민이 아닐 수가 없었다. 그 후론 물속에서 일렁일 뿐 선뜻 수면 위로 떠오르지 않게 누구도 먼저 입 밖으로 꺼내지 못했다.

긴장에 싸여 맞잡은 손은 끈끈하고 마음은 걷잡을 수 없이 산만하다. 머릿속은 거미줄이 얼기설기 엮이듯 짐작도, 예상도 잡히지 않는 것에 속이 뒤틀려 있을 즈음이다. 요란한 전화벨소리가 들린 게.

흠칫 놀라 핸드폰을 드는 아버지의 손이 미세하게 떨린다.

"여보세요?……."

상대를 불러놓고는, 전해오는 음성에 급격히 아버지의 표정이 굳어지며 상대의 말에 따라 입술과 눈동자가 흔들린다. 놀란 마음을 대변하듯 힘껏 움켜쥔 손아귀에 푸른 힘줄이 선명하게 돋아난다.

"그, 그게 무슨 말이냐?……."

말까지 더듬으며 화들짝 외친 아버지의 숨소리가 탁하게 흩어져 가쁘게 몰아쉬던 숨을 잠시 고른다. 그 아이의 표현을 해석하려는 아버지의 눈꺼풀이 미세하게 떨린다. 어떻게 된 일일까?…… 도대체 이게 무슨 일이란 말인가! 혼잣말로 읊조리는 입술 또한 불안정하고 옅게 붉어지는 눈시울에 안 되겠다 싶었던지 떨리는 입술이 황급히 움칠한다.

"울지 말고 차, 차분히……."

입술보다 먼저 뺨이 실룩이는 건 그만큼 마음이 떨리고 진정이 안 된 다는 것일 터인데 눈시울마저 흐려진다.

"들, 들비가 흑!……."

그렇게 말을 하고 또 흐느끼므로 아버지가 핸드폰을 힘껏 움켜쥐고 는 급격하게 변하는 안색에 당황한 눈빛을 감추지 못한 채 다음 말을 기 다리는 눈치다.

"들, 들비가…… 위험해요. 빨리 오세요!"

다음 말을 잇지 못하는 그 아이의 흐느낌에 아버지가 지그시 아랫입 술을 깨문다. 무슨 일이 벌어졌는지 자세히 알 수 없으나 아이가 위급한 것은 분명하다.

얼마 전 아이와의 전화 통화를 끊고, 아이의 상태를 끝끝내 알아차리 지 못한 것이 못내 아쉽고 후회가 되었으나 되돌리기엔 이미 늦은 뒤다. 후회로 탓만을 한들 되돌릴 수 있는 게 아무것도 없으니 조바심이 죄어 와 창가에서 후다닥 몸을 돌리는 발길이 휘청한다.

허둥지둥 엘리베이터를 빠져나와 서둘러 주차장으로 향하는 아버지 의 걸음걸이가 몹시 후들거린다. 어디에다가 승용차를 주차시켰는지조 차 떠오르지 않아 눈길이 이리저리 허둥대다가 저기 있구나! 입속으로 되뇌는 음성이 속내를 대변하듯 전파가 퍼져 가슴을 짜르르 찌른다.

승용차 문을 거칠게 열고 운전석에 앉더니 아버지가 서둘러 핸드폰을 꺼내든다. 중요한 작업을 시작할 땐 언제나 핸드폰을 끄는 습관이 있는 네 핸드폰을 썼다가 다시 켜놓은 게 그나마 다행이다 싶다.

통화 버튼을 빠르게 누르자 다급한 음성이 흘러나온다.

"아버님, 어디세요?"

그 아이의 외치듯 전해지는 음성이다.

혹여 전화를 꺼놓았을 때 전화가 왔던 것은 아닐까, 하는 후회가 또다시 밀려든다. 그랬더라면 그 아이의 전화를 받자마자 갈 수 있었을 텐데 아닐 거야! 그럴 리가 없지, 어떻게 그럴 수가 있어? 스스로를 자위하는 이마엔 물줄기가 흥건하다.

"지, 지금 간……."

말을 흐리곤 핸들에 이마를 얹는다.

초조함 때문인지 깊은 숨을 들이마셔도 핸들 위에서 손가락이 떨고 있는 것도 감지하지 못하고 아이의 상태가 어떤 지경인지 몰라 입술이 타들어간다.

러시아워에 몰려든 차량으로 도로는 혼잡하다.

상가의 네온사인도 하나둘 불빛을 밝히며 수많은 빌딩숲이 빛을 발한다. 어떤 사연을 갖고 꼬리에 꼬리를 물고 이어지는 차량과 인도의 사람 물결이 장사진을 이룬다.

올림픽대로로 접어들자 금방이라도 열대야를 식혀줄 듯 하늘이 검게 차창으로 내려앉는다. 비가 올 것 같구나!…… 입술말로 웅얼거리는 시야가 검푸르게 느껴진다.

천둥과 번개가 사금파리 흩어지듯 하늘을 수놓고 후둑, 기어코 빗방울을 떨어뜨린다. E시로 향하는 중간쯤에서 빗방울이 앞창으로 세차게 흩날리더니 한계 속도를 넘긴 차창의 시야를 희뿌옇게 가린다.

물안개 같은 습기가 층층이 쌓인 승용차 안은 후덥지근하면서도 끈끈하다. 빗줄기는 점점 굵어진다. 강하게 올린 윈도브러시에 씻긴 차창으로 드러난 도로가 빗물인지라 헤드라이트에 비친 차선에 집중한다. 허나 상념이 자꾸 불길한 예감으로 떠올라 아버지의 입언저리가 심하게 일그러진다.

액셀러레이터에 힘을 가하므로 콘솔박스의 속도게시판이 140km로 올라간다. 무슨 일일까? 그 아이의 다급한 음성을 상기한다면 필히 아이에게 위급한 일이 발생했다. 그도 아니면…… 의문이 들었으나 아니야!…… 불길한 예감을 씻기라도 하듯 고개를 저으며 아버지가 세차게 손바닥으로 핸들을 내려친다.

"무슨 이유로 아이가 운명에 굴복해야 돼! 무슨 죄가 있다고?…… 그리움만 묻고 살아온 아이인데!……."

힘겹게 가슴 저변에 접어두었던 지난날의 징검다리가 밀물처럼 몰려와 아버지의 눈망울이 붉어진다.

징검다리

25년 전, 늦봄의 끝자락을 밀어낸 초여름이었다.

어스름이 저녁놀을 휘감으며 어둠으로 짙어가고, 도시는 밤손님을 맞이하기 위해 가로등으로 밤눈을 하나둘 밝히고 있었다. 도로를 질주하는 자동차에서 뿜어내는 불빛과 오색찬란하게 빛나는 네온사인이 낮과 또 다른 풍경을 자아냈다.

스몰라이트를 켠 승용차가 호텔 앞에 정차하더니 두 남자가 내린다. 말끔한 차림새로 봐서는 나이트클럽을 가려는 모양이다. 엘리베이터 문이 열리고, 두 남자가 자연스레 엘리베이터 속으로 몸을 싣자 9층을 알리는 등이 깜박이다가 9층에서 엘리베이터가 멈춘다. 문이 열리는 동시에 나비넥타이 복장의 웨이터가 구십 도로 허리를 숙이므로 살짝 오른손을 들어 보인 두 남자가 반회전식 문을 밀쳤다.

강렬한 헤비메탈의 합주는 방음벽에 부딪쳐 메아리처럼 문 틈새를 비집고 나온다. 현란한 지구의는 실내의 어두운 조명을 반사시키며 눈송이처럼 플로어로 떨어져 내린다. 무대 위의 긴 머리칼의 싱어는 비틀즈의 렛잇비를 열창하고, 웨이터의 안내를 받은 두 남자가 테이블로 다가가 앉았다.

빨간 넥타이를 맨 웨이터들이 테이블 사이사이로 붉은 돛단배처럼 떠다닌다. 클럽 안은 그들만의 휴식처인 듯 생산을 위한 노동이나 복잡한 일상의 고민 따위는 잊혀져 가고 있었다.

늦은 귀가 시간으로 인해 북새통인 로터리 입구부터 원을 따라 꼬리에 꼬리를 물고 이어진 버스가 토막 난 열차처럼 늘어져 있다. 목적지행 버스를 타려고 몰려든 사람들은 버스에 타려고 아우성이다. 반쯤 문이 닫힌 버스 난간에 달라붙은 사람들 틈새로 택시들이, 택시 등을 끈 채 손님들을 선별하여 태우기 위해 살금살금 스며들었다.

화려한 백화점불빛이 사라진 인도에서 우왕좌왕하던 취객들이 차도로 뛰어들더니 택시 합승을 위해 혀 꼬부라진 소리로 따블! 따따블!…… 손가락 두 개, 세 개를 펴 보이며 행선지를 외쳐댔고, 한쪽에선 한 무리의 남녀가 뒤엉켜 옥신각신하고 있었다.

백화점 조명이 사라진 인도 위의 리어카 행렬은 밤바다 고기 사냥을 나온 고깃배의 나열인 양 길게 늘어져 있다. 리어카 한 귀퉁이에서 발하는 불꽃은 소시민의 낭만을 담아내듯 깜박였다.

로터리의 혼잡한 사람 숲을 헤집고 태민이 호텔에 이르렀을 때 사람들이 뒤엉켜있었다. 철호에게 멱살을 잡힌 남자와 일행인 듯 낯선 자들 몇 명이 철호의 팔을 잡고는 옥신각신하고 있는 게 아닌가!

무리 속으로 끼어든 태민이 주위의 경계를 늦추지 않았다.

"형님, 나오셨습니까?"

태민에게 얼른 인사를 한 철호가 벌어진 사태에 대해 말을 이었다.

"추리닝 차림으로는 안 된다고 하는데도 G대학 유도부라며 막무가내로 들어가자고 생떼를 쓰고 있는 겁니다."

당시 관광호텔 나이트클럽이 자리하고 있던 시절이라 복장이 불량하면 나이트클럽 입구에서 제지했다. 허나 이미 취기가 올라있던 학생들에게 철호의 설명이 먹혀들지 않아 밖으로 끌고 나온 듯하다. 거기에다 여학생들이 보고 있던 터라 유도부 학생의 영웅심리가 취중에 발동되었을지도 모를 일이었다.

철호가 고개만 돌려 인사를 하는 순간이었다.

멱살이 잡혀있던 학생이 기습적으로 철호를 업어치기하려 했으나 프로복서로서 스피드와 순발력을 지닌 철호에게는 역부족이었다.

학생의 비틀어지는 옆구리로 왼손 주먹이 꽂히고 라이트훅이 턱으로 강하게 날았다. 윽!…… 비명을 지른 학생이 뒤로 벌렁 넘어져 눈망울이 휘둥그레졌다. 옆에서 지켜보던 친구들은 슬금슬금 뒷걸음질 쳤고, 여학생들은 부둥켜안고는 어쩔 줄 몰라 비명을 질렀다. 넘어진 학생은 술이 취해 실수한 것 같습니다, 라고 사과를 했으나 이미 분노가 폭발한 철호의 귀에 제대로 들어올 리 없었다.

일어나려는 학생의 복부로 구둣발이 정면으로 날아들었다. 고통으로 일그러지는 학생의 표정에 다시 한 번 여학생들의 비명이 밤하늘의 적막을 뒤흔들었다.

성난 철호의 눈빛이 여학생들에게 옮겨가 조용해! 머리채를 잡으려 하는 손짓에 여자들은 혼비백산 흩어졌다. 그중, 그녀가 호텔 로비로 뛰어 들어가는 모습이 선명하게 다가왔다. 그녀의 영상이 쉽게 사라지지 않을 예감으로 태민이 잠시 눈을 감았다가 뜨고는 몸을 돌렸다.

태민이 로비로 들어섰다.

로비 구석에서 어쩔 줄 몰라 쩔쩔매던 그녀는 태민이 다가오고 있다는 걸 눈치채고는 주춤주춤 뒷걸음질로 물러나 벽에 등을 붙였다. 더 이상 뒤로 물러날 공간이 없다는 걸 감지했던지 두렵고 초조한 눈빛으로 쏘아봤다.

유난스레 커다란 눈망울, 자그마한 얼굴에 칠흑 같은 머릿결, 깊고 커다란 눈을 감싸고 있는 속눈썹은 마치 마네킹의 실루엣처럼 짙고 길었다. 투명한 흰 피부에 오뚝한 콧날이 선명해 보기 드물게 조그마한 얼굴형을 가진 그녀였다.

두려움이 가시지 않은 눈매로 쏘아보는 그녀의 눈길을 싱긋 웃음으로 넘긴 태민이 시계를 보니 자정이 가까워지고 있었다. 얼른 지갑을 열고 지폐 두 장을 꺼낸 태민이 그녀에게 지폐를 내밀었다. 그녀들이 놀라 비명을 지르며 흩어질 때 지갑을 떨어트리는 걸 보았기 때문이다.

"뭐예요?……."

"빨리 받아! 택시비야."

태민의 행동에 그녀는 의아한 눈빛을 감추지 못했다. 지갑은 어떤 친구가 가져갔어, 라는 태민의 눈웃음이다. 화등잔만 하게 커진 눈으로 그때서야 두 손을 내려다보던 그녀가 의혹에 찬 시선으로 잠시 태민을 응시했다.

"걸어갈 수 있어요."

"꼬마 아가씨, 고집 피우지 말고 받아. 시간이 될 때 갚으면 되는 거잖아?"

자신의 손에 지폐를 쥐어주려는 태민의 손길이 닿자마자 그녀가 움찔하곤 머뭇머뭇거리다가 한 장만 주세요, 라며 고개를 숙이더니 꼭 갚겠다는 약속도 함께 했다.

그 시간에 택시 잡기란 하늘에 별 따기다. 아무래도 택시를 잡아줘야 되겠다는 생각이 들었던지 그녀를 데리고 호텔 입구로 나와 주변을 훑었다. 택시 등을 끈 택시가 슬금슬금 호텔입구로 다가오므로 태민이 손가락 하나를 펴 보이며 혜화동 한 명! 외쳤다. 능글맞은 미소를 지은 택시기사가 고개를 끄덕이자 태민이 빠르게 택시 안을 훑었다.

앞좌석 문을 열은 태민이 그녀에게 타라는 손짓을 보였다.

"아무리 신입환영식이라고 해도 늦은 시간까지 끌고 다니는 선배, 별로 좋은 선배 아니야."

"오늘 고마웠어요. 오후 2시에 그 장소에서 갚아드릴게요."

태민의 충고에 가타부타 반응이 없던 그녀가 잠시 눈길을 두는가 싶더니 읊조리곤 차창을 올렸다.

"꼬마 아가씨, 잘 가!"

태민이 여유 있는 미소를 입가에 머금고 차창을 두어 번 톡 톡 치는 순간, 택시는 상쾌한 바람을 뚫고 귀가의 도로로 접어든다. 사라지는 택시 뒷모습에서 하늘로 옮기는 눈길에 옅은 구름에 가려있던 둥근달이 구름을 헤집으며 밝게 웃었다.

그녀와의 약속날이 다가왔다.

정성스레 옷을 차려 입은 태민이 거울 앞에서 앞뒤로 모양새를 살핀다. 콧노래로 웅얼대는 것은 만족하다는 의미였다.

"작은형 그러다가 거울 구멍 나겠어!"

책상에 앉아 공부를 하던 동생이 한마디 툭, 던진 핀잔이다. 뒤에서 왔다 갔다 하면서 소란을 떠는데 어떻게 공부에 집중할 수가 있겠는가! 거울에 비쳐지는 동생의 얼굴에 태민이 슬쩍 윙크를 하고는 입술을 뗐다.

"형이 멋있게 보이냐?"

태민의 말에 동생은 고개를 돌리지도 않고 고개만 끄덕였다.

"얌마, 용돈 좀 줄까?"

또 고개만 끄덕인 동생이 등 뒤로 왼손을 쑥 내밀었다. 은근히 골려 준 생각이 들은 태민이 동생의 손에 슬쩍 발을 얹어놓자, 당했다는 생각이 들은 동생은 말없이 손을 내렸다.

"능구렁이 같은 자식!"

허물없이 한 마디를 툭, 던지고는 방을 나서다가 지갑에서 지폐를 꺼내 책상 위로 던졌다.

"작은형, 고마워! 그리고 멋있다는 거 진짜야!"

지폐를 확인한 동생의 찬사였다.

태민의 집은 G대학교와 E대학교 중간쯤 디귿 형태의 한옥으로 지어진 여관이다. 삼형제를 양육할 안정된 수입처로 여관을 선택한 그의 아버지가 사주셨다. 뒷담에 있는 조그마한 쪽문으로 들어가면 삼형제가 사는 별채가 있다.

"너희들은 여관에 오면 절대 안 돼!"

어머니가 삼형제에게 틈만 나면 하는 신신당부다.

형과 동생은 잘 따랐으나 용돈이 궁할 때면 태민이 혼자 여관으로 들어가 어머니에게 손을 내밀었다. 눈빛으론 안 돼, 하면서도 유독 그를 잘 챙겨주던 어머니였다. 어릴 적엔 잘 몰랐다. 어머니와 형제들이 여관에서 살고, 아버지는 그분과 함께 살면서 어머니와는 떨어져 사는 이유를.

여관은 별의별 사람이 오는 곳이다.

여자와 함께 와서 밤새 싸우는 사람. 술에 취해 무조건 드러누워 나잡아 잡수 하는 사람. 그럴 때면 어머니 대신 태민이 이모라고 부르는 대천댁 이모가 여관의 잡다한 일들을 하면서 어머니를 돕고 있었다.

깔끔한 정장으로 치장한 태민이 만족한 미소와 함께 집을 나섰으나 하루가 여삼추처럼 길게 느껴졌던 일주일이었다. 왜냐하면 그녀가 약속 장소에 나올지가 의문이 들었기 때문이었다. 하지만 올 것이란 가정을 설정해놓고 오랜만에 아니, 거의 처음인 설렘으로 마음을 추스르곤 했다. 여자를 그토록 기다리는 설렘으로 약속 날짜를 기다릴 줄 몰랐다는 놀람에, 설렘만큼이나 물감을 뿌려놓은 듯 초록빛이 선명한 나뭇가지 사이로 햇살이 투명하게 내려앉았다.

택시에서 내린 태민이 약속 장소의 간판을 재차 확인하고는 2층으로 오르는 입구로 들어섰다. 오르는 계단 숫자만큼이나 가슴이 두근거려 심호흡을 깊게 하더니 커피숍 문을 밀쳤다.

커피숍은 젊은 층으로 벅적이며 빈 테이블이 거의 보이지 않는다. 창가 쪽 테이블에서 남녀가 일어서는 게 보여 얼른 그쪽으로 걸어가며 빠르게 실내를 훑었다.

2시를 넘은 시간이었다.

그녀가 나타나지 않을지도 모르겠다는 초조함이 밀려와 물 컵을 들어 한 모금을 마시고 담배에 불을 붙였다. 초조한 마음만큼이나 담배연기가 희뿌옇게 실내를 휘감았다. 흩어지는 연기를 쫓아 입구로 눈길을 옮길 때 그녀가 삐쭉 문을 열고 들어오는 게 아닌가!

그녀의 모습에 새어나오는 미소를 꿀꺽 삼키고는 자신을 찾는 눈길을 가만히 바라봤다. 머리모양은 그대로다. 연한 연두색에 자주색이 옅게 가로세로의 줄무늬가 새겨진 정장차림으로 두리번거리던 그녀, 태민을 발견하고는 깜짝 놀라는 시선이다. 왜냐하면 그녀를 뚫어져라 빤히 바라보고 있었기 때문이었다.

"오래 기다리셨어요?"

고개를 까닥여 보인 그녀가 조그마한 손가방을 무릎 위에 올려놓고는 두 손을 깍지 낀 채 밑으로 고개를 숙였다. 무언가 인사말을 해야 되겠다는 생각이 들어 태민이 빙그레 웃음을 지어보였다.

"아니, 조금 전에 왔습니다."

태민의 갑작스런 존칭에 그녀가 당황한 눈빛을 지우지 못한 채 약간 상기된 기색으로 변했다.

"전, 전번처럼 편하게 하세요."

화등잔만 하게 치떴던 눈을 가라앉히고 무슨 말을 하고 싶은 듯 망설이던 그녀가 그게 편해요, 라며 시선을 비켜 고개를 숙였다.

"본인이 그게 편하다면 그렇게 하지, 뭐!"

태민은 웃었고, 그녀는 어색함을 지우지 못했다.

그녀의 표정을 누그러트릴 만한 것이 무엇일까? 궁리를 해도 쉽게 떠오르는 게 없어 태민이 입꼬리를 살짝 말아 넌지시 덧붙였다.

"그동안 잘 지냈어?"

태민의 물음에 그녀가 고개만 끄덕였다.

표현하기 힘든 무언가 보호해주고 싶을 만큼 보호본능을 유발시키는 묘한 매력이다. 입술선이 또렷하면서도 앙증맞아 이지적으로 보였다. 태민의 침묵이 어색했던지 아니면 관찰당하고 있음이 싫었던지 그녀가 고개를 들었다.

"전번에 정말 고마웠어요."

말끝이 채 사라지기도 전에 손가방을 집어 든 그녀가 봉투를 꺼내 테이블 위에 놓았다.

"어떻게 해야 될지 몰라 제가 받은 액수만 넣었어요, 대신 오늘 찻값은 제가 계산할게요."

라더니 커피 잔을 만질 뿐 미동도 없어 무거운 정적만이 감돌아 태민이 침묵을 깼다.

"대학에 입학했으면 스물한 살쯤…… 스물 중반을 넘겼으면 오빠일 테니 오빠로 생각해도 좋고, 아니면 나이 조금 더 먹은 친구로 생각해도 좋으니 만남이 싫어졌을 때 봉투를 줘도 돼."

어눌하게 말끝을 흐린 태민의 제안 때문인지 갑작스런 긴장감이 두 사람을 휘감았다.

머리카락을 귓등으로 쓸어 넘기고 잠깐 흘끔거리던 그녀가 가늘게 숨을 들이마셨다. 한 번쯤은 쳐다볼 만도 한데, 숨을 죽이고 있을 뿐이라 딱히 소재거리를 찾지 못한 머쓱함 때문인지 태민이 창밖으로 눈길을 던졌다.

양쪽 도로를 빼곡히 질주하는 차량들과 비좁은 틈을 비집고 오토바이가 이리저리 빠져나간다. 깜박등을 점멸하며 끼어들고 싶어 애를 쓰는 택시와, 차선을 양보하려들지 않는 트럭운전수의 뚝심이 어찌나 완강한지 뒤에서 빨리 가라며 사정없이 쏘아대는 클랙슨 소리다. 그 틈 사이로 요리조리 피하며 무단횡단하는 무법자의 재빠른 행동이 압권이다. 생생하게 펼쳐지는 정경에 태민의 눈가로 미소가 그려졌다.

잠시 뜸을 뒀던 태민이 창밖에서 눈길을 돌리는데 그녀가 봉투를 집어 손가방으로 넣는 게 보이지 않는가! 이것이 웬 횡재냐? 침착을 가장하려 헛기침을 하고는 한결 여유가 넘치는 미소를 지었으나 머쓱하기는 그대로였다. 자신의 제의를 허락한 답례로 영화를 보러 가자고, 말을 해놓곤 숨 넘어갈 듯 재촉하는 눈빛을 거두려 하지 않아 잠시 생각하던 그녀가 일어섰다.

극장 입구는 영화를 보려는 사람들로 붐볐다.

흥행작으로 선전이 많이 된 탓인지 나이층 관계없이 꼬리가 길게 늘어진 장사진이었다. 틈을 찾으려고 두리번대는 태민에게 다가온 중년 여자가 슬쩍 표를 내보였다. 무슨 의미인지 아는 터라 얼른 지폐를 꺼내 표를 구입해 돌아섰는데, 그녀가 보이지 않아 깜짝 놀라 사방을 두리번거렸다. 노점상에서 오징어와 땅콩을 사들고 햇살만큼이나 해맑은 미소를 머금고 그녀가 다가오고 있었다.

상영이 종료되었는지 사람들은 한꺼번에 출구로 쏟아져 나왔다.

그녀를 데리고 영화관으로 들어가 예고편이 스크린에 펼쳐져도 마음이 들떠있는 건 그녀가 옆에 함께 있다는 사실 때문이었다.

상하의를 검정 가죽재킷으로 치장한 주인공이 오토바이를 타고 무대 위로 올랐다. 여성들은 무대 밑에서 괴성을 지르며 환호했다. 그런 여성 팬들에게 다양한 액션을 보이며 주인공이 열정적으로 노래를 불렀다. 화려한 액션으로 열창하는 남자의 모습은 여성들의 애간장을 태우며 열광의 도가니로 빠뜨렸다.

한참 영화에 몰입하고 있던 태민의 입가로 불쑥 손이 다가왔다. 흘낏 고개를 돌린 태민의 눈앞으로 오징어에 땅콩을 싼 걸 주려는 그녀의 수줍은 미소가 있었다. 그녀의 호의에 싱긋 미소를 지으면서 그냥 지나치면 무성의해 보일까 봐 잠시 그녀를 말끄러미 바라보다가 스크린으로 눈길을 옮겼다.

치솟는 인기와 열광하는 팬들 사이에서 남자는 고민에 휩싸인다. 때때로 창작의 한계와 더 이상 올려다 볼 자리가 없으므로 실의에 빠져 어느 허름한 술집의 문을 열고 들어갔다.

입 동작이 멈춰질 즈음 또 오징어와 땅콩이 다가왔다. 스크린에 시선을 둔 채 그녀의 손에 든 것을 받아먹었다. 다 먹기를 기다리고 있었다는 듯이 그녀는 계속 주었고, 그는 주는 대로 무심결에 받아먹었다. 삼류 여가수의 열창은 실내를 뜨겁게 달아오르게 했다.

표정 없이 무대 위로 눈길을 보내던 남자의 눈길에 청초한 여자의 모습이 담겼다. 남자는 허해져 가는 가슴이 뜨거워지는 걸 깨닫고 무명의 여가수를 위해 모든 걸 바친다. 그녀의 인기는 하루가 다르게 치솟는 반면 자신은 대중의 뇌리에서 사라짐을 깨닫는다. 자연히 멀어져가는 그녀를 위해 이젠 떠날 때가 되었구나! 하는 남자의 눈가로 맑은 이슬이 맺혔다.

영화에 열중하다 또 손을 옆으로 내밀 때 갑자기 구겨진 빈 봉투가 던져졌다.

"뭐야?"

속으로 읊조린 태민이 고개를 돌리는데 그녀가 벌떡 일어서는 게 아닌가!

"왜 그래?"

놀란 눈망울로 바라보았으나 캄캄한 실내에서 그녀를 똑바로 볼 수가 없었다. 왜 그러지? 난 잘못한 게 없는데…… 속내의 마음과는 달리 후다닥 일어나 그녀의 뒤를 쫓았다.

빠른 걸음으로 영화관을 빠져나온 그녀가 택시정류장으로 걸어가고 있었다.

"왜 그러는데?"

황당한 표정으로 태민이 묻고는 손을 잡았지만 그녀의 어투가 거칠게 나왔다.

"손 놓으세요!"

손길을 뿌리친 그녀가 신경질적으로 팔짱을 끼는 바람에 두 사람은 정지된 화면처럼 서로의 눈길이 부딪쳤다. 그새 바깥 날씨는 태양열로 후끈 달아올라 있었다.

"도대체 왜 그래? 이유를 알아야 십자가를 짊어질 예수가 되든지 하지?"

태민이 심각하게 표현했음에도 불구하고 웃기네요! 그녀가 코웃음만 보일 뿐이었다. 전혀 예기치 못한 반응에 되묻고 싶은 심정으로 아무리 정리를 해보아도 도저히 이해가 되지 않는 문제였다. 막무가내로 손을 뿌리치고 자신의 말을 들으려 하지 않는 그녀로부터 손 놔요, 어서요, 듣고 싶지 않아요, 라고 연속적으로 말막음을 당했다. 머쓱한 안색으로 그녀를 돌려세우려 해도 그녀는 눈길도 마주치기 싫다는 듯 횡단보도를 향해 발길을 내딛었다.

　그제야 지금은 안 되겠다 싶어 태민이 임시로 마음을 접고는 그 자리에 우뚝 서서 그녀의 행동을 지켜볼 생각으로 바짝 마른 입술을 혀로 축였다.

　그녀는 뒷모습만 보인 채 신호등 아래 섰다.

　그녀를 지켜보던 가슴이 두근거린 건, 신호등이 바뀌면 그녀는 길을 건너 사라질 것이다. 그렇게 되면 다시는 볼 수 없을 것이라는 답답함이 밀려왔기 때문이다. 그녀가 사라지고 나면 분명 후회가 밀어닥칠 것이다. 신호등이 바뀌고, 그녀가 발을 내딛는 순간 가슴이 짜르르 저렸다. 가자! 태민이 횡단보도로 뛰었다.

　"야, 미친놈아!"

　성급하게 출발한 택시가 급정거를 하며 어처구니없다는 욕설을 마구 쏟아냈다. 급정거를 하는 차량을 피해 요리조리 몸이 움직이는 선을 따라 클랙슨소리가 도로를 혼란케 했다. 휴!…… 한숨을 토해낸 태민이 떨리는 눈길을 들었다.

　그녀는 저만큼에서 걸어가고 있었다. 느리지도, 그렇다고 빠르지도 않게 발길을 내딛다가 또 다른 횡단보도 앞에 섰다.

　파란 신호등으로 불빛이 바뀌었다.

　횡단보도를 건넌 그녀가 을지로 2가를 지나 삼일빌딩의 늘어진 그늘을 밟고 지날 무렵이다. 그녀의 뒤를 무작정 쫓는 태민의 입술이 투덜댔다.

　"말을 해야 뭐가 뭔지 알지, 도대체 뭐야?"

　몇 걸음 떨어진 채 전혀 예상치 못했던 일로 그녀의 그림자를 쫓는 꼴이라 마음이 불편한 건 분명했다.

　가파르게 높게 선 빌딩 위로 붉은 노을이 서서히 내려앉았다. 한낮의 열기가 식지 않아 아스팔트에서 발생되는 지열이 아지랑이처럼 솟아올라 이마와 등줄기로 진득한 물기를 만들었다. 한 번쯤은 뒤돌아볼 만도한데, 발이 아파 설 만도 한데, 뒤를 쫓아가고 있는 것을 알기라도 한지? 무슨 심보로 무슨 심술로 그러는지 알 수 없어 태민의 인상이 무참히 찌그러졌다.

을지로를 지나 청계천 3가에서 다시 4가 쪽으로 향하는 횡단보도의 빨간 신호등에 불이 들어왔다. 그녀가 우뚝 걸음을 멈추므로 태민이 조용히 그녀의 뒤에 섰다. 그러고는 그녀의 눈치를 봐가며 흘끔흘끔 살펴도 건너편만 바라보지 도통 옆으로 시선을 돌릴 기색이 없다. 입맛을 쩍, 다시고 리어카 위 좌판에 늘어져 있는 과일로 눈길을 옮겼다.

딸기, 참외, 토마토, 수박, 수박 옆에는 노란빛으로 살이 통통 오른 바나나가 노란 미소를 짓고 있었다. 갑자기 허기와 목마름을 느낀 태민은 횡단보도를 건너 슈퍼로 들어가 아이스크림 두 개를 들고 나왔다. 아이스크림 윗부분을 빠르게 벗긴 다음, 살금살금 다가가 그녀의 손에 아이스크림을 주려했으나 그녀가 아이스크림을 사정없이 쳤다.

하필이면 벗겨낸 윗부분이 땅바닥으로 폭, 박혀 보기 흉하게 일그러지는 게 아닌가!

"이, 이게 뭐야?"

불뚝 화가 치밀어 사정없이 아이스크림을 걷어찼다. 그런데 또 이게 뭐야! 구두 앞부분으로 허연 아이스크림이 철썩, 달라붙는 게 아닌가! 아, 재수 없는 놈은 엎어져도 구정물이라더니! 그녀를 만나기 위해 정성스레 광택을 낸 구두였다. 어쩔 수 없이 얼른 뒷주머니에서 손수건을 꺼내 아이스크림을 닦아내려 했지만 뿌옇게 번진 자국이 더 허옇게 번질 뿐이었다. 그녀의 뒷모습에 눈길을 둬도 완전히 찌그러진 인상은 우거지상이었다.

도대체 어디를 향해 가는 것일까? 화가 풀릴 시간이 된 것 같은데, 지쳐서 힘이 들 만도 하지 않은가. 어디까지 가려고 하는 걸까? 청계천 4가를 지난 그녀가 5가로 접어들었다.

물건을 싣고 떠나려는 오토바이, 한 아름 짐을 들고 나오는 사람들, 물건을 사기 위해 들어가는 사람, 인도로 쭉 늘어진 좌판 잡상인들의 외침이었다.

"싸구려! 떨이!"

외쳐대는 고함소리. 서로의 어깨가 부딪쳐도 늘 그랬다는 듯 인상 구기는 일 없이 스쳐 가는 사람들이다.

그 틈을 비집고 빠져나가는 그녀, 그녀를 놓치지 않으려고 기를 쓰는 태민의 목줄기로 땀이 흥건했다.

"어쿠!……."

그녀의 뒷모습만 쫓다가 인도의 보도블록의 어긋난 틈을 밟은 태민이 휘청한다. 하지만 그녀를 놓칠세라 눈에 핏발이 설 지경이다. 동대문 시장의 복잡한 거리를 헤집는 동안 상점 처마에 매달린 전구가 하나 둘 불을 밝히기 시작했다.

종로 5가를 가로질러 보령약국 골목으로 접어들었다.

그리로 한참을 쭉 가다가 그다지 넓지 않은 도로를 건너 양쪽으로 갈라지는 길목에서 그녀가 오른쪽으로 방향을 틀었다. 가옥이 즐비한 골목길은 여러 형태의 상점이 늘어서 있었다.

또와 분식집과 만화방 옆으로 해맑은 얼굴이 그려진 미용실. 미용실 건너편으로 실내 포장마차의 불빛이 새어나왔다. 그 옆의 전파상에선 돌아와요 부산항이 구성지게 흘러나왔다. 전파상을 끼고 완만한 축대로 된 인도를 따라 걷다가 어느쯤에서 왼쪽 골목길로 꺾어지는 입구로 들어섰다.

그쯤에서 갑자기 걸음을 멈춘 그녀가 몸을 휙 돌렸다. 갑작스러운 그녀의 표정에 놀라 버려 덩달아 걸음을 멈추곤 왜? 태민의 황망한 눈망울이었다. 처음부터 그녀의 뒤를 쫓고 있었다는 무안함이 자리한 제스처에도 그녀의 싸늘한 눈빛이 사그라지지 않아 무안한 기색을 감추지 못했다.

"따라오지 마세요!"

어색한 눈망울로 멀뚱멀뚱하고 있던 태민을 향해 신경질적이고 날카로운 외침이 이어졌다.

"어디까지 쫓아올 거예요?"

뒷걸음질을 멈춘 그녀가 앙증맞게 덧붙이고 태민의 눈길에서 시선을 떼지 않았다. 여전히 침통한 기색이므로 뭐라 말 붙이기가 거북해 태민의 눈꺼풀이 찌긋했다.

"왜 그러는지 이유는 알고 매를 맞아야 억울하지가 않잖아?"

그녀의 눈매를 비켜 입가로 비쳐지는 자족적인 태민의 쓴웃음이 처연했다. 하지만 석연치 않은 부분이 많아 덧붙였다.

"너, 너무 일방적이라 어리둥절해. 나, 나는 잘해주고 싶은데…….."

묻지도 않은 해명에다 어떻게든 사태 수습을 해보려고 거짓말까지 보태려니 자연히 말이 더듬어질 수밖에 없었다.

"무슨 남자가 그래요?"

그녀의 어투는 싸늘했다. 아니, 이건 또 무슨 마귀할멈 방귀 뀌는 소리인가! 무슨 남자가 그래요, 라니? 어안이 벙벙한 태민의 입술에 시선을 둔 그녀가 천천히 말을 이었다.

"매정한 사람 같아요."

그녀의 어투에 황망해신 태민의 눈망울이 솝혀지지 않았다.

"매, 매정! 그게 무슨 말이야?"

마른 하늘에 날벼락도 유분수지! 가만히 있는 사람에게 무슨 죄가 있다고 닦달이냐는 듯 태민은 다음 말을 기다렸다.

"무슨 남자가…… 한 번쯤은 먹어보라고 할 수 있는 거잖아요?"

그녀가 확 붉어진 표정으로 거, 거기는…… 거기에서 말을 멈출 때서야 아…… 그거였구나! 속으로 탄식을 하고는 그제야 그녀의 화가 났던 원인을 알고는 태민이 능글맞은 눈매로 펄쩍 뛰었다.

"나쁜 놈, 나쁜 놈!……."

갑자기 태민이 두 손으로 머리를 두드리다가 슬쩍 곁눈질로 전봇대를 훑고 나서는 그곳에 머리를 박았다.

"아이고, 머리야! 뇌가 흔들리네! 깨졌구나, 아이고!……."

그 자리에 풀썩 주저앉아 엄살을 떠는 태민의 행동에 당황한 그녀는 저, 저?…… 만 연발할 뿐 다가가지도 못하고 어쩔 줄 몰라 허둥대는 꼴이었다.

"미, 미안해…… 요만큼만 이해해."

검지 끝에 엄지를 얹은 채 조금이라는 표현을 보이는 태민이었다. 그런 모습이 밉지 않아 겉으론 가시가 서린 듯했으나 시선 끝이 무뎌져 잠시 쏘아보던 그녀의 눈꼬리에 부드러운 무늬가 만들어졌다. 엄살 그만 부리고 얼른 일어나란다. 엄살을 부리는 척하면서도 곁눈질로 그녀의 일거수일투족을 살핀 그의 눈 속으로 그녀는 운명인 듯 다가왔다. 마치 이른 새벽에 맺혀 있는 꽃망울처럼.

그녀는 몸을 돌려 돌계단 앞에 섰다.

하나둘, 그리고 아홉 계단에서 멈춘 그녀가 초인종을 눌렀다. 삐그덕, 소리와 함께 열린 문 사이로 그녀가 바람처럼 사라졌다. 불현듯 허전하게 소용돌이치는 공허함이 뭐지? 그녀가 사라진 아쉬움, 그녀가 사라진 대문이 굳게 닫혀서, 아무도 없는 그곳에 멍하니 서 있다가 몸을 돌린 태민이 빈 깡통을 사정없이 걷어찼다.

"아뿔싸!······."

주차를 마치고 여는 차문으로 날아간 깡통이 텅, 하고 소리가 나는 게 아닌가! 내리려던 아저씨가 깜짝 놀란 인상이 구겨졌다.

"뭐야?"

노려보던 아저씨 눈매가 부드러워진 것은, 민망한 미소에 미안하다는 기색으로 두 손을 모은 채 태민이 웃고 있었기 때문이다. 문짝을 흘끗 훑어본 아저씨가 별 이상 없는 것 같으니 가라는 손짓을 했다. 머쓱하게 지은 태민의 답례에 싱거운 놈! 하듯 마음씨 좋은 웃음이 가로등 불빛에 반사돼 반짝였다.

그렇게 멈추지 않은 일주일이 흘렀다.

"여기!······."

흰 반팔 티셔츠에 반바지를 입은 그녀가 밝은 햇살을 등진 채 나타났다. 그런 일이 다시는 없을 것이라는 태민의 익살스런 표정에 화가 풀어졌던지 약속 장소로 나온 것이다. 답답한 공간보다는 야외로 나가고 싶다는 태민의 제의에 잠시 망설이던 그녀가 고개를 끄덕였다.

경춘선 열차는 통로까지 혼잡했다. 거기에다가 태양열에 시달린 열차 안이 열대야. 여름방학을 맞이한 학생들이 통로에 배낭을 놓고, 그 위에 걸터앉아 떠들어대는 수다 때문인지 열차 안이 시끌벅적했다.

서울을 벗어나 떨그덩, 소리를 내며 달리는 소음을 잠식하듯 은은한 통기타 반주에 맞춰 학생들의 합창이 울려 퍼졌다. 한쪽 구석으로 자리를 잡은 둘은, 그들의 합주에 발을 맞추다가 이따금씩 창밖으로 눈길을 보냈다.

한가롭게 보이는 전원이 차창으로 빠르게 지나갔다.

하늘 중앙으로 치솟는 햇볕이 들녘을 붉게 달구고 있었다. 열기를 식히듯 간간이 불어주는 산들바람은 풍성하게 자란 야생초들을 물결치게 만들었다. 도로변으로 가로수를 이룬 미루나무가 하늘 높이 쭉 뻗어 그늘을 만들어 좇아오고, 마을 어귀로 들어서는 경운기 뒤 칸에 대여섯 명의 아이들이 손나팔로 경적을 올리면서 손을 흔들었다. 드넓은 벌판이 동서로 길게 누워있다. 벌판을 따라 국도가 지렁이처럼 구부러져 야트막한 산굽이를 감은 코발트색 강줄기는 푸른 띠를 이루며 흐르고 있었다.

"자연은 마음을 평온하게 만드네, 그렇지?"

"그러네요."

태민의 눈길을 받은 그녀가 고개를 끄덕이며 싱긋 웃었다.

밭에서 일하던 농부들이 밀짚모자를 벗어 흔들었다. 그녀가 답례하듯 살포시 창가에 손을 얹었다. 창밖으로 드러나는 신록에 흠뻑 빠져드는 사이 열차가 목적지에 도착했다.

작렬하는 태양 아래 펼쳐진 자연이 푸르고, 화창한 햇살을 받은 나뭇잎들이 반짝였다. 택시는 행선지를 향해 시원한 바람을 갈랐다.

좁은 도로로 접어들 때 차창을 스치듯 늘어진 나뭇가지 때문인지 주변의 정경이 빠르게 스쳐지나갔다. 뭉게구름인 양 둥글둥글 솟아있는 야산의 짙은 녹음이 택시 뒤를 좇았다. 강가를 끼고 한참을 달리던 택시는 대여섯 농가가 눈에 들어오는 샛길을 가로질렀다. 완전히 농가를 뒤로 한 택시, 몇 분쯤 산비탈을 휘어 감고 돌더니 완만한 경사 길로 접어들었다. 콧노래를 흥얼거리던 택시기사가 오른쪽으로 핸들을 꺾었다. 구부정한 비포장 길로 들어선 차바퀴에 자갈이 어긋나 튀어나갔다.

흘끔 그녀를 곁눈질을 하던 태민이 조용히 차창을 내렸다.

저항 없이 바람이 차창으로 스며들었다. 솔바람이 상큼하게 얼굴을 스치듯 적당한 자극을 주는 느낌과 함께 계곡물 흐르는 소리가 들렸다. 계곡 양편으로 낙랑장송의 푸른 소나무들이 위용을 갖추고 있는 것으로 봐서는 거의 목적지에 이른 듯했다. 느슨한 산허리를 휘감으며 이어지는 도로를 얼마쯤 가다가 왼쪽 샛길 내리막으로 들어서면서 은행나무 암수를 마주한 농가가 눈앞에 드러났다.

말없이 창밖에 눈길을 두고 있던 그녀가 밝게 웃어 보였다.

강줄기에서 샛길로 나 있는 언덕 위에 초록색 지붕의 집 한 채가 보였다. 둘은 그리로 발걸음을 재촉했다. 마당과 밖의 경계인 울타리가 없는 마당은 널찍했다. 그곳은 민박도 하는 잡화점이었다. 가쁜 숨을 진정시키고 잡화점 앞마당에 있는 널따란 평상을 태민이 가리켰다. 그녀에게 앉으라, 는 손짓을 보이곤 몸이 찌뿌드드했던지 한껏 팔을 젖혔다가 하늘을 향해 주먹을 휘둘렀다.

"야호!……."

손나팔로 힘껏 소리를 지른 태민이 몸을 돌렸다. 그녀가 정면으로 바라보고 있어 멋쩍은 표정을 짓다가 얼른 평상으로 다가갔다.

"경치가 너무 좋지?"

대꾸 없이 고개만 끄덕인 그녀에게 어색하면 그냥 오빠라고 부르던지, 라는 물음을 보내자 그녀가 싫다는 고갯짓을 했다. 그러면? 하는 눈길에 알아서 할게요, 라고 얼버무렸다.

"집이나 한 바퀴 돌아볼까, 어때?"

태민의 익살스런 제스처에 알았다고 그녀가 일어서므로 태민이 그녀의 손을 잡았다.

부엌 왼편의 우물 조금 못 미쳐 우측으로 꺾어드니 나무 문의 재래식 변소다. 변소와 부엌 뒷문 사이에는 장작이 높게 쌓여있었고, 장작더미 뒤의 장독대에는 커다란 항아리와 자그마한 항아리 몇 개가 놓여있다. 수염이 삐쭉 늘어진 옥수수가 장독대 뒤편으로 즐비했다. 그리로 다가간 태민이 옥수수수염을 쓰다듬다가 옥수수수염이 이렇게 생겼구나,

하고는 수염을 한줄기 쑥 뽑아 턱 밑에 붙이는 시늉을 했다. 잠시 한바
탕 웃음을 토한 태민이 턱 밑에 붙이려던 것을 그녀에게 붙여주려 하므
로 난색을 한 그녀가 뒷걸음질을 쳤다 .

"안 할게."

손사래까지 하고는 태민이 우물 앞에서 걸음을 멈췄다.

"우물물 마셔도 될까요?"

그녀의 호기심과 기대가 섞인 말투라 태민이 우물 속으로 두레박을
던졌다. 첨벙! 소리와 함께 자그마한 물수레바퀴가 소용돌이쳤다가 들
어 올리는 두레박에서 떨어지는 물방울 소리가 회오리쳤다. 두레박을
들어 올린 태민이 꿀꺽, 꿀꺽 두 모금을 마시고 그녀의 손에 조금씩 물
을 부었다.

"어머, 시원하네요!"

우물 턱에 두 팔을 괸 그녀가 우물 안을 들여다봤다. 검게 잠들어 있
던 물 위로 얼굴 하나가 비쳤고 그 모습 뒤로 검은 하늘이 일렁였다. 그
녀가 꺄르륵, 웃음을 집어넣자 우물 안이 웃음소리로 메아리쳤다.

두레박을 걸어놓고 마당으로 돌아와 문득 직접 밥을 해먹고 싶은 충
동이 일어난 태민이 주인 여자에게 취사도구를 빌린 다음 어항 3개도
샀다.

샛강의 폭은 10미터 정도였다.

무릎을 약간 넘은 물줄기가 시원하게 흐르고 있었다. 운동화를 벗고
물속으로 들어가 물줄기를 따라 돌담을 쌓았다. 어항 뒷구멍에 고기밥
을 넣고 돌담 밑에 고기가 잘 들어올 수 있도록 어항을 놓았다. 이제 고
기가 들어오시면 됩니다, 라고 읊조리곤 그녀를 데리고 나왔다.

흙모래를 파 물길을 만든 둘은 물길 군데군데 돌다리도 놓고, 돌로 화
덕 두 개를 만들고 고기가 잡힐 때까지 산책을 하자며 뒷산으로 향했다.

농가 뒤편의 오솔길로 접어들었다.

이끼가 낀 아름드리나무들은 하늘을 가린 채 이름 모를 잡풀들과 함께 나부끼고 있었다. 팽나무, 참느릅나무, 상수리나무로 숲을 이룬 능선의 오른편으로 끝없이 펼쳐진 강줄기를 따라 계곡을 감싼 수풀이 햇살에 맞닿아 눈이 부셨다. 자연의 협곡은 아무 저항 없이 두 사람을 맞이했다.

무성하게 우거진 상수리나무 밑으로 다가갔다.

수려한 산세가 키워낸 계곡으로 떨어지는 물줄기는 시원스레 바위에 부딪혀 튀어 오르다 떨어졌다. 부서지는 물보라를 바라보다가 들이마셨던 숨을 토해낸 태민이 어색하게 스며든 침묵을 털어냈다.

"어떤 계절을 좋아해?"

샛강에서 눈길을 돌려 그녀의 얼굴을 빤히 바라봤다.

그녀의 보일 듯 말 듯 지은 미소 때문인지 시선이 후다닥 비켜갔다. 그녀의 눈길보다 먼저 눈길을 거둬들인 가슴이 뛰고 있다는 사실에 눈을 감았다. 그녀의 눈빛이 매혹적이라기보다는 마음을 사로잡을 듯 눈이 아름답게 느껴져 잠시 혼이 나갔던 모양이다. 그녀의 입술 위에서 오렌지빛 햇살이 출렁였다.

"언제부터 그렇게 되었는지 가을을 좋아해요. 가을의 문턱에 들어서면 가을바람에 마음이 끌리고, 푸름을 자랑하던 나무들이 자연의 치장을 벗고 조락을 준비하며 되돌아가는 계절이라서 비도 가을비를 좋아하고요."

그녀의 머리카락이 바람에 휘날려 출렁였다.

"봄이 오면 마음 깊은 곳으로부터 새로운 소망이 뜨겁게 솟아오르는 듯해서 좋아. 이제 새싹을 피워도 되나요, 라고 묻지도 않은 채 저절로 새순이 돋는 순수함이 좋거든."

샛강 쪽으로 눈길을 옮겨 독백처럼 읊조린 태민이 잠시 머뭇거리다가 말을 이었다.

"여기에서 얼마 멀지 않는 곳에 선산이 있어, 그곳도 경치가 너무 좋아. 어릴 적에 한 번 가보고 아직 가보질 못했는데 점심 먹고 그곳을 가볼까?"

태민의 제의에 그녀가 고개를 끄덕일 때서야 비로소 한결 편해진 눈망울에 미소가 담겼다.

선산을 향하는 시외버스터미널로 들어섰다.

다양한 사람들은 짐을 들고 버스에서 내리거나 버스를 타려고 벅적였다. 입구를 흘끔대던 운전기사는 시계를 보고 나서야 서서히 턴을 그리며 출구로 향했다. 혼잡한 터미널을 벗어난 버스가 서행으로 시가지를 돌다가 한적한 국도로 접어들더니 속력을 내기 시작했다.

끝없이 펼쳐진 논과 밭에선 이삭과 채소들이 푸른 물결로 출렁였다. 하늘엔 줄구름을 만든 비행기가 뭉게구름 속으로 숨었다가 새털구름으로 나타나 어디론가 한없이 날아갔다.

창틀에 두 손을 얹고 그 위에 턱을 받친 그녀.

차창으로 펼쳐지는 풍경에 뜻 모를 미소를 지은 그녀가 잠시 눈을 감았다가 뜨기를 반복하다가 깜짝 놀라는 눈망울이 창에 비쳤다. 자신의 동공을 뚫어져라 태민이 바라보고 있었기 때문이다. 흘낏 고개를 돌린 그녀가 손가락을 말아 쥔 주먹으로 때리는 시늉을 해보이곤 다시 창 쪽으로 눈길을 뒀다. 때리는 흉내만 냈을 뿐인데도, 그때껏 느껴보지 못한 짜릿함에 태민이 눈을 감았다 뜨고는 그녀를 쫓아 다시 창밖으로 눈길을 옮겼다.

"언젠가는 자연에서 살 거야."

혼잣말로 읊조린 태민에게 눈길을 돌린 그녀가 한동안 마주보다가 말을 이었다.

"저도 자연을 접하면 마음이 너무 편해요."

한없이 펼쳐진 가로수들은 한껏 신록을 뽐냈고 스쳐지나갔다. 열린 차창으로 들려오는 매미들의 합창소리가 은은하게 귓가를 간질였다. 버스 뒤꽁무니를 쫓는 흙먼지가 뿌옇게 따라와 그렇지 않아도 한산한 시골길을 혼탁하게 했다. 뿌연 먼지가 버스 주변을 맴도는 듯해 태민이 차창을 닫았다.

"지루하지 않아?"

묻고는 그녀를 빤히 바라봤다.

"괜찮아요."

자그마한 그녀의 반응에 태민이 고개를 끄덕여보였다.

버스정류장에서 갈아탄 택시가 선산이 있는 마을입구에서 멈췄다.

마을은 삼십여 호가 몰려있는 새롭게 개량된 기와집들이다. 드문드문 재래식 집도 눈에 띠었다. 재래식 지붕 옆으로 세워진 굴뚝에선 저녁 밥 짓는 연기가 뽀얗게 산허리를 휘감았다.

마을 앞으로 흐르는 시냇가에는 버들가지가 늘어져 물결에 출렁였다. 투명하리만큼 맑은 물속을 헤집는 물고기 떼들이 한가히 헤엄을 치는 시냇가를 쭉 따라 펼쳐진 들판에는 하늘을 찌를 듯 미루나무가 솟아있다.

미루나무 아래 누런 송아지는 엄마젖을 빨고 있느라 정신이 없다. 송아지의 어리광을 꼬리로 흩뿌리며 한가로이 풀을 뜯고 있는 엄마 소등으로 옅은 저녁놀이 깔렸다. 마을에 낯선 침입자가 들어선지라 적막을 깨듯 개 짖는 소리가 산등성이를 타고 메아리쳤다.

대문 밖으로 나온 아낙은 낯선 침입자를 흘낏거리다가 개 이름을 부르며 야단을 쳤다.

"무서워요!……."

그녀가 화들짝 놀란 기색으로 그의 등 뒤로 숨은 채 어쩔 줄 몰라 했다. 태민이 가만히 손을 잡으므로 반항 없이 손을 맡긴 그녀였다. 여전히 무서워하는 표정을 누그러트릴 기색이 없어 태민이 그녀의 어깨를 보듬었다. 그녀는 짧게 흠칫했으나 거부하지 않았다. 그녀의 마음을 안심시켜주고는 마당이 널찍해 보이는 집으로 들어섰다.

마당 한가운데 넓은 평상 위에는 여러 종류의 산나물들이 햇살을 받고 있었다.

"아주머니! 돈은 충분히 드릴 테니 저녁밥 좀 주세요."

앞치마에 손을 닦은 아낙은 도시에선 느껴볼 수 없는 환한 미소로 다가왔다.

"도회지에서 왔지요?"

"네, 선산이 바로 저 앞에……."

태민이 손짓으로 가리켰다.

"저 앞산이요?……."

아낙의 놀라는 턱짓이었다.

"할아버지, 할머니가 잠들어 있습니다."

"아, 그래요…… 할아버지, 아버님 성함이? 그래, 젊은이한테 아버님 모습이 많아요, 할아버지 모습은 아련해도 아버님의 기억은 생생해요."

의아한 눈망울의 태민, 자신의 아버지를 안다는 아낙의 말에 귀를 쫑긋 세웠다.

"군에서 할아버지, 아버지 모르면 간첩이죠."

잠시 무언가를 상기하던 아낙은 수십 년 전의 추억을 회상하듯 표정이 변했다가 얼른 저녁 준비해 준다고 너스레를 떨었다.

"자, 어서 이 방으로 들어가요. 아들이 쓰던 방인데 지금은 도회지로 나가 공부하기 때문에 비워둔 방이에요."

둘은 미닫이문을 열고 방으로 들어섰다.

도시에서는 맡고 느낄 수 없는 농촌만이 간직한 어머니의 품속 같은 고향의 향기에 코를 찡긋했다. 한쪽 벽에 복조리 한 쌍이 묶여 걸려있다. 그녀는 왜 저런 게 벽에 걸려있지? 라는 의문의 눈빛이었다. 처음 보는 물건이란 의문은 태민도 마찬가지였다.

"시골이라 반찬이 별로 없어 어떡하지?"

미안해하는 미소와 함께 밥상을 들여놓고는 잠시 태민과 그녀를 번갈아 보던 아낙의 입술이 움직였다.

"선남선녀가 따로 없지. 어쩌면 두 사람이 그리 고와!"

한참을 번갈아 두리번대다가 많이 먹어요, 라고 덧붙이곤 방문을 닫았다.

밥상 위에는 시골의 정취가 물씬 풍기는 된장찌개와 여러 종류의 산나물이 정갈하게 놓였다. 흘낏 실눈으로 그녀의 먹는 모습을 훔쳐보다가 나직하게 말했다.

"나물을 좋아하나 봐?"

태민의 물음에 잠깐 고개를 들어 끄덕인 그녀가 더덕 무침 한 점을 집어 그의 앞으로 불쑥 내밀었다. 태민이 입으로 받아먹으려 하므로 살짝 눈을 흘기고는 수저 위에 더덕 무침을 놓았다. 태민이 은근히 침통한 표정을 지어보였으나 그녀는 꿈쩍도 안 했다.

"한 번쯤 인심을 써도 되는데……."

태민이 투정으로 흘낏거려도 그녀의 눈길은 꿈쩍도 안 했다.

밥상을 물린 후 세면도구를 챙겨 밖으로 나온 두 사람.

시냇물이 졸졸졸 소리를 내며 어둠에 묻히고 있었다. 하늘엔 옅은 구름을 헤집은 둥근 달이 둥글둥글 굴러갔다. 이름 모를 풀벌레 울음이 고요를 달래줄 뿐, 적막한 정적을 깨듯 가물가물하던 별 하나가 검푸른 하늘에서 사선을 그리며 앞산 너머로 사라졌다. 그때 뻐꾸기 울음소리가 들렸고, 반딧불 몇 마리가 개구리 울음과 함께 주위를 맴돌았다. 수많은 풀벌레 울음소리가 우연을 가장해 이루어지는 화음처럼 정적을 뚫고 있었다.

"벌레들은 저렇게 울면 목이 쉬지 않을까?"

태민은 정적을 깨듯 독백처럼 읊조리고 그녀에게 눈길을 옮겼다.

"벌레들은 입으로 우는 게 아니라 날개로 우는 거예요."

그녀가 빙그레 미소를 지었다.

"그럼 벌레들은 날개에 입이 달렸나보지?"

태민이 의아한 기색을 지우지 못했다. 그의 의아함에 잠시 머물던 그녀의 눈길이 시냇가로 옮겨졌다.

"그게 아니라 벌레는 앞날개를 비벼서 소리를 내는 건데요. 한쪽 날개는 바이올린의 현과 같은 역할을 하고, 한쪽 날개는 활과 같은 역할을 하는 거예요."

더 궁금해진 태민이 그녀의 얼굴을 빤히 쳐다봤다. 벌레마다 우는 소리가 왜 다른지 의문에 찬 눈빛이다.

"날개의 크기와 비벼서 진동하는 횟수가 다르기 때문이에요."

소리 없는 정적이 침묵으로 동화된 듯 무겁게 가라앉았다.

그녀의 눈망울에 아른거린 둥근 달이 일순 그에게도 머물다가 사라졌다. 문득 그녀를 놀려주려는 생각이 든 입가의 무늬를 그대로 둔 채 태민의 입이 열렸다.

"재미있는 이야기 해줄까?"

태민의 물음에 고개를 끄덕인 그녀를 향해 태민이 으쓱 어깨를 추슬렀다.

"그때가 고등학교 이학년이었을 거야. 지방에 살던 친구가 서울로

전학을 왔어. 여름방학을 맞아 친구들 셋이서 그 친구의 고향을 찾아간
거야."

치악산은 구룡사가 있고 까치와 선비의 전설이 있는 산이다.

셋이서 정상까지 올라갔다 내려오는 도중에 한 친구가 오한으로 얼
굴이 창백해지며 몸을 오들오들 떠는 게 아닌가! 설상가상이라고 먹구
름이 잔뜩 몰려들어 소나기가 쏟아졌다. 화창했던 날씨가 갑자기 그렇
게 된 것은 꼭 하늘의 심술인 듯했다. 두리번거리던 그들의 눈에 허름한
절이 보여 급한 김에 그리로 들어갔다. 그곳은 오랫동안 사용하지 않은
폐가였다.

방에는 군데군데 거미줄이 쳐져 있어 대충 청소를 하고 친구를 눕혔다.
헌데 친구가 춥다, 해서 덮을 것이라도 찾으려고 한 친구가 다락으로 올
라갔다.

"으악!……."

비명을 지르며 친구가 다락에서 뛰쳐나와 그대로 방바닥에 주저앉아
서 저, 저!…… 라는 손짓만 할 뿐 입술을 움직이지 못했다. 그대로만 볼
수가 없어 태민이 손전등을 들고 다락으로 올라가 그곳을 비췄다. 그런
데, 그곳에 사람의 시체가 있는 게 아닌가! 공포에 질려 후다닥 다락을
내려와 죽은 뱀이라고 둘러댔다. 친구들의 눈망울이 두려움에 젖어있
어 그렇게 둘러댈 수밖에 없었을 터였다, 겁먹은 친구들을 위해.

흘끔 곁눈질로 몰래 그녀를 훔쳐봤다.

그녀는 두 손으로 입을 가린 채 노려보고 있었으나 태민은 개의치 않
고 다음을 이었다.

"번개를 동반한 천둥이 폐가를 무너뜨릴 듯 장대비가 쏟아졌어. 빗
줄기 소리는 온몸으로 소름이 돋아 잠도 오지 않고 시간이 깊어만 갔고.
근데 한 친구가 대변을 참을 수가 없다, 해서 둘이서 폐가 뒤쪽에 있는

화장실로 조심조심 향한 거야. 산속의 뒷간이라는 게 널빤지로 만들어진 것이고, 문에는 가마니가 걸쳐있을 정도였어. 그래서 손전등을 비추며 가마니를 걷어내는데 흰 소복을 한 여자가 목이 매달린 채 죽어있는 게 아니겠어? 으악!……."

갑자기 태민이 소리를 지르곤 살며시 그녀의 귓가로 입술을 가져가서는 무섭지! 소리치고는 그녀의 어깨를 잡고 흔들었다.

"아! 아……."

신음을 뱉던 그녀가 갑자기 고개를 푹 떨어트리며 쓰러지는 게 아닌가! 기절할 정도까지 생각지 못했던 태민이었다.

"정신 차려, 정신 차려! 세상에, 맙소사!……."

뺨을 두드려도 신음만 뱉을 뿐 그녀가 정신을 차리지 못했다. 얼떨결에 한 장난이 곤혹스러워 울상을 지은 태민이 그녀를 등에 업고 허겁지겁 내달렸다.

밤새 그녀를 달래느라 한숨도 자지 못한 태민의 눈망울은 빨갛게 충혈되었다. 그녀 역시 잠을 설친 눈망울이었으나 아침밥상을 보고야 조금은 누그러진 기색으로 변했다.

"정말 미안해, 다시는 그런 장난 안 칠게."

손이 발이 되도록 태민이 빌고 나서야 그녀가 수저를 들었다. 그녀의 눈치를 보던 태민이 산나물을 집어 그녀의 수저 위에 놓았다.

"다시 그런 장난치면 용서하지 않을 거예요!"

그녀는 수저를 들다 말고 일침을 놓곤 태민에게서 눈길을 비켰다. 빙그레 입가로 미소를 담은 태민이 두부 무침을 집어 그녀의 입으로 가져갔다. 그러고는 그렇게, 고개를 끄덕이고 나서야 그의 얼굴에 화색이 돌았다.

하늘은 금방이라도 초록물이 떨어질 듯 짙었다.

군데군데 수를 놓은 깃털구름만 있을 뿐 청명한 하늘이었다. 마을 어귀를 벗어나 들길로 들어서자 보이는 텅 빈 좁은 밭두둑 길은 차 한 대가 겨우 지나갈 수 있는 비포장 길이다.

들녘에 아무렇게나 자란 야생화와 잡초들, 모든 것이 한꺼번에 자연으로 밀려왔다. 자연의 신비함이 곳곳에 펼쳐져 술래잡기하듯 메마른 풀 한 포기에서도 구수한 정감이 묻어났다.

둘은 야트막한 야산의 오솔길로 접어들었다.

산등성이로 피어있는 이름 모를 꽃들을 더듬으며 걷던 두 사람, 쌍둥이 산소 앞에서 걸음을 멈췄다.

"할아버지, 할머니 산소야."

태민의 말에 당황하는 그림자가 그녀의 눈망울에 서렸다.

어찌해야 좋을지 몰라 하는 그녀의 어깨를 보듬어 안은 태민이 산소 앞 언덕에 그녀를 앉혔다. 멀뚱해하는 그녀를 잠시 쳐다보다가 우리 가족 이야기 해줄까? 라고 말했다.

한눈에 들어오는 푸른 들판이었다. 계곡에서 흘러내리는 물줄기를 가로지르는 들판에서 눈길을 거둔 그녀가 고개를 끄덕였다.

그의 조상은 그곳에서 대대로 이어져 내려온 토박이다.

고향뿐만 아니라 근교까지 땅이 많은 부농에다 2대 독자인 그의 할아버지는 빨리 장가를 갔다. 할머니의 오빠는 해방이 된 후 제헌 국회의원에다가 두 번씩이나 국회의원을 지낸 그 지역에선 저명인사였다.

할머니가 시집을 온 지 수년이 지나도 아기를 낳지 못해 어쩔 수 없이 씨받이 할머니로 태민의 아버지를 얻었다. 그런데 씨받이 할머니는 그의 아버지를 잃은 괴로움을 견디다 못해 산으로 올라가 나무에 목을 매자살했다.

"자, 잠깐!……."

갑자기 그녀가 말막음을 하더니 두 손으로 얼굴을 감싸 안고 울먹였다.

어제저녁 혼쭐이 났던 기억으로 또 귀신 이야기인 줄 알고 지레 겁을 먹은 모양이다. 태민의 아니라는, 고갯짓에 그녀의 표정이 조금 누그러졌다.

삼대독자인 아버지와 무남독녀인 어머니는 일찍 혼약을 했다. 아버지 열여덟에, 어머니 열여섯에 혼인을 한 그 이듬해에 아버지는 일본으로 건너가 육군사관학교에 입학했다.

장교가 된 아버지가 일본 칼을 차고 고국으로 돌아와 군 생활을 하던 중에 해방이 되었다. 일본군관출신 위주로 국군이 창설되어 아버지가 지역방위대장으로 근무할 때 6·25전쟁이 터졌다. 전투에서 부상을 입은 아버지는 대수술 끝에 구사일생으로 살아났다.

휴전이 된 후, 예편을 한 아버지는 도청에서 병무책임자로 있었다. 군대생활에 몸이 밴 아버지는 공직생활이 적성에 안 맞는다고 사표를 내고는 할아버지의 도움으로 영화관을 차렸다.

"철이 들어 생각해보니 친일파야. 어쩔 수 없이 아버지에게 주어진 역사의 운명이겠지만. 재미있어?"

태민의 물음에 그녀는 옅은 미소를 지어보이며 계속하라는 턱짓을 했다.

군인시절에도 취침나팔을 직접 불어줄 정도로 예술을 사랑했던 아버지였다. 시나리오 작성, 연출, 감독, 그리고 연극 주인공까지 맡은 아버지는 한 달에 한 번씩 상영필름 때문에 서울로 출장이 잦았다.

아버지의 예편에 따라 쫓아온 부관과 운전병이 영화관을 관리 해 자연히 아버지는 서울에 머무는 시간이 많았다. 그때, 아버지는 그분을 만나 두 집 살림이 시작되는 바람에 어머니와 태민 형제를 서울로 정착시키기 위해 여관을 선택했다.

자연히 고향의 실태를 두 사람에게 맡겨놓았던 어느 날, 두 사람이 작당을 하여 소리 소문도 없이 아버지의 재산을 정리해 사라졌다.

풀 한 포기를 쑥 뽑아든 태민이 허공으로 힘차게 뿌렸다. 풀뿌리가 허공에서 흩어지는 걸 쳐다보던 태민이 씁쓰레한 안색으로 독백처럼 입술을 뗐다.

"무남독녀로 할아버지, 할머니 사랑을 독차지했던 어머니의 자존심이 많이 상했을 거야."

눈길을 하늘로 향하고 있던 태민이 눈길을 내렸다.

"할아버지, 할머니! 시간이 되면 또 올게요."

둘은 선산을 내려와 오솔길을 벗어나 마을 어귀로 들어섰다. 인심 좋아 보이는 아낙은 기회가 되면 또 오라며 대문 밖까지 쫓아 나와 마을입구를 벗어나는 어귀에서 손을 흔들었다.

세월 저편

완만한 산자락을 경계로 한 시골길을 빠져나온 버스가 속초를 향해 산자락을 끼고 돌았다. 흰 자갈이 깔린 신작로는 두툼한 햇살에 반사되었다. 밭둑 위로는 잡다한 풀들이 길쭉이 솟아 있었고, 붉고 푸른 슬레이트 지붕들이 차창을 스쳐갔다. 텅 빈 신작로와 신작로의 양편으로 늘어선 밭둑은 푸른 하늘 아래 쓸쓸히 펼쳐져 있었다.

한참을 뒤꽁무니에 흙먼지를 매달고 줄기차게 달리던 버스가 더위를 먹었는지 낑낑거리다가 한가로운 젖소농장 들판을 지나칠 땐 제 속력으로 달렸다. 계속되는 비포장도로라 희뿌연 흙먼지가 차창으로 날아들어 태민이 차창을 닫으면서 은근히 그녀를 툭, 쳤다.

"지루해?"

고갯짓으로 아니라는 그녀의 모습에 고갤 갸웃하고는 그런데 뭘 그렇게 생각해? 다시 물었다. 그녀는 다시 묻는 태민을 빤히 바라볼 뿐이다. 태민은 침울한 분위기를 반전시킬 겸 그녀의 눈길을 똑바로 했다. 그리고 그녀의 아버지는 무엇을 하느냐고 물었다. 조그마한 개인사업을 한다고, 시선을 슬쩍 비킨 그녀가 자그마한 톤으로 말했다.

"신문기자 생활을 그만두시고, 일본에 있는 큰아버지와 함께 사업을 해요. 일본에서 원사를 가져다 제품을 만들어 다시 일본으로 수출을 하는 사업이에요."

"오빠는?"

의외로 술술 말을 잘하는 그녀에게 계속 질문했다.

"군대를 제대해서 아버지 일을 도와 공장에 있고, 언니는 대학 졸업하고 자기 일을 해요."

그녀가 밝아진 기색이라 언니도 미인이겠어? 태민의 의문에 동갑이란다.

"누구?"

의아한 눈빛으로 태민이 말을 이었다.

"나?……그래, 언니와 동갑이구나!"

고개를 끄덕인 태민이 자못 걱정스런 기색으로 바라보는 건 무슨 의미인지 아는 터라 그녀는 염려하지 말라는 눈짓을 보였다.

터미널에서 속초로 갈 것이라는 말에 왜, 속초야? 했을 때 그녀는 아무런 설명 없이 그냥 갈 일이 있어요, 웃기만 해 의혹이 풀리지 않았던 참이었다. 그래서 괜찮다고, 어서 말해보라는 태민의 재촉에 친구들하고 엠티 가는 날이라 잠깐 보고 가려 했다고. 그녀가 슬쩍 말아 쥔 주먹으로 때리는 시늉을 했다. 그것으로도 부족했던지 눈을 가느스름하게 뜬 채 약속 어기는 사람으로 비쳐지고 싶지 않았어요, 라는 그녀가 불쑥말을 뱉었지만 어쩌지 못하는 궁색함이 안색을 발그레하게 만들었다.

백사장은 인산인해였다.

백사장이나 바닷물속이나 사람들로 물결치는 해수욕장이었다. 바람한 점 없이 뜨겁게 내리쬐는 햇볕 아래 어떻게 친구들을 찾지, 라는 그녀의 표정이다. 똑같은 마음이었던 태민, 문뜩 떠오르는 게 있어 그녀의 시선을 잡았다.

"친구들, 그러니까…… 학교 표시 같은 거 없어?"

태민의 물음에 환환 기색으로 변한 그녀였다.

"아! 천막에 표시가 있을 거예요."

금세 밝은 표정으로 변한 그녀, 이마에 흐르는 땀을 훔쳐내며 두리번 거리는 그녀의 얼굴이 빨갛게 달아올랐다.

태민은 밀짚모자를 사서 그녀에게 씌워줬다.

"고마워요."

미소 짓는 그녀 앞으로 검정 선글라스로 눈을 가린 남녀가 서로를 쳐다보고 걸어오고 있다. 목만 내놓고 모래로 덮인 무덤을 밟은 남녀다. 남자의 발이 가슴으로, 여자의 발은 무덤의 국소로 올라가고 말았다.

"뭐야!……."

깜짝 놀라 벌떡 몸을 일으키는 바람에 모래무덤은 산산이 무너졌다. 놀라기는 남녀 또한 마찬가지라 당황한 여자는 검은 안경을 벗고 미안합니다, 미안합니다! 연신 고개를 주억거렸다.

무덤에서 살아난 사내가 사타구니를 움켜쥐고 오만인상을 쓰므로 터져 나오는 웃음을 손으로 가린 그녀는 재빨리 걸음을 옮겼다.

사지를 쫙 벌린 채 하늘을 향해 나 잡아 잡수! 하고 있으나 별로 몸매가 좋아 보이지 않는 아저씨, 아저씨 옆의 아줌마는 하늘을 향해 엉덩이로 인사를 하고 있다.

그 틈을 비집고 다니는 둘의 얼굴로 땀이 송골송골 맺혔다.

"아, 저기!"

갑자기 걸음을 멈춘 그녀가 검지로 천막을 가리키고 반가운 마음에 태민의 어깨에 손을 얹었다. 그녀의 손길이 닿는 순간 움찔했으나 체온이 전해져 와 그녀의 손길에서 시선을 뗄 수 없었다. 얼른 그의 어깨에서 손을 뗀 그녀가 같이 가자고 할 처지가 아니라며 난감한 기색을 숨기지 못했다.

태민의 괜찮다는 눈빛에 그녀가 말을 잇지 못하고 머뭇거리므로 그녀의 어깨를 살짝 당겼다. 의외로 그녀의 어깨가 견고해 태민이 슬쩍 손에서 힘을 뺐다. 어차피 이제 홀로 서울로 가야 되는구나! 태민이 마음을 추스르곤 홀로 버스를 타고 갈 일이 태산이었다.

"잠깐만요!"

눈인사가 사라지기도 전에 몸을 돌린 태민이 자신을 불러 세운 그녀의 눈빛을 받고 서 있었다.

"같이 가요!"

앞장서서 걷다가 뭔가 이상해 고개를 돌리는 그녀의 눈길과 딱 마주쳤다. 태민이 쫓아오질 않고 그 자리에 장승처럼 서서 그녀를 바라볼 뿐이다. 그녀는 싱긋 웃고는 어서요! 가자는 손짓을 했다. 홀로 버스 타는 일이 아니고 그녀와 함께라면 상관없다는 듯 고개를 끄덕였다. 그녀의 활짝 핀 미소가 햇살을 더 뜨겁게 했다.

"어머!…… 어떻게 된 거야, 너!?……"

동그랗게 눈을 치뜬 그녀 친구들이 호들갑을 떨면서도 살피는 눈짓을 멈추지 않았다. 그들의 모습에 멋쩍은 태민이 싱긋 웃어보였다. 인사해요. 학급친구들이에요, 라고 그녀가 어색하지 않게 친구들을 한 사람, 한 사람 소개시켰다. 동생도 금년에 Y대에 진학했다는 태민의 말에 어색했던 분위기가 금세 사라졌다.

저녁식사 시간에는 자연스레 오빠, 형님으로 호칭이 변했다.

자신들 학교 밑에 사니까 언제든지 궁할 때는 호출할 거라고, 유난히 곱살스레 굴던 동철이가 너스레를 떨었다. 몇 명이 일어나 장작더미를 구해와 쌓기 시작했다. 장작 쌓기를 마친 동철이 태민의 곁으로 다가와 앉았다.

"형님, 우리 닭쌈합시다."

은근한 시선으로 진 쪽이 오늘밤 책임지는 걸로 하자고, 덧붙이는 눈빛에 승부욕이 반짝였다. 태민이 좋아! 맞장구를 쳐주므로 청·백으로 다섯 명씩 편이 나뉘어졌다. 공교롭게도 반대편인 청팀으로 갈린 동철이가 윙크를 보냈다. 그것은 자신감인 듯해 자연스레 어깨에 승부욕이 솟았다. 토너먼트 방식으로 게임은 정해졌다.

게임의 첫 주자인 백팀은 힘 한번 제대로 써보지도 못하고 뒤로 벌러덩, 낯부끄럽게 쓰러지더니 두 번째도 마찬가지였다. 보다 못한 세 번째 주자가 뭐야! 의기양양하게 나서 내리 두 명을 보기 좋게 물리쳤다. 평행선을 유지하게 된 청팀으로서는 약이 올라 덩치가 황소만 한 친구를 내세웠다.

"뭐야! 힘으로 밀어붙이냐?"

팔랑개비처럼 허우적대다가 힘에 밀린 백팀선수의 어이없는 엉덩방아에 한바탕 폭소가 터졌다.

폭소가 가라앉을 즈음 태민이 나섰다. 덩치 큰 자들의 약점을 잘 아는 터라 황소처럼 힘으로 밀어붙일 때 살짝 피한 태민이 노출된 그의 무릎 위를 툭, 쳤다. 큰 덩치는 보기 흉하게 두 손을 놓고 허우적거리곤 무릎을 꿇었다. 다음 상대도 적수가 되지 못해 마지막 주자로 동철이 나섰다.

초등학교 때부터 육상을 했다는 동철이의 스피드와 순발력이 예사롭지 않았다. 막상막하의 닭쌈 진면목이 드러나 양쪽으로 갈린 응원전에 불꽃이 일었다. 멀거니 구경만 하던 그녀는 태민이 궁지에 몰릴 적엔 눈살을 찌푸리다가 호전되면 환한 미소로 승리를 간절히 바라는 기색이었다. 두 사람의 기력이 어느 정도 소진이 되어 이마에서 땀이 비 오듯 흘러내렸다. 입에선 거친 호흡이 쉴 새 없이 토해져 나왔다.

비장의 승부수를 띄우듯 잠깐 숨을 고른 동철이 제자리에서 깡충거리다가 세차게 돌진했다. 기다렸다는 듯 태민이 껑충 뛰어올라 동철의 가슴 쪽으로 무릎을 바짝 세웠다. 퍽! 하는 울림이 퍼지는 동시에 뒷걸음질로 뒤뚱대던 동철이 엉덩방아를 찧었다.

동철은 어이없어 하는 눈망울로 껌벅거렸다. 지금까지 닭쌈해서 패한 적이 없었다는 동철의 뻘쭉한 눈길이므로 기분 좋게 이긴 기념으로 오늘 내가 쏠게, 했다.

태민의 마지막 표현은 그들의 달뜬 흥을 최고조로 올렸다. 그들은 괴성을 지르며 다가왔지만, 그녀만 멀뚱히 눈만 껌벅대고 있을 뿐 다가오기가 쑥스러워 그대로 있었다. 하지만 누구보다 기뻐하는 기색을 지우지 못했다. 어깨동무를 한 채 합창을 하는 그들과 백사장에 지핀 장작불에서 솟구치는 열기는 그들의 젊음에서 불꽃으로 살아났다.

"나 어떡해! 떠나가면…… 나 어떡해!……."

서울로 돌아와 그녀를 일요일마다 만났다.

휴가철과 방학을 맞아 캠핑을 가려는 사람들로 역 광장은 발 디딜 틈 없이 북적였다. 시계탑 앞에서 서성이고 있던 그녀, 앞창이 긴 빨간 모자를 쓰고 연분홍 반팔 티와 연두색 반바지 밑으로 쭉 뻗어 내려간 각선미가 앙증맞다.

지하철역 지하도로 오르내리는 수많은 사람들 틈에서 사람을 찾기란 쉬워 보이지가 않아 그녀의 표정이 점점 흐려졌다. 더 숨어서 그녀를 살피다간 울지도 모른다는 조바심에 태민이 살금살금 다가갔다.

태민의 등장에 햇빛보다 더 밝은 미소를 짓다가 왜 이렇게 늦었냐는 눈빛을 새침하게 흘기고는 금세 해바라기 같은 표정으로 변했다. 그녀의 급변하는 기색에 눈웃음을 지은 태민이 그녀를 데리고 택시 승강장으로 향했다.

택시는 바람처럼 달렸다.

푸른 하우스 문을 밀치고 들어갔다.

푸른 하우스는 음악다방답게 실내가 온통 푸른색으로 모자이크된 장식이다. 벽면에는 재즈뮤지션들의 대형 흑백사진이 부착돼 있었다. 일요일이라 음악을 즐기러 온 여성들이 실내를 가득 메웠다. 뮤직 박스 앞쪽에 빈자리가 보여 그녀와 함께 앉았다. 뮤직 박스 안의 DJ가 헤드폰을 목에 걸친 채 뒤로 돌아서서 재킷을 뒤적이며 판을 고르고 있다. 찾으려던 판을 발견했던지 DJ가 턴테이블에 판을 올려놓고 다음 곡을 온, 볼륨 하더니 멘트를 시작했다.

"듣고 싶은 음악이나 아름다운 사연을 보내주시면……."

코털의 음성은 마음속을 짜릿하게 만드는 미성이다. 고등학교 시절에 교과서보다는 음악서적을 더 많이 봤을 것이다. 책가방 속에는 세계적인 뮤지션들의 족보가 즐비했으니 음악의 조예만큼은 타의 추종을 불허한 코털이었다. 음악에 빠져 나, 가수 아니면 배우가 될 거야. 하더니 결국 뮤직 박스에서 자신을 즐기고 있었다.

멘트를 하면서 실내를 훑다가 태민을 발견한 코털의 눈망울이 동그랗게 떠졌다. 태민이 코털에게 윙크와 함께 출현표시로 엄지와 검지를 동그랗게 만들었다. 그의 손가락을 발견했다는 듯 코털이 눈썹을 들었다 놓고는 눈짓으로 박스를 가리켰다.

"특허도 없는 놈아! 어디서 저런 진주를 발견했냐?"

코털 특유의 유머로 태민의 발길을 반겼다.

"아니야!"

태민은 코털의 짓궂은 탐험에 손사래까지 해가며 순수한 감정이야. 했다.

"그럴 리가 네놈이!"

코털의 계속되는 추궁에 하늘을 두고 한 점의 부끄러움이 없다, 라는 태민의 해명에 그런 표현은 독립군 아저씨나 거룩하게 사용하는 언어야, 라고 오금을 박았다.

"하여간 넌 복도 많은 놈이여, 어제 월급 받은 건 어떻게 알고 귀신같이 굴러 왔냐?"

라는 타박에 태민이 으름장을 놓았다.

"섭섭하게 귀신이 뭐냐? 친구 좋다는 표현 이럴 때 써먹는 거지. 안 그래, 친구야?"

푸른 하우스를 나온 두 사람.

그녀와 함께 태민은 울창한 숲을 이루고 있는 푸른 동산의 자연 속으로 발길을 옮겼다.

푸른 동산의 자연 속으로 남녀는 거닐거나 벤치에 앉아 그들만의 낭만을 즐기고 있었다. 배드민턴을 치느라 푸르디 푸른 잔디밭을 누비는 엄마와 딸의 웃음이 그칠 줄 모른다. 눈부시게 쏟아지는 햇살 아래 그림자가 늘어졌다 짧아졌다 했다. 흰 나비인 양 너울너울 춤추는 볼을 쫓느라 배드민턴채가 정신이 없다. 타이트하게 무릎 위를 오르내리는 딸의 원피스와 힘에 부쳐 정강이에서 살결을 간질이는 엄마의 칠부치마가 햇빛에 부딪쳐 튕겨나갔다. 아버지와 아들은 코치하느라 목이 쉰다.

서울에 이런 곳이 있는 줄 몰랐다는 그녀가 양팔을 벌린 채 까치발로 뛰었다. 연두색 반바지 아래로 쭉 뻗어 내려간 각선미에 흰 운동화가 화사하다. 그녀 곁으로 다가간 태민이 자연스레 그녀의 손을 잡고는 등산로로 접어들었으나 벌써 나무 밑 벤치엔 빈자리가 없었다.

대학생인 듯 보이는 남녀 여러 쌍이 나무 그늘 밑에 모여앉아 도란도란 수다를 떠는 손에는 캔 맥주가 들려져 있었다. 저 만큼 떨어진 곳에선 여자끼리 모여앉아 뭘 이야기인지 함박웃음으로 푸른 동산을 놀라게 했다.

그녀들의 오글오글한 웃음소리에 뒤를 흘낏거린 화가는 베레모를 슬쩍 옆머리로 옮기곤 캔버스에 집중하는 모습이다.

그들 곁을 스치며 가리킨 저리로 가 볼까 하는 곳은 숲이 울창한 등산로였다.

푹푹 찌는 날씨에 아랑곳없이 붙어있던 남녀, 둘의 등장으로 발딱 일어나 더 깊은 숲속을 향해 천천히 걸음을 내딛었다.

빈 벤치로 성큼 다가간 태민이 그녀에게 앉으라는 손짓을 했다. 머뭇거리던 그녀는 벤치 귀퉁이에 엉덩이를 걸치더니 유난히 새침한 표정으로 고개를 갸웃했다.

"이곳에 언제 왔었어요?"

그녀가 뜬금없이 묻는 통에 태민은 온 적이 없었다고 하려다가 봄에 왔었다고, 아무렇지도 않게 말했다.

"그래요……."

이상야릇한 눈매로 벌떡 일어난 그녀가 등산로로 앞만 보고 걸으므로 뒤를 쫓는 태민의 그림자에 걸음을 멈추곤 곁눈질로 그를 훑고 나서 입술을 뗐다.

"누구하고요?"

그녀의 재촉에 깊게 숨을 들이마신 태민이 하늘로 눈길을 비켜 대답을 못하고 어물어물했다.

"이상해요? 말도 잘하는 사람이 왜 그렇게 우물쭈물해요?"

덧붙이는 그녀의 표정이 명쾌한 답변이 아니면 물러설 기미가 없어 보일 뿐만 아니라, 누구하고 내내 무엇을 했냐는 투의 눈빛이었다. 걸음을 내딛는 기분이 덜어지기는커녕 어질어질해 그녀의 눈치를 살피는 모습이 엉망이었다.

이미 눈치챈 것 같으면 한 번쯤은 건너뛸 만도 한 게 아닌가! 지나쳐줄 만도 한데 여전히 눈길로 압박을 했다. 정지된 화면처럼 서로의 눈길을 외면하지 않다가 태민이 슬며시 시선을 비켰다. 그러고는 헛웃음으로 얼버무리려 했으나 그녀의 눈빛이 짜릿해 슬쩍 그녀의 어깨에 손을 얹었다.

"무슨 짓이에요?"

그녀가 태민의 손길을 밀쳐냈다.

"비틀즈 좋아해?"

비틀즈 좋아하느냐며 분위기를 바꿔보려는 의도를 눈치챈 그녀의 표정이 좋을 리 없었다. 어쨌든 엉망으로 변해버린 분위기를 희석시켜야 했던 태민이 너스레를 떨며 여러 가지를 시도해도 끔쩍 않던 그녀였다.

비틀즈의 예스터데이를 휘파람으로 불며 그녀의 눈치를 살폈다. 고등학교 1학년 때 가사내용도 모른 채 한글로 옮겨 소풍가서 무진장 폼을 잡았다고, 태민이 너스레를 떨어도 그녀는 눈길도 마주치지 않으려 했다. 어떻게 폼을 잡았느냐고 물어볼 만도 하지 않느냐고, 태민이 물어도 그녀는 눈길을 외면했다. 대화 한마디 없는 등산로는 험난한 암벽을 오르는 무게로 다가와 땀방울에 얼비치는 햇살이 걸음을 더디게 했다.

주홍색으로 서녘에 황혼이 걸렸다.

등산로를 벗어나 출구로 나오는 내내 그녀가 눈길도 주지 않았다. 작전상 후퇴라 맘먹고 홀로 자연정경을 눈요기하며 쓸쓸히 그녀의 발길을 쫓다가 잔영의 노을을 받으며 푸른 동산을 나왔다.

밤부터 내린 눈이 하얗게 세상을 덮었다.

눈 덮인 도로에서, 엎친 데 덮친 격으로 접촉사고를 낸 차량들이 서로 멱살을 잡은 채 철판으로 얼굴을 가렸다. 차창으로 고개를 내민 운전사들의 폭발한 분노가 클랙슨 소리로 도심의 현란함에 일조했다. 전례 없는 3월의 폭설은 많은 사건을 유발시킨 밤이 깊어가고 있었다.

낙지골목은 녹은 눈으로 질퍽했다.

수많은 사람들이 좁은 골목을 비비고 누빈 발자국들로 흰 눈이 처참하게 흙탕물로 변해있었다. 미로처럼 얼기설기 얽혀있는 골목에는 현란한 간판과 음악이 쏟아져 나와 질퍽한 골목길을 얼룩지게 만든다. 조명 빛에 따라 변하는 흙탕물을 이리저리 피해 발길을 옮겨 다니다가 태민이 그녀를 데리고 원두막으로 들어갔다.

그녀를 만나는 세월은 순탄하게 흘렀다. 붉게 빛나는 태양처럼 빨갛게 타오르던 단풍잎들이 늦가을로 접어들어 처참하리만큼 갈색으로 변했다. 서슬 같은 회오리바람에 견디지 못한 잎들이 아스팔트 위로 떨어져 길 잃은 미아인 양 뒹구는 낙엽을 밟으며 붉은 단풍의 절정에 탄성도 질렀다.

겨울방학도 지나 새 학기를 맞아 처음으로 만나는 일요일이다. 성년식도 치른 그녀와 함께 그곳을 찾았다.

원색의 통나무로 실내장식을 한 원두막은 벌써 입추의 여지없이 젊음이 넘쳐나고 있었다. 훅! 하는 열기가 붉은 조명에 휘감겨 흐느적거리고, 2층으로 오르는 통나무 계단을 밟는 소리가 음률을 더했다.

그곳은 탁주, 소주, 낙지볶음, 파전, 도토리묵 등 다양한 메뉴로 나이트클럽과는 또 다른 젊은이들이 찾는 그들만의 낭만이 있는 곳이다. 무엇보다도 술집 선택의 운신 폭이 넓은 낙지골목은 단골이라는 진부함보다는 순간 느낌에 따라 젊은이들이 찾는 최대의 분출구였다.

의자에 앉아 심상치 않은 분위기에 멋쩍은 눈짓으로 실내를 살피던 그녀, 벽면에 부착된 할리우드의 금발미녀들 사진 앞에서 눈길을 멈췄다. 잠시 머물러 있던 시선을 그녀가 거뒀다. 아슬아슬한 비키니 차림에 뇌쇄적인 눈빛으로 쏘아보는 그녀들의 모습이 여자 입장에선 별로였을 터였다.

고요히 흐르는 음률에 천장을 명멸시키며 수놓고 있는 깜박등이 운치를 더하는지 그녀는 간이무대 쪽으로 눈길을 옮겼다. 무대 옆의 대형 스피커에선 존 덴번의 선샤인 온 마이 소울터가 감미롭게 흘러나오고 있었다.

"저, 있잖아요."

머뭇머뭇 말끝을 흐린 눈동자가 조명불빛에 일렁였다.

"학과 친구들이 남자 친구도 사귀고 미팅도 가자고 하는데…….."

턱짓으로 태민을 지칭하고는

"때문에 한 번도 따라가 본 적이 없어요."

턱짓으로 또 지칭했다.

"애인이 있으면 있다고 말해 주세요."

잠시 말을 멈춘 그녀가 분명히, 란 악센트에 강하게 힘을 줬다.

"무슨 뜻인지 잘 알아들었어, 믿어도 될 거야."

태민이 차분히 말했다.

그는 한동안 그녀에게 눈길을 둔 채 두 손을 깍지 껴 턱을 받치고 있다가 불쑥 새끼손가락을 내밀었다. 어떤 의미인 줄 아는 터라 그녀의 새끼손가락이 태민의 손가락에 걸어질 때 주문한 탁주가 두 사람 앞에 놓여졌다.

"처음 마셔 보는 건데 괜찮을까요?"

술잔을 만지작거리다가 뮤직 박스를 유심히 보던 그녀의 눈이 화등

잔이 되었다. 푸른 하우스에서 잠깐 봤던 DJ가 아닌가! 통나무로 모자이크 된 박스 안에서 이상야릇한 의상을 입고 춤을 추면서 멘트를 하고 있었다. 더군다나 한 번 보면 어디서나 알아볼 수 있는 특이한 코털을 달고 있었기 때문일 터이다.

낮에는 음악다방에서, 밤에는 춤추는 DJ로 명성이 자자한 코털의 변화무쌍한 모습이었다.

그곳엔 나이트클럽과는 본질적으로 다른 낭만과 자유가 있었다. 흥이 나면 그대로 음악에 취해 테이블이나 통로에서 몸을 흔들어 대면서 자신의 존재를 알리는 곳이다. 태민의 메시지가 웨이터를 통해 전해졌던지 코털의 달콤한 멘트가 스피커를 통해 흘러나왔다.

"오늘 우리 업소를 처음 찾아주신 귀한 진주가 있습니다. 진주 옆에 곁다리로 온 늑대는 별찬이고요. 이 밤을 늑대와 함께하는 진주를 위하여!……."

라는 멘트와 함께 도니 오스몬드의 투영이 스피커를 뜨겁게 달궜다. 늑대와 함께하는 진주를 위하여!…… 라는 코털의 선창과 함께 터진 와!…… 하는 함성은 의자에서 사람들을 일어나게 만들었다.

두 손으로 하늘을 찌르고, 서로의 동성끼리 우정을 나누는 뜨거운 눈빛들을 향해 조명이 쏟아졌다. 별천지의 신기하고 현란함에 감정이 뜨겁게 달아올라서일까? 그녀가 불쑥 잔을 내밀었다. 전혀 술을 접해본 적이 없던 그녀였다. 그래서 그녀를 만나면 아예 술 분위기를 만들지 않았다.

"마실 수 있겠어?"

걱정스런 눈빛에 괜찮다는 그녀, 태어나 처음으로 접해보는 탁주가 달콤해 홀짝거린 취기가 올라 빨개진 볼이 그대로 드러났다. 그녀의 얼굴에 붉은 조명이 더해 색다른 모습으로 비쳐졌다.

DJ 임무 교대를 한 코털이 둘의 테이블로 와 코털을 세우며 그녀를 환영했다.

"꼬리에 불붙은 강아지새끼처럼 왜 저렇게 두리번거려?"

"이런 곳이 처음이라 모든 게 생소하고 신기하겠지."

태민이 코털의 잔에 술을 따랐다.

"깃발은 꽂은 거야?"

코털의 직설적인 말투에 태민의 아니라는 고갯짓이었다.

"그냥 바라보고 싶어."

태민이 단호하게 말했다.

"살다보니 별일 다 보네!"

코털의 피식, 건성웃음 앞으로 갑자기 탁자를 탁 치는 소리에 두 남자의 눈동자가 멍했다.

"쩨쩨하게!…… 남자들이 치사하게 귓속말이 뭐예요?"

그녀가 코털 앞으로 술잔을 쑥 내밀었다.

코털이 또 한 번 DJ 임무 교대를 하고 왔을 땐 12시가 훌쩍 넘고 있었다. 젊음이 타오르고, 음악에 취하고, 대화가 넘치는 공간에서 시간을 확인하기란 어려웠을 터였다. 처음으로 마신 술 몇 잔으로 그녀의 눈빛이 가물댔다. 시간을 확인한 태민이 이것은 아닌데, 라는 생각이 퍼뜩 들어 그녀의 겨드랑이를 낀 채 원두막을 나왔다.

그녀의 모습에 대천댁 이모가 깜짝 놀랐다.

태민의 겨드랑에 의지하고 있는 여자는 뭐여! 하듯 대천댁 이모의 눈길이 그녀를 가리켰다.

"이모, 피치 못할 사정이야. 언제 이러는 거 봤어?"

태민이 정색을 했다.

"엄마 알면 난리나. 어쩌자고 몹쓸 짓을 하는 거여?"

대천댁 이모는 상황을 아주 불량하게 정리하는 듯해 아니라고, 태민이 고개까지 저었다.

아무리 그래도 이모는 태민에게 의지하고 있는 여자의 모습 자체가 술에 취해 인사불성인 만큼 좋게 볼 수가 없었다.

"정말 나쁜 의도 눈곱만큼도 없으니까 얼른 방 하나만 줘."

태민의 간절한 눈매가 먹혀들었던지 느슨해진 대천댁 이모였다.

"방이 다 차서 빈 방이 없는데, 엄마 알면 난리 나는디!"

라는 말도 어김없이 덧붙이고는 이불방밖에…… 어물어물하다가 그 방은 냉방이여, 했다. 냉방온방 따질 때가 아니었다.

대천댁 이모 말처럼 냉방이었다.

우선 그녀의 옷을 매무시해주며 이불 속으로 눕혔다. 그녀가 추운지 한껏 새우등으로 몸을 웅크렸다. 괜한 고생을 시킨다는 생각이 든 태민이 그녀의 목까지 이불을 갈무리하고 찬찬히 내려다봤다. 형광등 불빛 아래 드러난 짙은 속눈썹은 눈을 길게 덮고 있었다. 그녀의 머리카락을 바르게 해주고 이마에 입술을 살짝 찍었다. 태민이 일어서려는데 추워요, 라는 그녀의 중얼거림에 몸이 굳었다. 감성과 이성 사이에서 고민하던 태민이 이불 속으로 들어갔다. 잔뜩 몸을 웅크리고 품으로 다가오는 그녀를 말없이 안았다.

심한 갈증에 잠이 깬 태민의 머릿속으로 무언가가 떠올라 퍼뜩 눈을 떴다. 옆자리를 더듬었으나 아무도 없었다. 깜짝 놀라 몸을 일으킨 태민의 눈길에 희미한 구석에 웅크리고 있는 그녀의 모습이 보였다.

"불편했지?"

기어들어가는 어투에 미안함이 짙게 깔려있었다.

"여기가 어디예요?"

겸연쩍어 외면한 그녀가 목이 마른지 물을 찾았다. 후다닥 방을 나올 때와는 달리 살금살금 주위를 살피는 태민을 발견한 대천댁 이모가 엉덩이를 사정없이 때렸다.

"도둑고양이 새끼처럼 기기는 왜 기는 기여?"

웃는 둥 마는 둥 살짝 눈을 치뜬 대천댁 이모였다.

"엄마는?"

태민이 살그머니 물었다. 성당에 가셨지, 라는 대천댁 이모의 느긋한 답변에 태민이 입술에서 손가락을 뗐다.

모태신앙인이라고 가끔 허풍을 떠는 태민이었다. 사실 크리스마스 때면 선물을 주니까 그 맛에 한 번씩 가봤을 뿐이다. 성당엘 들어가면 형은, 서양 신부 옆에서 빨간 옷을 입고 신부를 따라하곤 했다. 그럴 때마다 집에서 마주치는 형이 신기했다.

"형, 진짜 하느님이 보여?"

물으면 진실로 믿어야 보이지, 라는 형의 말은 한결같았다.

태민의 돌 때, 어머니 품에 안겨 헤벌쭉 웃는 모습으로 서양 신부 옆에서 찍은 사진이 전부다. 그걸 가지고 모태신앙인이라고 허풍을 떨곤 했다. 어머니가 성당으로 가는 중에, 마치고 들어오는 길에, 어머니와 마주칠 때면 오른손을 번쩍 들고 할렐루야! 해주면 어머니는 함박 웃었다.

"예쁜 내 새끼!"

엉덩이를 툭, 툭 쳐주며 너는 모태신앙인이기 때문에 빨리 성당엘 다녀야 해. 알았지? 지칠 만도 한데.

함박눈으로 눈 세상을 만들어놓더니 아침부터 스산한 가랑비가 물안개처럼 떠다니듯 비가 내렸다. 겨우내 꽁꽁 얼어붙은 대지를 적시는 봄비다. 헐벗고 가냘픈 나뭇가지에 움트기를 재촉하는 봄비였으나 바람 끝자락에 묻어나는 습기는 차가웠다.

빗줄기는 어둠 속에서 가늘어졌다.

택시가 그녀의 집 근처에 도착할 때까지 서로의 눈길만 흘끔거렸을 뿐 말 한마디 나누질 못했다. 묻고 답변하기에는 상황 자체가 비관적이기 때문이다. 태민이 가만히 그녀의 손을 잡았다. 움찔하던 그녀가 가만히 있어 그녀의 어깨를 말없이 감싸 안았다.

대문을 바라보는 둘의 한숨이 하늘을 가렸다.

돌 축대로 쌓은 담만큼 계단을 오르던 그녀가 엉거주춤 서서 고개를 돌렸다. 골목을 비추는 나트륨등 불빛이 그녀의 얼굴에 드리워졌다. 더욱 창백해진 얼굴 아래로 덮인 속눈썹이 감정을 말해주듯 파르르 떨고 있었다. 그녀의 모습에 울컥 하는 감성을 억눌렀다.

"어서, 들어가!"

태민이 손짓을 보여도 그녀는 움직이려 하지 않았다. 천천히 그녀 쪽으로 걸음을 옮기는 순간 그녀가 손을 들어 막고는 초인종을 눌렀다. 대문이 열리는 소리에 태민이 급히 전봇대 뒤로 몸을 숨기고 곁눈질로 살폈다. 대문을 열어준 사람이 그녀 언니인가 보다. 그녀의 어깨를 때리고 손을 확 잡아끌더니 대문 안으로 사라졌다.

마음이 편해야 되는데 갑자기 무언가가 가슴 깊이 엄습했다. 어깨를 추스른 태민이 전봇대에 등을 붙인 채 한동안 대문을 바라봤다. 그녀의 방이 2층인지 창문이 밝아졌다. 커튼이 쳐져있어 그림자 식별이 잘 되지 않았으나 잠시 왔다 갔다 하던 그림자가 다시 나타나지 않았다. 말끄러미 창을 바라보던 태민이 무겁게 발길을 돌렸다.

먹장구름이 내려앉은 하늘이었다.

낙지골목에서 취기로 그녀가 집에 들어가지 못했을 때 그녀의 친구를 통해 태민을 만나고 있다는 사실을 알게 된 그녀 언니가 태민을 만났다.

공중전화 부스에 등을 붙인 채 얼마 전에 있었던 그녀 언니와의 만남을 회상하는 기분은 참담했다. 그녀 언니와의 언쟁으로 그녀를 잊으려할수록 가슴이 아렸다. 그녀 언니의 막말을 지우려는 듯 머리를 흔들던 태민이 그녀의 목소리라도 듣고 싶어 전화기를 들었다.

"어떻게?……."

그녀의 목소리를 듣는 순간 그녀 언니에 대한 불쾌감이 눈 녹듯이 사라졌다. 그녀가 침묵하는 동안 가슴이 타들어갔다. 뭐가 미안하냐며 많이 힘들 텐데, 라는 태민의 침묵 속으로 그녀의 울먹이는 숨소리가 스며들었다. 그녀의 울먹임이 수화기로 전해졌기 때문일까? 먹먹해진 가슴이 금세 울렁거렸다.

"누구하고 통화하는 거야? 그 인간이구나, 세상에!……."

고성과 함께 수화기를 낚아챈 그녀 언니였다.

"뻔뻔스럽게 어디다가 전화질이야? 한 번만 더 전화하면 가만 두지 않겠어!"

일방적인 고함을 뿜어내더니 전화를 끊었다.

얼른 수화기를 팽개치듯 놓은 태민은 그녀에 대한 걱정으로 울컥하는 마음이 아려 가만히 공중전화기에 머리를 기댔다. 이름만이라도 읊조려보고 싶어도, 그녀 언니의 생각이 다시 복받쳐 감정을 추슬렀다.

"사내자식이 여자 때문에 방황해, 못난 놈!"

채찍질을 해도 문득문득 떠오르는 그녀 언니의 눈빛이 그나마 마음을 추스르는 도구일 뿐이었다.

여울목

동녘에서 솟아오른 햇살이 커튼을 비집었다.

뒤뜰에 유일한 살구나무는 어머니가 애지중지 돌보는 거룩한 나무다. 살구가 달린 가지가 담 밖으로 떨어질세라 수시로 감시했다. 그날도 수선을 떨며 가지치기를 할 때 전화벨이 요란하게 울렸다.

"여보세요!……."

태민은 고막을 찢는 억양이 수화기를 타고 흘러나와 게슴츠레 눈을 떴다.

"형님, 성호 형님이 작업을 당했습니다! 빨리 커피숍으로 오십시오!"

번개의 다급한 음성이었다.

"뭐! 뭐라고?…… 알았어."

호텔 2층 커피숍은 평소보다 시끌벅적했다.

큰형님부터 긴장감이 팽배해 누구도 먼저 입을 열려 하지 않았다. 큰형님은 로터리의 조직 뿌리를 형성하고 있는 D고등학교 서클의 창설 캡틴이다. 그는 지혜가 많고 용병술에 뛰어나 전쟁에 일가견이 있었다.

무엇보다 동생들을 자상하게 챙겨주는 면이 돋보이는 존재였으므로 후배들은 맹목적인 충성을 보였다.

　태민이 W고등학교에서 D고등학교로 전학을 와 복싱부로 들어갔을 때였다. 2년 선배인 형님은 이미 서클을 창설해 주변을 장악하고 있었다. 태민과 같은 1학년인 그들은 유도부, 레슬링부, 태권도부에 있으면서 형님의 수족이었다. 태민이 복싱부에 새로 들어와 2학년, 3학년 선배들과의 스파링에서 승승장구하고 있다는 소문을 전해들은 형님은 후배들을 데리고 복싱부를 찾은 것이었다.

　"그러다가 샌드백 찢어지겠다!……."

　오후 햇살이 그림자를 길게 늘어뜨릴 무렵 복싱부 문이 열렸다. 열린 틈으로 들어선 그들은 거만한 음성으로 태민을 쏘아봤다. 성호의 말을 귓등으로 흘린 태민이 샌드백을 툭, 밀치고 가볍게 펀칭을 하는데 성호가 다가와 넌지시 샌드백을 잡고는 정면으로 섰다.

　성호의 눈빛에 적의가 뻗쳐 깊게 숨을 들이마신 태민이 성호 쪽으로 한 발을 옮기곤 자연히 뒷발에 힘을 실었다. 신경세포가 일제히 곤추설 즈음 잡고 있던 샌드백을 튀기듯 놓은 성호가 옆으로 서므로 자연스레 대각선을 유지했다.

　빠른 동작으로 멱살을 잡으려는 성호의 손길을 뿌리친 태민이 성호의 등 뒤로 몸을 돌렸다. 재차 태민의 목을 잡으려 했으나 미처 방어를 염두에 두지 못했던 성호의 옆구리가 눈으로 들어왔다. 그걸 놓칠 리 없던 태민의 주먹이 빠르게 복부에 꽂혔다. 부지불식간에 강한 충격을 받은 성호의 얼굴이 일그러지며 허리가 꺾일 때, 태민의 어퍼컷이 사정없이 턱으로 날았다. 둔탁한 파열음이 퍼지는 동시에 성호가 뒤로 벌러덩, 엉덩방아를 찧었다. 찰나적이다. 태민이 본능적으로 몸을 돌렸다.

아니나 다를까? 때를 같이해 필호가 살금살금 다가와 몸을 솟구쳤다. 공중옆차기가 날아드는 걸 예견하고 있던 터였다. 태민이 두어 걸음 백스텝으로 피하곤 샌드백을 필호의 앞면으로 세차게 밀었다. 묵직한 필호의 발이 샌드백에 꽂혀 둔탁하게 흔들렸다. 보기 흉하게 헛방을 지른 필호가 다시 발끝으로 야금야금 다가와 갑자기 발을 쭉 뻗었다. 날아드는 발을 막으려고 태민이 손을 드는 순간, 공중에서 발을 회전시킨 필호의 돌려차기가 얼굴을 겨냥하는 게 아닌가! 화들짝 놀란 태민이 동물적 반사 신경으로 머리를 숙였다. 바람을 가르는 날카로움이 머리칼을 스쳤고, 헛방을 지른 필호의 입가에 미소가 흘렀다.

"역시 소문대로 보통이 아니구나!······."

자세를 추스른 필호가 앞차기와 돌려차기의 연속동작으로 급소를 파고들었다. 구석진 모퉁이까지 몰려 벽에 등을 붙인 태민이 필호의 다음 행동을 주시했다.

필호의 눈빛이 성난 맹수와도 같이 붉은빛을 뿜어냈다. 그것은 자존심이 걸린 싸움이었기 때문일 터이다. 이단 옆차기가 바람을 가르며 허공을 그리는 순간, 태민이 한쪽 팔을 꺾어 앞면에 붙이고 있다가 날아드는 발을 피해 필호의 면전으로 바짝 다가갔다.

노출된 필호의 턱으로 쇼트 훅이 강하게 꽂혔다. 휘청거리는 필호의 명치로 다시 어퍼컷이 들어갔다.

"헉!"

급격하게 토해내는 신음이 채 가시기도 전에 입에서 허연 거품이 뿜어져 나왔다. 이거 헛소문이 아니구나! 라는 눈길로 그때서야 깨닫고 그들이 한꺼번에 달려들려 하는 걸 제지하는 고성이 실내에 울려 퍼졌다.

"그만 해라! 서태민이라고? 맘에 드는구나. 이 학교에서 무난히 생활을 잘하려면 우리 서클에 가입을 해야 한다."

팔짱을 낀 채 유심히 격투장면을 지켜보던 형님이었다.

"비겁하게 혼자 있는 사람을 몰래 기습하다니!……."

말허리를 흐린 태민이 몇 번 혀를 차다가 큰형님에게 눈길을 옮겼다. 명령만을 기다리는 전투병처럼 태민이 눈빛을 빛내며 말을 이었다.

"큰형님, 성호한테 빚진 것도 있는데 이참에 제가 동생들 데리고 진두지휘하겠습니다."

말없이 고개만을 끄덕인 큰형님의 허락을 받고 커피숍을 나서는 태민과 그의 후배들 기색엔 비장함이 감돌았다.

커피숍을 나온 그들이 7층 체육관으로 들어가 파이프에 붕대를 감고 있을 때 체육관 문이 열렸다. 상처 입은 성호의 모습이 드러났는데 등에 햇볕을 받은 몰골이 영 말이 아니었다. 왼쪽 어깨엔 깁스한 붕대가 칭칭 감겨있고, 오른쪽 눈이 안대로 가려져 있었으며, 양쪽 광대뼈가 보기 흉하게 툭 불거져 있었다.

성호의 출현은 불난 집에 기름을 붓는 격으로 그들의 입이 굳게 경직되었다. 그들의 차림새와 비장한 눈빛에서 자신의 복수임을 인지한 성호가 한쪽밖에 보이지 않는 눈을 깜박였다. 백 마디의 말보다 한 줄기의 눈빛이 서로의 마음을 연결시키는 고리였다. 태민이 성호에게 다가가서는 시원하게 정리하고 올게, 하고는 시계를 보고 먼저 앞장서서 문을 밀쳤다.

하늘은 구름 한 점 없이 청명했다.

초복으로 치닫는 더위가 기승을 부리며 대기를 뜨겁게 달굴 무렵 시계가 오후 3시를 가리켰다. 사전답사에 의해 그곳에 모여 있다는 정보를 수집한 뒤였다. 승용차 두 대의 뒤꽁무니에서 시커먼 연기가 뿜어져 나왔다. 차 안은 긴장으로 팽팽해 누구도 먼저 입을 열려 하지 않았다.

찬찬히 태민이 후배들의 표정을 살폈다. 모두 긴장된 기색이므로 태민이 선웃음을 입가로 흘리더니 옆에 앉아 있는 준석의 어깨를 툭, 쳤다.

"공격하라는 말이 떨어지기까지는 주변을 살펴라."

그곳 뒤편 주차장으로 들어가 주차를 한 다음 차에서 내린 그들의 시선이 일제히 태민에게 쏠렸다.

"사시미는 사용하지 말고, 파이프만 사용해라!"

"형님, 이 기회에 이 자식들 확실히 작업해버리죠?"

망치가 파이프로는 성에 안 찬다는 기색으로 투덜대는 걸 태민이 고갯짓으로 차단했다.

"안 돼! 파이프만 사용해라. 시간은 3분이다."

후배들의 어깨를 툭 친 태민이 지하 계단으로 발길을 옮기므로 그의 뒤를 쫓는 그들의 눈빛에선 불꽃이 일었다.

실내에 있는 그자들이 눈치채지 못하도록 조심히 문을 열고 태민이 망치와 함께 들어섰다. 아스팔트를 흐물흐물하게 녹이고 있는 무더위를 비웃듯 실내는 선선했다. 실내에선 더 파이널 카운트다운이 잔잔히 흐르고 있었다.

뮤직 박스 앞 테이블에서 그자들이 잡담을 하며 앉아있는 게 눈으로 확, 들어왔다. 누구를 찾는 모양으로 태민이 그자들의 테이블로 빠르게 다가갔다.

태민의 옆으로 갈라선 후배들이 조심스레 걸음을 옮겼다. 그자들의 테이블로 두어 걸음 다가갔을 때였다. 뮤직 박스 쪽에 등을 붙이고 있던 자가 이상한 느낌이 들었던지 고개만 돌리는 순간 허공에서 태민의 눈길과 딱, 마주쳤다. 태민의 눈빛이 전의에 불타는 반면 그자의 눈망울은 당황해 어쩔 줄 몰라 했다.

그때 뒷문이 열리며 재호와 성국의 거대한 몸짓이 문을 비집고 들어섰고, 앞문이 열리는 동시에 현배와 창훈이 앞문을 턱하니 가로막고 섰다.

그 순간 살의를 느낀 그자가 고개를 돌린 상태에서 벌떡 일어서는 게 아닌가! 그것은 타격하기 좋은 간격을 준 것뿐이다. 때를 같이해 태민의 라이트훅이 전광석화처럼 그자의 턱에 정확하게 꽂혔다. 어깨까지 짜릿한 전율이 전해오는 것은, 복싱을 한 사람만이 느낄 수 있는 호쾌한 타격이었다.

일어서던 동작에서 맞은 카운터블로라 그자는 뒤로 벌러덩 넘어졌다가 테이블을 잡고 뒹굴었다. 테이블이 와장창, 부서지는 소리와 함께 다른 자들이 허겁지겁 일어섰을 때를 같이 해 번개의 파이프가 허공을 갈랐다. 파이프는 그자의 어깨 위에서 퍽, 소리를 내더니 튕겼다.

다른 자들이 탈출을 모색하려 했으나 앞뒤에서 밀고 다가서는 그들의 기세에 결국 구석으로 몰릴 수밖에 없었다. 그야말로 독 안에 든 쥐였다. 그자들이 공포에 질려있으면서도 허세를 보이려 했지만 그것은 이미 속 터진 만두였다.

"움직이지 마라! 개자식들아!……."

태민이 외쳐대곤 의자를 집어 들려 하는 자의 얼굴을 걷어찼다.

"대가리 처박아, 개자식아!……."

으름장을 던진 망치가 머리를 들려는 자의 어깻죽지로 파이프를 날렸다.

"대갈통이 모가지에 붙어있을 때 몸조심해야지, 좆같은 새끼들아!"

번개가 눈치를 보며 연장을 빼내려는 자의 면상을 앞차기로 걷어차며 포효했다. 뒤로 벌러덩 넘어진 자의 허벅지로 파이프가 또다시 날았다.

"윽, 도대체 뭐야? 이유나 알자?"

그자는 번개의 파이프 세례를 받으며 뒹굴다가 소리쳤다. 번개는 몸을 웅크리는 그자의 등짝이며, 어깻죽지, 허벅지를 사정없이 내려치면서 소리쳤다.

"맞는데 무슨 이유가 필요해 개자식아! 때리면, 좆나게 맞으면 됐지? 뭔 말이 그리 많아, 새끼야!······."

"조직의 쓴 맛을 제대로 봐야 단지, 쓴지를 아냐?"

들소가 엎어져 뒹구는 자들을 밟으며 소리쳤다.

"너희들이 먼저 혼자 있는 사람을 비겁하게 공격했기 때문에 이것은 응분의 대가다. 억울하면 언제든지 도전해라!"

말을 마친 태민이 그자들을 살폈다.

바닥으로 널브러져 있는 자들을 외면한 태민이 그들에게 눈짓으로 그만하고 나가자는 고갯짓을 했다. 단 3분 정도의 기습적인 공격의 성과가 기대 이상이라 그들의 표정이 흡족했다.

후배들이 뒷문으로 발걸음을 떼자 태민이 나머지 그들에게 나가자는 눈짓을 보였다.

구름 한 점 없이 맑던 하늘에 짙은 먹구름이 몰려왔다. 달빛을 덮어버리고 먹구름으로 물든 하늘은 금방이라도 빗줄기를 뿌릴 듯 바람이 습했다. 희뿌연 어둠으로 잠든 골목에서 여러 명의 사내들이 재빠른 눈짓을 교환했다.

"저 자식 반항하면 어떻게 할까요?"

그자가 누군가에게 어떻게 할 건지를 물었다.

"때가 좋잖아? 때려달라는 놈은 조져버려야지!"

그자가 어떤 자에게 눈짓을 보이자 담을 넘어가 살며시 대문을 열었다. 여럿의 그림자가 바람처럼 대문 안으로 스며들었다. 그자가 눈짓을 하는 동시에 세차게 방문을 밀쳤다.

"누, 누구요!······."

잠결에 방문 부서지는 소리에 깜짝 놀란 태민이 외쳤다. 허나, 돌아오는 것은 무차별로 쏟아지는 구타뿐이었다. 손전등으로 태민이란 목표물을 비추고 짓밟는 구둣발에 태민이 전의를 상실하고 소리쳤다.

"어떤 놈이냐구?……."

"누구긴, 누구야? 니들이 짭새라는 짭새지, 도라이 같은 새끼야! 지금 때가 어느 때라고 피를 뿌리고 지랄이야, 개자식아!"

그자가 말을 내뱉곤 구둣발로 사정없이 짓밟는 통에 태민이 축 늘어졌다. 그들이 태민의 모습을 확인한 다음 방에 불이 켜졌다. 놀란 모습의 그녀, 태민의 목을 밟고 있는 자의 다리를 확 잡아당긴 채 외쳤다.

"당, 당신들이 누군데 사람을 이토록 때릴 수가 있는 거예요?"

그녀의 외침 때문인지, 아니면 의식의 끈을 완전히 놓지 않았던지 태민이 몸을 일으키며 외쳤다.

"그 여자한테 손대지 마! 홑몸이 아니야!……."

"그러면 정신 차리고 살아야지 집단폭행은 왜 하고 지랄이야……."

태민이 발버둥을 치며 외칠 때 그자들, 안 되겠다 싶었던지 또다시 태민을 구둣발로 짓밟았다.

"당신들이 누군데 사람을 이렇게 폭행을 하는 거예요?"

그녀가 몸을 던져 막아서려 했지만 그자들의 힘을 감당하기에는 역부족이었다. 그자의 옷을 잡고 늘어졌으나 사정없이 밀쳐내는 그자의 힘에 떠밀린 그녀가 벽에 부딪혀 바닥으로 쓰러졌다.

"좆같은 새끼들아!…… 그 여자한테 손대지 말랬잖아!……."

눈이 뒤집힌 태민이 그자들에게 달려들 때 둔탁한 소리가 났다. 태민이 그대로 푹, 고꾸라졌다.

"어디서 반항이야. 개자식아! 미수꾸리해서 실어!"

그자, 날카롭게 외쳐대더니 방문을 밀치곤 몸을 휙 돌려 나갔다.

태민이 시멘트 바닥에 내동댕이쳐졌다.

얼굴로 찬물이 확, 닿는 걸 느낀 태민이 외마디 신음을 내뱉고는 눈을 떴다. 그자들이 기절한 태민을 차에 태워 수사본부로 데려온 것이다. 무엇이 어떻게 된 것인가? 태민이 머릿속을 정리하다가 퍼뜩 눈을 치떴으나 두 손이 뒤로 수갑에 채워진 상태였다.

"눈을 떴으면 슬슬 시작하자. 어때! 순순히 자백할 거냐?"

볼펜을 손가락 사이에서 빙글빙글 돌리던 자가 물었다.

"자백하고 부인하고 할 것도 없소. 그놈들이 먼저 기습 공격으로 친구를 엉망진창으로 만들었기 때문에 복수한 것뿐이요. 모든 것은 내가 지휘한 거니까, 혼자 책임질 수 있게 해주시오."

"자식, 시원해서 좋다! 먼저 잡혀온 후배들과의 진술과 일치한다. 하지만 때를 봐가면서 해야지, 세상이 어떻게 바뀐 줄도 모르고 설치냐? 멍청한 놈아!"

불이 붙여진 담배가 불쑥 입으로 다가와 태민이 그자를 흘끔 훑어보고 입술로 담배를 받았다.

"구치소로 가면 후배들을 만날 거니 외롭지 않을 거다."

밤부터 내리기 시작한 빗줄기는 점점 굵어져 아예 하늘에 구멍이라도 난 듯 거세게 쏟아졌다. 안에서 나오는 물체가 드러나도록 번개가 번쩍 빗속을 뚫곤 천둥과 함께 하늘을 찢었다. 처마에 부딪쳐 튀어나온 물줄기는 비바람에 휩쓸려 온몸으로 세차게 날아들었다. 시퍼렇게 날이 선 번개 불빛이 몰골을 휘감아 초췌한 모습이 그대로 드러났다. 구치소로 향하는 호송차에 태민이 몸을 실었다.

호송차 안은 후터분한 습기로 칙칙했다.

더욱이 가는 철사로 얼기설기 엮어 만든 망을 덧씌운 창으로 빗방울이 튀었다. 습기가 뿌옇게 낀 차창을 태민이 손가락으로 문질렀다. 정적에 잠들어 있는 도시의 밤은 고즈넉할 뿐 인적이 드물었다. 거대한 빌딩 숲의 불빛과 차량들의 불빛마저 사라져버린 도시는 음산하기까지 했다.

거대한 높이의 하얀 담으로 둘러싸인 건물과 웅장한 철문이 보였다. 서서히 철옹성 같은 철문이 삐그덕 열리더니 시커먼 동굴 속으로 들어오는 호송차를 기다렸다는 듯 꿀꺽, 삼킨 철문이 호송차를 뒤편으로 토해냈다.

신입자 대기실로 들어서보니 칙칙하고 퀴퀴한 냄새로 실내는 탁했다. 더군다나 전구 불빛마저 희미하고 음산해 몸서리쳤다.

"말로만 듣던 빵으로 드디어 왔구나!"

말로만 듣던 구치소로 구속이 된 태민이 그때서야 실감이 되던지 통로를 지나 동굴 속으로 들어섰다. 천장에서 희미하게 떨어지는 불빛으로 늘어진 그림자가 귀신처럼 따라붙어 공포감을 더하며 천둥처럼 울리는 구둣발소리가 귀를 얼어붙게 했다. 거기에다 중요한 통로마다 쪽문처럼 된 철문을 지날 때는 식은땀이 등줄기로 흘러내렸다. 그렇게 철문을 지나 통로 끝에서 왔다 갔다 하는 그림자가 보였다.

그곳까지 어떻게 걸어왔는지 모를 만큼 가슴이 싸늘히 식었다. 긴장은 전율로 다가오므로 태민이 아랫입술을 지그시 깨무는 건 각오가 되었다는 의지였다.

중앙을 사이에 두고 동굴이 호랑이 입처럼 입구를 벌리고 있다. 이리 오라고, 손짓을 한 자가 하품을 길게 하고는 태민의 위아래를 힐끔 훑었다. 그러고는 귀찮다는 기색으로 태민의 한쪽 어깨를 지그시 눌러 앉혔다.

"뭣담시 들어왔다냐?"

왼쪽 다리를 오른쪽 무릎 위에 올려놓더니 그자가 건성으로 묻고는 태민의 표정을 찬찬히 훑었다.

"폭력조직범죄단체요."

"징역 좀 살겠다잉!……."

"걱정 안 해도 됩니다. 어차피 빵에 들어왔으니깐……."

그제야 인수받을 때 건네받은 서류를 뒤척이던 그자가 씨벌 자슥, 징역 배띰이 하셔, 라는 속내를 감추고 입을 쩍 벌려 놀라는 척 해보였다. 그자는 상투적으로 몸에 밴 듯 태민의 어깨를 도닥이며 배정된 감방 앞으로 다가갔다.

감방 문이 철거덩, 소름끼치는 소리로 활짝 열렸다.

지옥으로 향하는 울림은 악마의 절규처럼 들리므로 감방 안으로 들어선 태민이 주변을 빠르게 훑었다. 그 안에는 한 무리의 저승사자들이 푸른 이불 속에서 입을 벌린 채 잠들어 있었다. 등 뒤에서 세상과의 영원한 격리를 암시하듯 감방 문이 철거덕, 닫혔다. 육신은 급격히 긴장되고 이마에선 땀방울이 솟았다. 울렁거리는 마음을 추스르며 주변을 살폈지만, 모든 게 안개 속에 잠긴 듯 뿌옇게 보일 뿐 머릿속은 텅 비어 그대로 주저앉았다.

"햇돼지야! 저쪽 뻥기통 앞에서 등짝 눕혀라잉……."

한 쪽 구석에서 느끼한 말소리가 흘러나왔다. 게슴츠레 눈을 치떴다가 다시 감은 자의 코고는 소리가 들렸다. 앉으려 해도, 비좁은 감방 어느 곳에도 편히 앉을 공간이 없었다. 더 이상 서서 버티기엔 육신이 나른해 그 자리에 쭈그리고 앉은 태민, 말로만 들어본 만화경 같은 감방 안으로 귀신에 홀린 듯 들어왔으나 정녕 꿈은 아니었다.

"으메, 햇돼지 봐라! 기합이 빠져도 완전 삼돌이 수준이네잉! 씨벌놈, 간댕이 완전 배 밖이구마잉! 싸게 못 일어나!……."

잠결에 들려오는 고함 소리에 태민이 부스스 몸을 일으켰다. 뱁새는 어이가 없다는 표정으로 태민을 노려보는 눈길이 니글니글했다. 그자들의 시선이 일제히 태민에게 쏠렸다. 수많은 구타를 당한 데다 긴장이 풀린 육신이 마음대로 따라주질 않아 끄응! 신음이 새어나왔다. 억지로 참고 자리에서 몸을 일으킨 태민을 수많은 눈빛이 전신을 훑고 있었다.

자리에 앉은 태민이 빠르게 주변을 살폈다.

협소한 감방에 족히 10여 명 남짓한 인원이 부대끼며 살고 있었다. 그렇다면 앞으로 살아야 할 감방이라는 생각에 태민의 안색이 일순간 무참히 일그러졌다. 잠시 감았던 눈을 뜬 태민이 사방을 둘러봤다.

앞면에 감방 문만 보일 뿐 밖이 보이질 않았다.

뒤창은 가로세로로 엮어놓은 쇠창살이 두껍게 박혀있다. 뒤창 옆 공간으로 이불이 커다란 사각형으로 쌓여 있고, 사방 벽으로는 징역보타리가 주렁주렁 매달려 있다. 한쪽 구석에 감방장인 것처럼 보이는 사내가 이불을 깔고 비스듬히 누워 태민의 행동을 날카로운 눈빛으로 관찰하고 있었다.

갑자기 감방 안이 웅성거리더니 몇 명씩 무리지어 앉았다.

어떤 자가 저쪽에 앉아, 라는 손짓을 해보여 태민이 엉거주춤 손의 방향을 쫓았다. 그곳은 화장실 앞이었다. 초라한 몰골의 사내들은 새로운 식구가 끼어 앉을 수 있도록 슬금슬금 엉덩이로 공간을 만들었다. 밥상도 없는 마룻바닥 위에 비닐이 깔리자 밖에서 소름끼치는 철판 끌리는 소리가 복도를 진동시켰다.

감방 문이 열리며 플라스틱으로 된 밥통이 몇 개 들어왔다. 뱁새가 매부리코 밥상에 반찬과 밥을 준비시키곤 나머지는 아래쪽으로 쑥, 밀어버렸다.

비닐이 깔린 위에 보리밥과 시래깃국, 검은 빛이 나는 깍두기와 희멀건 김치뿐이다. 도저히 먹을 수가 없어 태민이 들었던 젓가락을 내려놓는다.

"왜 안 먹어?"

태민 옆에서 곁눈질로 살피던 자가 건성의 눈빛을 보이곤 얼른 밥을 가져다가서는 씹는 건지, 삼키는 건지 모르게 후다닥 먹어치웠다. 그자의 모습에 태민이 눈을 감았다. 앞으로 이런 곳에서 살아가야 할 현실이란 걸 부정할 수가 없어 답답한 가슴을 쓸어내렸다.

"햇돼지! 폼 잡지 말고 먹어둬라잉…… 그래야 신고식을 제대로 해부리제."

감방 사람들에게 밥을 받아주던 뱁새다.

매부리코에게 아첨 섞인 눈길을 보내는 비웃음이 영 보기가 불편했다. 차라리 눈을 감는 게 낫다는 생각이 들은 태민이 질끈 눈을 감았다.

어떻게 시간이 흘렀는지 모르게 저녁이 왔다.

저녁 식사를 마친 그자들이 사각형의 감방 벽을 등지고 앉으므로 자연히 감방 중앙은 텅 빈 공간으로 만들어졌다. 저녁시간까지 흐르는 동안 태민이 감방 안을 세밀히 관찰했다. 그 결과 감방에서 기득권을 가진 세 명이 좌지우지하며 감방 사람들을 괴롭히고 있었다. 태민의 입술이 굳게 다물어졌고, 눈빛 또한 긴장으로 가득했다.

초저녁부터 추적거리던 빗줄기가 본격적으로 굵어졌다. 하늘을 찢을 듯 천둥을 동반한 번개가 사금파리 흩어지듯 쇠창살 사이를 음산하게 파고들었다. 신입자의 신고식으론 딱 좋은 분위기인지 감방이 냉랭하다 못해 싸늘했다.

"아그야, 꼴뚜기! 니부터 신입 신고를 시원히 해보랑게."

그러고는, 중앙으로 와서 앉으라는 뱁새의 손짓에 꼴뚜기가 후들대는 몸짓으로 중앙으로 기어가 앉았다.

"지금부터 하늘같으신 선배님들께 신입인사를 드리겠습니다. 저의 죄명은 야간주거침입 및 음부치상입니다."

"으메! 뭔 죄명이 고로콤 요상하고 복잡허냐? 그럼, 영자의 속옷을 벗기듯 하나하나 벗겨부려야!"

니글니글한 눈빛으로 뱁새가 계속하라는 눈짓을 했다.

"빈집을 털려고 그 집으로 들어갔습니다. 헌데, 갑자기 주인이 문을 열고 들어오지 뭡니까? 저는 깜짝 놀라 후다닥, 벽장으로 들어가 몸을 숨겼습니다. 그런데 젊은 부부가 방으로 들어오자마자 그 짓을 하는 겁니다. 그래서 저는 벽장 속으로 몸을 숨겼습니다."

"캬!…… 죽인다……."

입을 헤벌린 딸기코가 탄성을 질렀다.

"자꾸 지방방송 끼어들래?"

매부리코의 고함에 딸기코가 목을 움츠리곤 눈길을 내렸고, 꼴뚜기가 말을 이었다.

"헌데 한참 그 짓을 하다가 갑자기 여자가 오줌이 마렵다고 하지 뭡니까? 남자가 여자를 어린아이 안듯 들고는 요강으로 다가왔습니다. 공교롭게도 요강이 벽장 앞에 있었습니다. 그런데 그, 그것이 정면으로 보이지 뭡니까. 더 웃기는 건? 남자가 여자한테 몇 짤 하고 물으니까, 여자가 세 짤 하면서 손가락 세 개를 펴 보였습니다. 저는 웃음을 참을 수가 없었습니다. 그만 폭소가 터지는 바람에 남자가 여자를 요강 위에 그대로 놓는 통에 음부가 찢어져서 음부치상까지 경합이 되었습니다."

꼴뚜기의 사건 이야기가 끝나자마자 감방 안에 폭소가 터졌다. 그자들의 웃음이 잦아들 즈음 뱁새의 눈길이 태민에게로 옮겨졌다.

"햐!…… 저 아그, 밖에서 얼마나 잘 처먹고 살았으면 요로콤 피부가 포동포동하냐? 피 맛도 아주 달달한 게 맛있게 생겼당게. 신입식 시원하게 해 봐야!"

뱁새가 능글맞게 웃으며 태민에게 중앙으로 오라는 손짓을 했다.

뱁새의 손가락이 중앙을 가리키자 급기야 감방 안은 냉기류로 긴장이 팽팽했다. 우선 기득권자들의 체면을 세워줄 의도인 듯 태민이 손가락을 쫓아 중앙으로 가서 정좌를 했다.

"통성명을 시원하게 해 봐야!"

뱁새가 어깨를 부풀렸다.

"서울에 사는 서태⋯⋯,"

"잠깐, 아그야! 서울이 다 아그집이여? 잉!⋯⋯."

거기에서 갑자기 말허리를 자른 뱁새가 기습적으로 목을 가격하는 순간 태민의 눈에서 불똥이 튀었다. 태민이 자세를 흐트리지 않으려고 두 눈을 감고 정신을 가다듬으려 애쓰는 모습이 역력했다.

"어쭈! 이 아그 봐라잉?⋯⋯."

자신의 구타에 벌벌 떨며 사정을 할 줄 알았던 태민의 눈에서 안광이 뿜어져 나왔다. 예상이 빗나갔다는 뱁새의 눈치다.

"아그야! 그 눈빛은 뭐여? 개기겠다는 것이여, 잉? 눈깔 제자리로 원위치 해 봐야!"

"으음⋯⋯ 그러면 어떤 식으로 하면 되겠소?"

"어떤 식으로 하면 되겠소? 으메! 이 아그 봐라잉⋯⋯ 대갈통에 물 차부렸네! 어떤 식으로 하면 좋겠소? 요! 호로 새끼가!"

뱁새가 뇌까리며 태민의 복부로 발길질을 꽂았다.

불의의 공격에 배를 움켜쥔 태민이 앞으로 푹, 고꾸라졌다.

"아그야! 감방장 성님 이마에 별이 안 보이냐? 팔성장군이여, 이 호로새끼야! 으메, 아그야! 그 눈빛은 또 뭐냐? 뭣담시 치뜨냐고?"

흘끔 감방장에게 눈길을 보냈던 뱁새가 몸을 일으키는 태민을 무차별로 밟고, 구타를 하면서 으메! 이 아그가 살려달라고 빌지를 안 하는구마잉⋯⋯ 웅크린 상체를 짓밟던 뱁새가 씩씩거릴 때 태민의 입술이 움직였다.

"지금까지는 참고 있었는데…… 안 되겠다! 이제부터 함부로 손발이 춤추면 모두 분질러버린다!"

태민이 자세를 추스른 다음 조용히 말을 뱉었다.

"으에, 으메! 기죽어!…… 아이고, 그러세요?…… 이 아그가 똥구멍에 총 맞아부렀나 보구마잉?"

니글거리는 눈빛으로 뱁새가 말을 이었다.

"뭘, 분질러 버려야? 으메, 거시기가 파르륵, 떨려부리네잉!……."

덧붙이는 뱁새의 주먹이 기습적으로 날아오는 순간, 뱁새의 명치로 태민의 앞발이 정확하게 꽂혔다.

"으메!……." 벌러덩, 뱁새가 뒤로 나뒹구는 찰나 감방 안의 사람들이 우르르 일어났다.

"죽고 싶어 환장했구나, 개자식아!"

태민의 허리를 잡고 바닥으로 내동댕이치자마자 그의 얼굴을 향해 묵직한 발꿈치가 날아들었다. 재빠르게 태민이 얼굴을 돌리는 순간이었다. 마룻바닥이 쪼개지듯 쾅! 소리가 났다. 헛방을 지른 자가 자세를 잡기도 전에 태민이 그자의 사타구니로 파고들어 업어치기를 했다. 정신을 가다듬고 더 이상 물러설 수가 없어 태민의 등줄기로 식은땀이 흘렀다. 이미 모든 것은 결정된 한판이다. 그것은 죽느냐, 사느냐의 판가름이기 때문이었다.

"혼 좀 내줘라!"

매부리코의 명령에 따라 그자들이 간격을 유지하며 태민을 에워싸기 시작했다. 감방은 협소한 공간이다. 그렇다고 약한 모습을 보인다는 건 더 죽음을 부른다. 깊게 숨을 몰아쉰 태민이 긴장을 늦추지 않았다.

태민의 뒤에서 기회를 엿보던 자의 손이 목 뒤로 다가왔다. 그걸 감지한 태민이 순간적으로 몸을 돌려 그자의 사타구니로 발을 쭉 뻗었다.

"어이쿠!" 사타구니를 움켜쥐고 뒹구는 그자의 모습에 당황한 다른 자가 수박만 한 머리를 태민의 얼굴로 디밀었다. 찰나적으로 몸을 돌린 태민이 그자의 목을 감아 꺾고는 옆으로 내동댕이쳤다. 그자를 외면한 채 몸을 돌리자 벽에 붙어있던 자가 빠르게 다가와 태민의 사타구니로 파고들었다. 태민의 몸을 허공으로 들어 올려 패대기치려 할 때 그자가 숨넘어가는 비명을 지르곤 그대로 나뒹굴었다.

태민의 몸이 들리는 동시에 그자의 드러난 목젖을 태민이 사정없이 후려쳤기 때문이다. 숨이 막힌 그자가 목젖을 잡고 뒹굴 수밖에 없었다. 또 다른 자가 잽싸게 다가오는 것을, 태민의 이마가 그자의 면상으로 사정없이 날았다.

"윽, 개자식이 내 코를 작살냈네!……."

얼굴을 감싸 쥔 그자가 바닥으로 뒹굴었다. 사태가 심각하게 변하므로 무더기로 달려들려는 그자들의 모습에 적과부족을 느낀 태민이 뒤 창을 뜯어 휘두르며 소리쳤다.

"한 명씩 덤벼! 다 보내줄 테니까, 개자식들아!……."

그렇게 부수고, 때리고, 엎어져 뒹구는 순간이 이어지고 있을 즈음 감방 문이 털커덩 열렸다. 비상벨을 듣고 달려온 빨간 모자들이 우르르, 밀어닥치는 바람에 태민은 현장에서 기물파괴죄를 벗어날 수 없어 그 즉시 독방으로 격리수용 되었다.

창밖엔 짙은 어둠이 깔리며 흩날리는 흰 눈송이가 앙상한 나뭇가지에 내리고 있었다. 을씨년스럽게 몰아치는 바람과 함께 눈발이 사정없이 창문을 흔들었다. 눈물로 쓴 편지가 접혀지면서 책상 위에 놓였다.

"엄마, 힘들어하는 모습 미안해."

대문 밖이 온통 하얀 세상이었다. 흩날리는 눈발이 세차게 머리칼을 훑으므로 흠칫 목을 움츠린 채 입김으로 두 손을 녹였다. 입김만큼이나 희뿌연 어둠이 바래 져 가로등불빛도 희미해져갔다. 한산하리만큼 고요한 새벽도로는 자동차의 불빛으로 푸른 기운이 감돌았다. 아무도 밟지 않은 새벽의 눈길로 얼마쯤 갔을까? 손발이 시리고 얼굴이 창백하게 얼어가고 있을 즈음이었다. 흰 눈으로 지붕을 덮은 승용차가 옆에 멈춘게. 차창이 스르르 내려가자 하얗게 일그러지는 눈 사이로 그 여인의 모습이 드러났다.

"아가씨인가? 그건 그렇고 홑몸이 아닌 것 같은데, 이 추운 새벽에 어쩌려고?"

그 여인이 동그래진 눈매로 말을 이었다.

"추운데 어서 타요!"

그 여인이 조수석 문을 밀쳤다. 망설이던 그녀가 어색한 기색으로 차문을 잡았으나 손가락에 감각이 없었다.

"아기가 아기를 가졌네?"

그 여인, 가끔 흘끔거리다 새벽길을 걷는 이유를 묻고는 이십 년 전의 자신을 보는 것 같다며 손을 잡았다. 자신의 직감이 맞는다면 아기 때문에 견디다 못해 어디론가 가는 중일 거라고. 그것도 가족들 모르게 혼자서. 그 여인의 눈시울이 붉어졌다. 하기야 아기 아빠가 곁에 없으니 혼자 떠나고 싶었겠지, 이십년 전 자신의 곁에 편이 하나도 없었다고. 이유도 모르고 잉태된 아이가 주변의 이유 때문에 산산이 찢겨지는 아픔을 겪는 게 무서웠다고, 그래서 가족들 몰래 집을 나와 할머니한테 가게 되었다는 그 여인의 눈가로 물기가 반짝였다.

"아빠가 아이를 찾아오지?……."

그녀의 말에 그 여인이 피식 웃었다.

"이미 가정을 가졌는데 찾아가기엔 너무 먼 거리더군요."

그 여인의 깊은 한숨이 차 안을 우울하게 했다. 운명이거니 하고 세월을 묻으며 살다보니 여기까지 왔다고, 덧붙이는 미소가 처연해 그 여인에게서 시선을 거뒀다.

"아이 아빠가 보고 싶지는 않았어요?"

"이유의 존재가 있잖아요. 문득문득 스쳐갈 땐 걷잡을 수 없는 그리움에 많이 아파했으나 세월이 씻겨주었네요."

차에서 내리는 그녀의 손을 잡은 그 여인은, 용기를 잃지 말고 건강해야 한다고 했다.

대문을 들어서자마자 할머니가 그녀를 보듬어 안은 채 잘 왔다고, 연신 눈물을 훔쳤다.

"천륜인데 얼마나 잘 살겠다고 뱃속에 아기를 죽여! 인명은 재천이라고, 그놈이 살 운명인가 보다."

노인으로부터 진통이 시작되었다는 연락을 받은 그녀 어머니는 가족들 몰래 친정으로 내려왔다.

"그 지경에서 순산이구나!"

그녀의 출산을 지켜본 노인과 그녀 어머니는, 핏덩어리를 안고 눈물을 흘리는 그녀에게 마땅히 해줄 표현이 없어 고개만 주억거렸다. 아기의 출생을 기뻐할 수도 없는 처지라 그녀 어머니가 그녀의 이마에 맺힌 땀방울을 닦았다. 가족들의 축복도, 아기 아버지와 그의 가족도 없이 태어난 아기의 앞날이 염려된 그녀 어머니의 넋두리가 그녀의 가슴을 짓눌렀다.

산모는 산후 조리를 잘해야 된다고, 그녀 어머니가 그녀를 데리고 나가자마자 그녀 언니가 아기를 안았다. 이불보에 싸인 아기는 깊게 잠이 들어 입술을 오물거리며 앙증맞은 손을 웅크렸다.

"천벌을 받지!……."

그녀 언니 뒤에서 흐느끼는 노인의 눈물에 평정심을 잃을까봐, 그녀 언니가 매몰차게 아기를 품에 안았다. 입춘이 지났어도 겨울의 끝자락을 물고 있는 바람이 찼다. 아기 얼굴에 바람이 스미지 못하도록 그녀 언니, 이불보를 여미곤 자신의 얼굴을 묻었다.

"훗날, 나를 원망하지 마라. 너의 운명이니까……."

그녀 언니의 볼로 뜨거운 물방울이 흘렀다.

태민의 집골목으로 기우는 석양이 내려앉고 있었다.

골목 입구에 우뚝 발걸음을 멈춘 채 잠시 망설이던 그녀 언니가 심호흡을 깊게 하곤 걸음을 내딛었다. 한쪽 문이 열려있어 가만히 땅에 아기를 내려놓고 초인종으로 손이 갔다. 자고 있던 아기의 울음이 갑자기 터져 그녀 언니, 깜짝 놀라 빠르게 초인종을 누르고 옆집 기둥 뒤로 몸을 숨겼다.

"아니, 이게?……."

망연자실 벌어진 입과 눈망울을 닫지 못한 어머니였다. 아기를 보고 나서는 불쌍한 것! 어미가 널 버렸어도 할미가 지켜주마, 라는 어머니의 눈가로 물방울이 주룩, 흘렀다. 이불보 안에서 자신의 운명을 예견이라도 한 듯 아기의 울음소리는 밤새 골목에 울려 퍼졌다.

"안 돼!……."

병원에서 돌아온 그녀, 쭈그려 앉아 우는 노인의 모습과 아기가 사라진 것에 넋을 놓았다.

"이럴 수는 없는 거야! 백일도 안 지난 핏덩어리를 어쩌자고?…… 하늘이 무섭지도 않아요? 엄마, 이렇게 할 수는 없는 거예요! 내 살 길만 찾자고, 어떻게 핏덩어리를 버려놓고 제가 행복하게 살기를 원해요? 안 돼요, 엄마! 그 사람이 나올 때까지는 기다려줘야지요. 그 사람이 없는 아기가 어떻게 살아가라고요! 가족들이 시키는 대로 다 할게요. 무엇이든지 시키는 대로 다 할 테니 제발 아기만 데려다 주세요! 아기가 지금 배가 고파서 저를 찾고 있어요. 아기의 울음소리가 엄마는 들리지 않으세요? 제발, 제발! 아기만 데려다 주세요. 제가 이렇게 빌게요! 엄마, 살아있어도…… 왜 죽은 삶을 사는 죄인으로 만들려고 그러세요! 안 돼, 아기야! 가면 안 돼!……."

손바닥만큼 뚫려있는 뒤창은 캄캄했다.

얼기설기 이어진 쇠창살 사이에 걸린 햇살만이 어두컴컴한 감방에 내려앉을 뿐 적막했다. 독방 모서리에 쪼그려 앉은 태민이 세운 무릎에 얼굴을 묻고 있다. 초췌한 얼굴만큼이나 희미한 햇살이 감방으로 스며들었지만 등골에 붙은 뱃가죽에선 꼬르륵 소리가 났다. 부스럭대는 소리 하나에도 신경 가닥이 파르르 떨려 신경은 곤추섰다. 그제야 왜 이런 곳에 들어와 모진 고문과 멸시를 받아야 했는지를 깨달은 태민이 지그시 입술을 깨물었다.

아련히 귓속으로 풀벌레 소리가 파고들고 들었다. 가슴 밑바닥에 접혀있던 지문이 살비듬 벗겨지듯 그녀의 모습이 떠올라 세차게 머리를 흔들었으나 그녀의 영상이 흔들릴 뿐이었다. 그리움에 묻어나는 마음의 소리를 지우지 못한 신음을 끊듯 감방 문이 삐그덕, 열렸다.

감방 구석으로 갑작스레 비치는 햇빛에 태민의 얼굴이 일순 일그러졌다. 가느다랗게 스며들던 햇살마저 그자가 감방 문을 막았으므로 그나마 비치던 햇살이 막혔다.

거무튀튀하게 생긴 낯선 자는 눈썹 하나 까닥하지 않고 감방 문을 등진 채 쏘아보는지라 태민이 낯선 그자를 응수했다. 밤새 한숨도 자지 못한 태민의 눈빛은 퀭하고 몹시 지친 기색이었다.

그자를 꿰뚫는 태민의 눈매가 예사롭지 않았던지 태민의 눈길을 맞받은 채 코웃음으로 냉소를 지었다. 그자가 성큼, 성큼 감방 안으로 들어와 태민의 멱살을 틀어쥐었다. 그자의 눈꼬리가 노골적으로 심드렁해서 태민이 엉거주춤 구석으로 몰렸다.

"왜 그러는데?"

의아한 태민의 눈빛인 반면, 그자의 눈길은 건방진 놈! 하듯 이글거리는 눈매로 느닷없이 뺨을 때렸다. 뜻하지 않은 구타에 깜짝 놀라 휘둥그레진 눈망울로 그자를 노려봤다.

"사회에서 깡패 짓을 하다가 잡혀왔으면 반성을 해야지, 이곳까지 들어와서 싸움만 하고 독방생활 하다가 이송이냐? 정신 차려라, 꼴통아! 청송으로 가면 싸우고 싶어도 못 싸운다. 그곳은 특수 독방으로 나올 때까지 혼자다. 징그러운 놈, 빨리 나와!"

그자들은 호송을 가기 위해 지하실로 들어갔다.

"으메, 으메! 저그, 그 꼴통 태민이 아녀?"

태민이 들어서는 걸 확인한 뱁새가 반가운 기색으로 다가왔다. 표정 없는 태민의 눈길에 잠시 멋쩍은 기색이던 뱁새가 금세 표정을 풀고는 말을 이었다.

"고로콤, 싸가지 없는 눈빛으로 보지 말랑게! 그라도 우린 엄청난 전생의 인연이여. 이송도 요로콤 함게 가부린게, 안 긍가?"

"인연치고는 개떡 같은 인연이잖아?"

태민이 말을 내뱉고는 뱁새를 외면했다.

"으메, 저 싸가지 없는 말투는 여전하구마잉? 지난날, 다 잊어부려라. 알고 보면 나, 괜찮은 사람이지라잉! 안 그라요, 매부리코 성님?"

"뱁새, 자크 채워라!"

포승줄에 묶인 매부리코가 호송차로 향하며 뇌까렸다.

무더운 날씨에 구속이 되어 한파가 몰아치는 한겨울이 되었다. 흘러간 세월의 덧없음을 느낀 태민이 고개를 숙인 채 호송차에 올라 교도관이 가리키는 의자로 가서 앉았다.

밤새 눈이 내린 데다 급격히 떨어진 기온으로 버스 안은 냉기로 싸늘했다. 포승에 꽁꽁 묶인 그자들은 지시에 따라 지정된 좌석에 앉았다. 아침 안개가 희뿌옇게 휘감고 있던 구치소를 출발한 호송 버스가 시가지로 접어들었다. 흰 눈으로 덮여있는 도심의 거리는 온통 하얗게 변모되어 있었다.

철사로 얼기설기 엮어 만든 망을 덧씌운 창에 낀 성에를 태민이 손가락으로 문질러 닦고는 창밖으로 시선을 던졌다. 간간이 휘몰아치는 바람에 떨고 있는 나무들, 오고가는 사람들, 한파에 목을 움츠린 채 총총걸음으로 고개를 숙이고 걷고 있었다.

도심을 빠져 나온 호송 버스가 눈 덮인 고속도로를 쉼 없이 속력을 냈다. 어느 정도 시간이 흐름으로 해서 실내가 훈훈해져 희뿌연 습기가 유리창을 덮었다. 손가락으로 습기를 문지르자 옅은 물기 사이로 드러난 농촌은 고즈넉할 뿐 인적이 없었다. 태민이 창가에 이마를 기댄 채 눈을 감았다.

"저기야, 저기!……."

갑자기 호송 버스 안이 술렁이더니 목적지가 점점 눈앞으로 다가왔다. 야트막한 산중턱을 깎아 병풍처럼 늘어진 야산 아래 웅장한 건물이 눈에 드러났다. 악명이 높기로 유명한 곳이라 그런지 모두들 안색이 파리해졌다.

"사람 사는 곳인데 죽이기야 하겠어!"

"맞아! 죽기 아니면 까무러치기야!"

"매부리코 성님이 계신데 뭔 걱정이여? 안 그라요, 성님!"

고개를 돌려 매부리코의 시원한 대답을 듣고 싶었던 뱁새의 기색이었다. 하지만 매부리코의 입술은 굳게 다물어져 있었다.

교도소의 웅장한 철문이 삐그덕, 열렸다.

꿀꺽, 호송차를 집어삼키더니 뒤편으로 호송차를 토해냈다. 흰 눈이 허옇게 덮고 있는 그곳으로 들어간 호송 버스가 멈췄다. 빨간 모자에 군복을 입은 그자들, 저마다 몽둥이를 들고 버스에서 내리는 그들을 맞이하는 그자들의 얼굴이 검게 타 있었다. 푹 눌러 쓴 모자 안에서 뿜어대는 눈빛은 성난 맹수의 굶주림처럼 보였다.

"머리 숙여! 개자식들아!"

차례로 내리는 그들에게 고함을 지르더니 무차별 몽둥이세례로 기선을 제압했다.

"아이구, 사람 잡네!……."

이마가 깨진 사람이 머리를 감싸 안고 뒹굴었다.

"어쩐다요? 아이구!……."

몽둥이를 맞고 쓰러져 뒹굴며 울부짖는 아비규환이 따로 없다. 한동안 폭행을 당한 그들의 눈빛에 서리가 내렸다.

산을 깎아 세운 그곳은 엄청나게 큰 운동장이 한가운데 자리하고 있었다. 운동장 가변으로는 미리 제설 작업을 해놓은 눈이 1미터 높이로 쌓여있었고, 잔설이 녹은 운동장은 질퍽했다.

빨간 모자, 그자가 소리쳤다,

"일 초 내로 팬티만 남기고 홀딱 벗어라!"

그자의 명령에 팬티만 남기고 홀딱 벗은 그들의 몸에 소름이 돋았다. 산을 쓸고 내려온 바람이 살갗을 파고들어 치아가 입안에서 덜덜 부딪쳐 얼굴은 창백해졌다.

"니그들은 쓰레기장으로 왔다! 왜냐하면 니그들이 쓰레기이기 때문이다. 여그서는 항명이 안 통한다. 순종하면 살고, 반항하면 개죽음이다. 저 자슥 어델 쳐다보노?…… 마, 봐라! 어뗄 보노? 배지를 들구 차 죽일 빌라, 개자슥아!"

느끼한 눈빛이 날아와 꽂히자 태민이 느릿하게 입술을 움직였다.

"교도소를 둘러봤습니다."

"뭐, 머라꼬? 이 짜슥, 골 때리네! 여그가 니 안방이가? 모두, 앞으로 취침!……."

그곳에 입소한 기념으로 간단히 맛만 보여주는 교육이라는 그자들의 입이 붉게 벌어졌다. 포복하는 그들 뒤에서 몽둥이를 휘두르며 더 빨리 기라는 고함이 메아리처럼 울렸다. 그들의 언 살갗은 진흙탕에 긁히고 터져 육신이 부들부들 떨렸다.

"이 개자슥들! 동작 봐라! 그렇게밖에 못 하겠어? 저그, 저그까지 선착순이다!"

빨간 모자, 그자의 입에서 게거품이 뿜어져 나오고, 몽둥이로 방향을 가리키며 소리치므로 그들은 사력을 다해 목적지를 향했다. 진흙탕 물을 가르며 헤쳐 나가는 포복이다. 매부리코의 물찬 행동에 뱁새의 뜨악한 표정이다. 언제나 느릿느릿 무게만 잡던 매부리코한테서 저런 행동이 나오리란 걸 생각도 해본 적이 없다는 표정이었다.

"성님, 성님! 으찌 그리 잽싸다요?"

앞서가는 매부리코를 뱁새가 불렀다. 매부리코, 뒤도 돌아보지 않고 1등으로 도착해 차렷 자세로 그자들 앞에 섰다. 맨 뒤에 도착한 태민이 어정쩡하게 뒷줄에 서서 눈을 감았다.

"저 자슥, 와 눈을 감고 있노? 눈 못 뜨나!…… 그 눈깔은 뭐꼬? 잽싸게 눈 내리 못 까나?"

몽둥이로 자신을 향하는 그자의 눈길을 맞받은 태민이 천천히 입술을 뗐다.

"하나만 물어봅시다."

엎어져 뒹굴어 흙탕물로 얼룩진 몸을 훑어본 태민이 몸에 얼룩진 흙탕물을 손으로 쓰윽- 문지르곤 시선을 들었다.

"뭔데?"

"당신들이 무슨 권한으로, 또 누구의 허락을 받고 이토록 구타를 하는 거요?"

"이 자슥이, 아침에 구대기를 처 묵었나? 사태파악을 못 하게! 와? 대갈통이 스멀거리나?"

자신 앞에 서 있는 태민의 배를 몽둥이로 찌른 그자가 버럭 소리치더니 내려치려는 자세다.

"나는 재판에서 죄의 형을 받고 집행 중이요. 헌데, 이유도 모르고 당신들한테 구타를 당해야 되는지 그 이유를 모르겠소."

"이 자슥, 웃기네! 물태우가 얼마나 처묵었는지는 모르겠다만, 다른 건 몰라도 범죄와 전쟁 하나는 기가 막히게 잘 했다 아이가. 요즘 느그들 개조시키는 재미에 사는 기라. 마! 살고 싶으면 순종해라. 여기서 죽으면 개죽음인 건 알제?"

한껏 비틀은 말을 토해내고는 동시에 그자의 발길질이 태민의 복부로 향했다.

"윽!……."

헛바람 빠지듯 신음을 토해낸 태민이 배를 잡고 그 자리에 푹, 고꾸라졌다가 웅크린 몸을 일으켜 세우며 그자의 눈길을 쏘아봤다.

"저, 정말 이래도 되는 거야?"

"마, 봐라! 우리 안에 갇혀 눈빛만 살아있는 건, 맹수가 아니라 우물

안의 개구리인기라. 알긋나?"

"동등한 입장에서 당신과 정정당당하게 붙으면 이런 모습 보일 일 없소!"

"억울하면 출세하라는 속담 알제? 이 자슥이, 아직도 정신을 못 차렸네?"

태민에게 다가온 그자가 몽둥이로 태민의 어깻죽지며, 허벅지, 엉덩이, 닥치는 대로 구타를 하기 시작했다.

"니들이 나를 도라이로 만들고 있는 거야? 개자식들아!"

바닥에 엎어져 뒹굴던 태민이 용수철처럼 몸을 솟구치더니 이마로 그자의 얼굴을 박으며 소리쳤다.

"뭐야! 이 문딩이 새끼가 미쳤나! 저 자슥 잡아!"

"내 몸에 손대지 마라! 미쳐버리고 싶다!"

분노로 붉게 타오른 눈빛이 용광로처럼 뿜어져 나온 태민이 달려드는 자의 허리를 잡아 엎어치기하곤, 그자의 몽둥이를 빼앗았다.

"죽고 싶지 않으면 가까이 오지 마라!"

울부짖은 태민이 주변을 두리번댔으나 함께 온 그들은 운동장 바닥에 바짝 엎드려 눈망울만 굴리고 있었다. 사태를 관망하는 자세다. 난동이라는 연락을 받은 경비교도대들이 우르륵 운동장으로 몰려들었다.

태민은 독 안에 든 쥐다. 사방이 담으로 가로막혀 있고, 탈출구란 들어온 입구 하나뿐이다. 그곳은 철옹성인 양 철문으로 굳게 닫혀 있었다.

"살고 싶으면, 순순히 항복해라!"

"개 좆 같은 소리 집어 쳐!……."

느끼한 비웃음을 입에 문 그자를 외면한 태민이 무작정 뛰기 시작했다.

"저 자슥, 잡아!"

이리 뛰고, 저리 뛰어도 벽으로 둘러쳐진 운동장이었다. 힘에 부친 태민이 벽에다 등을 붙인 채 숨을 몰아쉰다. 태민에게 한 걸음, 한 걸음 좁혀오는 그자들.

"다가오지 마!"

태민이 몽둥이를 휘두르며 울부짖을 때, 기다란 갈고리가 목에 걸리는 동시에 허리와 양쪽 두 발에도 갈고리가 걸렸다. 그러고는 그자들이 달려들어 태민의 몸을 포승으로 꽁꽁 묶었다.

"문딩이 새끼, 이곳에선 항명이 안 통한다고 그랬제!"

"차라리 나를 죽여!"

태민이 울부짖으며 몸부림쳐보려 해도, 온몸이 포승에 묶여있어 어쩌지도 못하고 몽둥이세례를 받을 수밖에 없었다. 이를 악물고 허우적거려도 입 밖으론 신음을 토해내지 않으려는 분노가 눈빛에서 이글거렸다.

운동장 너머 해가 서서히 기울었다.

혼자 남은 태민은 그자들에게 둘러싸여 모진 고문을 받다가 지쳐 쓰러졌다. 지치고, 힘에 겨운 마음자락을 슬그머니 내려놓는다. 눈을 감고 눈을 깜박이는 건 눈가로 얼비치는 물기를 없애려는 눈짓이다. 운동장바닥에 뒤통수를 대고 누운 눈가로 뜨거운 물줄기가 주르륵 흐르는 건 지난날의 후회인 듯했다.

"이 꼴통 자슥, 중구금 독방에다 집어넣어!"

느끼한 미소와 함께 힐끗 태민을 노려보던 그자, 몽둥이를 뒤로 한 채 뒷짐으로 사라졌다.

보안과에 모여 있는 그자들의 표정이 밝지 않았다.

"개자슥, 저런 독종새끼는 첨이네! 물 한 모금도 입에 대지를 않으니…… 뭔 배짱이고?"

9일째, 물 한 모금도 마시지 않고 단식을 하고 있는 태민에 대한 넋두리였다.

"벌써 두 번이나 강제급식을 했는데도 끔쩍도 안 하니 어쩝니꺼?"

자신의 턱을 손으로 문지르더니 그자의 눈치를 본 다른 자, 조용히 답답함을 내뱉었다.

"저러다가 가족들이 접견이라도 오면 우짭니꺼? 물 한 모금도 마시지 않으면 이곳에선 10일을 넘기기 힘들다고 합니더. 벌써 9일째 아임니꺼?"

또 다른 자가 그자를 향해 넌지시 위험하다는 걸 주입시켰다.

"우짜면 좋노? 마지막으로 한 번 더 해 봐야제!"

그자는 바닥에 몽둥이를 내려치곤 앞장서서 발길을 내딛었다.

24시간 감시카메라가 돌아가는 독방이었다.

온몸이 포승에 꽁꽁 묶인 태민이 마룻바닥에 쓰러져 있다. 중구금 독방으로 들어온 지가 9일이 지나고 있었다. 태민의 눈꺼풀엔 힘이 없고 일어설 기력조차 없어 보였다. 어그적, 상체를 일으켜 벽에다가 붙이지만 힘이 하나도 없어 그대로 쓰러졌다. 상의에는 죽물인 듯 희멀건 액체가 달라붙어 얼룩져 있다. 간신히 눈꺼풀을 들어 감방을 둘러본다. 1평도 안 되는 감방 사면은 스티로폼으로 도배가 되어 머리를 박아도 튕길 뿐이었다.

감방 문이 열리는 기척에 태민이 끔쩍도 않는다. 감방문턱에 구둣발을 올려놓은 채 태민을 노려보던 그자가 입술을 비틀었다.

"마, 봐라! 와, 죽도 안 처묵고 지랄이고? 죽을라꼬?"

격양된 표정으로 다른 자의 손에 들려 있는 죽 그릇을 낚아채 그자, 태민의 입을 벌리더니 죽물을 마구 부었다. 태민이 도리질을 하면서 입속으로 들어오는 죽물을 연신 뱉어내므로 그자의 눈빛이 날카롭게 변했다.

"문디이 새끼야! 살라면 처묵으라니까!……."

태민의 입에 죽물을 마구 붓던 그자의 고성이 음산하게 감방을 울려 퍼졌다. 태민은 죽물을 뱉어내느라 연신 도리질이었다.

"그만 해라, 나를 더 이상 귀찮게 하지 말고 차라리 죽여라!……."

모든 게 귀찮다는 듯 눈을 감고는 악을 쓰며 몸부림쳐보지만 기력이 떨어진 태민이 축, 늘어졌다.

"저 문디 새끼, 항복할 놈 아이다! 죽든지, 말든지 냅둬라!"

벌떡 일어나 태민을 한동안 쏘아보던 그자가 감방 문을 거칠게 닫고는 사라졌다.

밤은 그렇게 을씨년스럽게 깊어가고 있었다.

다음날, 또 다른 자가 감방 문을 열고는 태민의 상체를 일으켜 세우더니 다정한 말씨로 태민을 달랬다.

"서태민 씨의 마음 다 이해하고도 남습니다. 상부 지시로 하는 신입 교육이란 다 그런 거 아닙니까? 이제 그만 마음을 풀고 다른 방으로 옮깁시다."

원인도 없던 구타에 의한 항명이었기에 태민의 반항은 그렇게 끝이 났다.

태민의 창백한 입술 사이로 허연 입김이 뿜어져 나왔다.

손바닥 크기의 뒤창이 썰렁했고, 쇠창살 사이로 어른거리는 나뭇가지가 을씨년스럽게 떨고 있었다. 눈은 그쳤으나 삭풍에 흔들리는 나뭇가지에서 떨어진 눈송이가 달빛에 반짝였다.

"안 되잖아!…… 깡패 새끼가 싸움만 하면 되지 무슨 공부야! 쓰레기 같은 놈아!……."

독학으로 굳어진 뇌세포를 되돌린다는 게 그리 쉬운 과정이 아니었다.

태민은 책을 찢고, 던지고, 벽에다 머리를 들이박고 무너져 내릴 때마다 자기혐오로 고함을 치며 힘들어했다.

"태민아, 사회로 복귀하면 현재보다 더 힘든 현실이 많을 텐데, 여기서 그렇게 무너지면 니는 아무것도 못한데이."

현실에 부딪쳐 몸부림치는 태민에게 마치 형처럼 지켜주던 그자는 보이지 않게 힘이 되었다.

"어느 기사에서 읽은 기억이다. 미국의 유명한 교도소에 두 명의 죄수가 있었다. 나가기만을 기다리고 있던 죄수의 마음속엔 복수뿐이었고, 다른 한 명은 창살에 어리는 달빛을 벗 삼아 글을 쓰기 시작했다. 복수만을 생각한 자는 결국 종신형을 받았고, 글을 공부한 사람을 유명한 베스트셀러 작가가 되었다."

그는 때론 모진 말로 태민을 자극했고, 절규할 땐 따뜻한 손길로 태민을 위로했다. 엄동설한의 독방엔 입김만이 온기일 뿐 다른 건 아무것도 없었다. 태민은 자신과의 싸움으로 오로지 책을 택했다. 4시간만 수면을 취하고 20시간을 독서와 습작에 자신을 맡겼다.

독학, 결코 쉬운 길은 아니었다. 수없이 책을 집어던지고 벽에다가 머리를 짓찧으며 하는 독학의 길은 멀고도 험했다. 하지만 태민은 좌절할 수가 없었다. 이제는 혼자가 아닌, 자신을 기다리는 선물이 있었기 때문이었다.

삭풍에 나뭇가지가 을씨년스럽게 떨고 있었다.

눈은 내리다 그치고, 또 내리다 그쳐 미명은 은빛으로 빛났다. 미처 사라지지 않은 달무리가 선명하게 눈에 담겼다.

"아이가 추워하지는 않을까?"

옅은 한숨이 태민의 가슴을 짓눌렀다.

그렇게 꽁꽁 얼어붙어 영원히 풀리지 않을 것만 같았던 독방에도 살금살금 봄이 찾아왔다. 풋풋한 봄 향기를 느꼈고, 세차게 쏟아지는 빗줄기에 그날을 떠올렸다. 붉게 타오르다 지는 가랑잎을 보고 쓸쓸히 미소가 입가에 머무르다 사라지곤 했다.

그렇게 계절이 바뀌면 또다시 나무들은 연둣빛으로 서서히 물이 올랐다. 나른한 봄볕은 들과 산에 너울너울 춤을 추더니 아지랑이가 독방의 창틀에도 내려앉았다. 비둘기가 창틀에 앉으려 날갯짓이다. 먹이를 찾는 모양이다. 태민이 얼른 봉지에서 과자를 꺼내 창틀에 올려놓았다. 비둘기가 푸드득, 날갯짓으로 인사를 하곤 과자를 쪼아 먹었다.

"너도 살려고 먹는구나! 그래, 숙명대로는 살아봐야지……."

태민은 비둘기에게 모이를 주면서 친구가 되었다.

비둘기는 때가 되면 어김없이 찾아와 구, 구, 구…… 울어댔으므로 그 시간에는 잠깐 공부를 멈추곤 비둘기에게 먹이를 주는 것이 일상이 되었다.

세월이란 참으로 알 수 없는 시간인 양 흘렀다.

내일 새벽이면 자유를 찾는다. 지난날의 상처와 그리움, 잊어야 한다는 아픔, 애증의 부피로 불면의 밤은 또 얼마나 가슴 저리게 했던가! 그 어떤 과오도 세월의 씻김에 치유되는 건 아니다. 슬며시 일어난 태민이 좁은 독방을 둘러본다. 여기저기 좁은 공간을 가득 채운 책들이 수북했다.

"구, 구, 구…….."

비둘기가 창틀에 앉아 저녁모이를 찾는다. 얼른 창가로 다가간 태민이 창틀에 과자를 올려놓고는 창살 사이로 손을 내밀었다. 손바닥 위로 올라온 비둘기도 이별을 아는지 자꾸 눈길을 준다.

"비둘기, 너도 그동안 정이 들은 거야? 자식!…… 몇 년 동안 친구가 되었다고 아쉬운 건 아는구나. 그래, 새로운 친구 만나거든 정답게 놀아라."

창틀에서 몸을 돌린 태민이 여기저기 흩어진 책들을 정리하다가 손바닥만 한 뒤창으로 다가갔다. 턱을 괸 채 하늘로 시선을 향하는데 서편으로 노을이 힘들게 기울고 있었다. 그곳의 건물들이 기다란 그림자를 드리우는데 유난히 밤이 길었다.

새벽의 미명을 받으며 영원히 열리지 않을 듯했던 철문이 열렸다.

시원한 바람이 먼저 태민의 얼굴에 와 닿았다. 깊게 심호흡을 하고 철문을 나서는 태민의 눈가로 회한의 물줄기가 주룩, 흘렀다. 그 세월은 혼자만의 고통이 아니라 가족 모두가 함께했던 아픔의 세월이었다.

태민이 어머니에게 큰절을 올리는 걸 우두커니 바라보던 아이, 벽에다가 등을 붙인 채 낯선 태민을 가만히 바라봤다.

"들비야, 아빠야! 어서 가봐!"

조금 망설이던 아이가 아장아장 걸어와 태민이 벌리는 품속으로 들어가 안겼다.

"피는 못 속이는구나! 그렇게 낯가림이 심하던 애가 지 아비는 알아보는구나. 흑!……."

어머니의 한숨 섞인 울음에 아이가 덩달아 울음을 토해냈다.

"울지 마, 울지 마라. 이제는 아빠가 너를 지켜주는 등댓불이 되어줄 거야."

아이를 안은 팔에 힘을 준 태민이 읊조리곤 입가로 미소를 지었다.

그날

제법 도톰한 햇살은 봄이 왔음을 알려주듯 콧잔등에 머무는 햇볕이 따스하다. 봄의 숨결을 조금씩 드러내는 매화의 절정은 역시 이른 봄을 나타내는가 보다. 가녀린 꽃잎을 가득 터트린 꽃망울이 소복한 아름다움을 발산하며 한낮의 포근한 햇살이 스며드는 학원 실내의 열기가 뜨겁다.

"아니야, 그게 아니야!……."

들비의 고함이 실내를 울린다. 무용학과를 지망하는 학생을 개인 지도하는 그녀의 눈빛은 예리하게 한 치의 실수도 그냥 넘기려 하지 않는다. 지적에 의한 교정, 반복 연습만이 대동소이한 실력을 비켜갈 수 있는 지름길이란 걸 알기 때문일 터이다.

학생의 동작을 멈추게 한 들비가 슬로우 템포의 요건인 느리면서도 우아한 포즈를 끊임없이 발현할 수 있는 모션을 직접 해 보이므로 그녀의 동작 하나하나에 눈빛을 빛내고 있던 학생이 고개를 끄덕인다.

"다시 한 번 원, 투!……."

어깨선에서 허리까지 흐르는 선의 각도를 주의 깊게 관찰하다가 이어지는 알레그로의 생기 있고 빠르게 수행되는 점프에서 만족하지 않았던지 그녀는 그만! 소리치고는 학생의 서툰 동작을 몸소 실현해 보인다.

"알레그로의 생명은 뛰어오르는 스텝과 떠올라 있는 자세에서 얼마나 편안한 모션을 취하느냐가 중요해, 다시!……."

학생의 이어지는 공중에서의 회전동작을 주의 깊게 관찰하던 들비의 음성이 이어진다.

"좋아, 아라베스크로 바로 연결해! 아니야, 그게 아니야! 바닥에 고정된 발의 힘이 약해. 중심추가 튼튼해야 뒤로 쭉 뻗어 올리는 다리가 선을 예쁘게 살릴 수 있는 거야."

들비가 손끝에서 발끝까지 쭉 뻗어 대각선의 우아함을 동작으로 보인다.

"그렇지! 목의 선과 머리를 자연스럽게 대각선으로 눕혀. 그래, 어깨가 수직으로…… 좋아! 발레는 동작도 중요하지만 선이 가장 중요하다는 걸 명심해야 돼! 넌, 지금 몸으로 말을 하고 있는 거야."

들비가 속삭이듯 선행동작을 취한다. 학생의 이행이 마음에 들어 미소가 스치는 걸 멈춘 건, 경계를 늦추지 않으려는 배려인 듯하다. 이어지는 파드브레 총총걸음에서의 스텝이 약해 보였던지 동작을 멈추게 한다.

"눈앞에 백조의 호수가 있다고 생각해! 넌, 지금 호수에서 죽은 영혼을 달라고 간절히 청하는 장면이야."

간절하게 가슴으로 두 손을 모은 들비가 발끝을 세워 총총걸음으로 회전실현을 보인다.

"좋아! 바뜨망 딴두로 바로 연결해!"

들비의 지시에 따라 다리를 곧게 뻗었다가 뒷발과 부딪치는 모션을 정확히 소화해낸다. 박수를 쳐주던 들비가 이어지는 선 자세에서 몸을 팽이처럼 핑그르르 회전시키는 피루에트가 마음에 들지 않는지 다시!…… 소리친다. 그녀는 이어지는 브라와 드미브라의 예비모션을 취한 채 반팔, 즉 팔의 중간 정도의 포지션을 보이며 두 팔을 제2의 중간 높이의 절반 넓이로 손바닥을 펼칠 때 간절함이 예술표현의 포인트, 라고 지적을 하고는 다시, 라는 음성으로 실내의 열기를 고조시킨다.

학원 건물 지하 주차장으로 미끄러지듯 들어온 진주색 승용차가 전면주차를 한다. 룸미러에 이리저리 얼굴을 살피던 다희, 자신의 모습이 괜찮아 보였던지 거울 속으로 윙크를 하고는 조수석에 놓였던 핸드백을 든다. 겨자색 스커트정장에 반짝이가 약간 들어간 금색 니트가 화사하다.

"잠깐, 보라야."

학원으로 들어서는 다희를 확인한 들비가 학생에게 지적해준 모션을 복습하라, 하고는 활짝 웃더니 친구에게 테이블로 앉으라는 손짓을 한다.

"부잣집 아가씨가 이곳까지 어쩐 일이야?"

한쪽 어깨를 들썩여 보인 다희를 쫓아 들비가 덩달아 한쪽 어깨를 들썩여 보인다. 그러고는 당연한 질문이라는 듯 눈을 동그랗게 만든다.

"너…… 오랜만에 보는 친구 대하는 태도가 영 불량하다!"

들비에게서 눈길을 거둔 다희가 찻잔을 들어 짧게 한 모금 마신다. 그런 친구를 바라보던 들비가 시선을 마주한다.

"다희가 너무 성숙해져서!……."

다희의 결혼식 이후 서로의 일이 바쁘다 보니 실로 6개월 만이다. 들비가 반가운 기색으로 친구의 위아래를 훑는다.

"한참 크는 나이는 몰라보게 쑥쑥 크는 거야."

자신의 손을 머리 위로 올린 다희가 쑥쑥 크는 시늉을 해보이더니 아랫배에 살짝 힘을 가하며 들비의 어깨에 손을 얹는다.

다희와의 인연은 좀 유별나다.

새 학기 어색함이 남아있을 무렵이었다. 다희 어머니가 무용학과 전원을 강남의 유명한 식당으로 초청한 것은, 다희의 존재를 부각시키려는 의도였다. 학과 학생들도 다희라는 존재를 긍정하는 눈빛이라 들비 역시 그랬다. 헌데 문제는 자신이 들비보다 모든 면에서 월등하다고 생각하는 데 있었다.

들비는 전국체조선수권대회수상에 의해 독자전형특채로 무상 입학한 실력자이므로 자연스레 학과대표가 되었다. 하지만 들비의 지시에 따른다는 것이 못마땅해 노골적으로 드러내는 다희의 심술에 많이 힘들어했다. 그런 와중에, 가장 권위 있는 전국체조대학선수권대회가 개최되었다. 무용을 전공하는 대학생들의 꿈의 무대가 아닌가!

고교생 신분으로 전국대회 수상을 한 들비는 독자전형특채를 받아 무상으로 대학을 입학한 경력의 소유자다. 의욕만 앞섰던 다희는 불행하게도 예선에서 탈락하는 지경이 된 반면, 들비가 결선까지 올라가 대상은 놓쳤으나 금상을 취득하게 된 후부터는 들비의 손과 발이 되어 뜨거운 우정을 보여준 친구였다.

"근데…… 정말 여기까지 어쩐 일이야?"

"왜, 그렇게 궁금해하는데? 너?…… 나를 기다린 눈빛이다. 그렇지?……."

끝 음절을 길게 늘어뜨린 다희가 세모꼴 눈꼬리 모양으로 새침한 표정을 짓다가 금세 지우고는 은근한 눈초리로 자신을 응시하자, 들비가 냉큼 입술을 뗐다.

"바쁜 척 하는 널, 왜?……."

"그래도 내가 있어야 우리 동창들 분위기 살잖아?"

다희의 말에 긍정의 고갯짓을 한 들비의 은근한 눈빛이다. 들비가 자신의 어깨에 있는 다희의 손가락을 만진다.

"그래서 사랑의 수호신이 친구를 만나러 온 거야."

다희의 말에 들비가 완전히 궁금한 눈길을 거두지 못한다.

"야! 그, 큰 눈망울 떨어지겠다. 뭘 그리 호기심이 가득한 눈빛이야? 미팅 한 번 제대로 못 해 본 기지배가……."

"일부러 온 거야?"

"들비야, 이제 할머니 편히 보내드려. 너만큼 그렇게 효도한 손녀, 흔치 않아. 그래야 너도 니 인생 살 거 아니야!"

거울 속에 비친 보라의 연습하는 장면을 보던 들비가 다희에게 시선을 옮기며 입술을 움직인다.

"다희야, 할머니 이야긴 하지 마."

"친구들이 뭐라고 하는 줄 알아? 할머니 편히 보내드려야, 할머니도 편히 쉬실 거래."

"다희야, 무거운 이야기는 하지 말자."

"그래, 미안해. 너만 보면 신경질이 나고 마음이 아파서 그래."

들비의 손을 잡은 다희가 은근한 눈길을 보내다가 말을 이었다.

"너, 사랑 한 번 해볼래?"

"뭐!?……."

다희의 의미심장한 표현이 혼란스러워 들비의 눈이 휘둥그렇다. 갈수록 미궁이라 들비의 기색이 펴지지 않는다.

"거봐, 궁금한 의혹을 숨기지 못하잖아?"

깔깔 웃음을 터트린 다희가 들비의 어깨를 감싸 안으며 은근한 눈망울로 변한다.

"비둘기 등에 싣고 온 왕자님을 소개할까 해서."

"뭐?……."

예상 못한 제의라 들비가 놀란 표정을 지우지 못한 반면 다희가 정색을 한다.

"우리 2학년 축제 때, 무대에서 공연하는 네 모습을 지켜본 왕자님이야. 나도 놀랐어! 그런 순정이 그 오빠한테 있는 줄……."

"누가?"

설명을 마친 다희가 세세히 살피는 듯해, 의아한 표정의 들비가 직설적으로 묻는다.

"친척 오빠인데, 군대 제대하고 아버지 회사에서 사업경험도 쌓았어. 근데 뜬금없이 얼마 전에 전화가 와서 너를 묻기에 나도 놀랐어!"

조금은 어이없다는 표정으로 다희가 피식 웃는다.

"글쎄 너를 만나고 싶다고 하지 뭐니?"

라고, 덧붙인 다희의 눈길을 고스란히 받고 있던 들비가 의아한 듯 고개를 갸웃하고는 의문을 던진다.

"내가 아는 사람이야?"

의혹에서 벗어나지 못한 들비의 표정에 다희가 기다림도 없이 고개를 젓는다.

"공연하는 니 모습을 보고 완전히 관심을 갖고 있었나 봐."

잠시 눈을 깜박이던 다희가 들비의 눈길을 맞받은 채 말을 잇는다.

"내가 겪어본 바로는 썩 괜찮은 친구라고 설명했어."

다희가 이정도면 잘했지? 라는 꾸김살 없이 살아온 미소로 의중을 묻는다.

"글쎄, 일면식도 없는 분이라 뭐라 말하기가……."

"너는?……."

어눌하게 끝음절을 늘어뜨린 다희가 들비에게 시선을 고정시킨다. 얼굴 가득 잔잔한 미소를 피워낸 다희가 등받이에 상반신을 묻는다. 다희의 여유는 계속하라는 암시다. 들비가 가볍게 숨을 들이마시더니 눈을 감는다.

"뜻하지 않은 제의라 어리둥절해."

어리둥절한 눈길로 쳐다보는 들비의 어깨를 살그머니 안은 다희가 슬쩍 눈썹을 치뜬다.

"그냥 스쳐가는 투였으면 여기까지 왜 찾아왔겠어? 어제는 직접 찾아왔더라. 부모님 성화도 있고 해서 진지한 감정을 나눠보고 싶다는데, 모르는 척 할 수가 없잖아? 진실성이 있어 보였거든."

"그래도 너, 너무 생소해……."

호들갑스레 수다를 떠는데도, 고갯짓을 보인 들비의 다문 입술을 다희가 멀뚱히 쳐다본다.

"어색하기는……."

다희가 지나가는 투로 말을 던지고 쌜쭉한 표정으로 그만 입술을 오므린다. 친구 사이를 가득 메운 건 침묵의 그늘이다. 기분이 야릇해져 잠시 머뭇거리는 사이 둘의 침묵은 더 길어진다. 다희의 제안을 아랑곳할 바가 아니라고 치부하기엔 신경 쓰인 건 사실이다.

"어, 어떻게 해야 되지?……."

어색해진 침묵을 조심스레 희석시킨 들비가 친구에게 눈길을 보내다 말고 연습하고 있는 보라 쪽으로 시선을 돌린다. 벽면에 부착된 거울을 향해 뛰어오른 보라가 두 팔을 쭉 펼치고 우아한 포즈를 잡으려다 엉덩방아를 찧는다.

"쯧, 쯧!……."

들비가 혀를 찰 뿐 못 본 척 건너편 거울을 향한다. 붉어진 얼굴로 엉덩이를 가리던 보라가 두 팔을 모았다가 폴짝 뛰어올라 펼친다. 들비의 눈길을 쫓던 다희가 의미심장한 미소를 눈가에 짓는다.

"맹추야, 사랑은 도둑고양이처럼 살금살금 와야 운명적이야!"

다희가 살금살금 기는 손 모양을 보인다. 뜻하지 않은 다희의 모습에 들비가 웃으며 눈길을 마주친다. 들비의 시선에 작고 갸름한 얼굴의 다희가 윙크한다. 옅은 색조화장에 타이트한 의상으로 몸매를 드러낸 다희, 운명적 사랑은 도둑고양이처럼 온다, 라고 했다.

"운명적 사랑!…… 후, 후 그런 게 있어?"

장난스럽게 웃는 들비의 표정에 다희가 고개를 주억거린다.

"하려면 그런 사랑이 아름답지 않겠어?"

들비를 살며시 안고 있던 다희가 들비의 어깨를 자신 쪽으로 당기고는 한 번 해보란다. 들비의 왜? 라는 기색에 진지할 것 같아, 라는 다희의 표정. 글쎄…… 아직 공부해야 할 게 많아, 라는 들비.

들비의 입술을 빤히 바라보던 다희의 음성이 올라간다.

"좌우지간 우리는 수능이다, 실기다 뺑이 돌고 있을 때 너는 특채라고 그냥 먹고 노셨어. 거기에다 대학선수권 금상에다가 시립단원으로 공연하고 할 거 다 했는데, 무슨 욕심이야?"

불만이 있는 눈빛으로 너스레를 떨던 다희가 밑으로 눈길을 내린다. 발장난치는 들비를 잠시 보는 눈매다.

"너, 지금 수줍음 타는 거야?"

"전혀 뜻밖이라서……."

다희에게 눈길을 주려던 들비가 얼른 시선을 피한다. 쳐다보는 다희의 눈빛이 요년 봐라! 하듯 웃음기가 잔뜩 묻어있었기 때문이다. 다희의 제안을 처음 들었을 때만 해도, 딱히 관심도 없던 것을 피해보기는커녕 오히려 다희에게 놀림감만 된 꼴이다.

들비가 발치께의 발장난을 멈춘다. 다희의 눈망울 속에 고요히 담겨 있던 들비의 형상이 미세하게 움직인다.

"그럼, 너도 함께하는 거지?"

들비의 기어들어가는 목소리 사이로 등 너머에서 내려앉는 음악소리가 끼어든다. 잔잔한 음률에 맞춰 입가로 미소를 띤 다희의 제안이 맞아떨어진 셈이다.

"들비야, 이제 할머니 편히 보내드려. 니가 할머니를 잡고 있는 거야, 알았지?"

할머니를 편히 보내드리라고…… 다희가 남기고 간 말을 되새기며 창가로 다가간다. 유리창 바깥 거리는 어스름으로 변하더니 새로운 불꽃으로 도시가 변하고 있다.

2년 전,

아버지가 간호사 손에 들려 있던 영양 죽을 넌지시 보다가 의사에게 눈길을 보냈다.

"선생님, 마지막으로 제가 어머니에게 먹여드리고 싶습니다."

의사가 고개를 끄덕이자 간호사가 건네주는 죽 그릇을 받은 아버지, 노인의 입술로 숟가락을 가져간다. 노인이 입술을 움직여보려 하지만 죽물이 입가로 흘러내렸다. 의사가 아버지에게 고갯짓을 하는 건 준비하라는 의미가 아닌가! 노인의 입가로 흘러내린 죽물을 닦는 아버지의 손이 떨렸다. 아버지가 말없이 노인의 손등에 얼굴을 묻을 때, 노인의 손길이 아버지의 머릿결을 더듬었다.

"아, 아가씨? 눈을 떠봐요! 멋진 아들이 보여요?……."

아버지가 노인의 얼굴을 살폈다. 미세하게 고갯짓을 한 노인이 가까이 오라는 손짓을 했다.

"아, 아범!…… 미, 미안해…….."

노인의 얼굴을 감싸 안은 아버지가 노인의 얼굴을 어루만졌다.

"어, 어머니, 뭐가 미안해요?"

"아범을 너무 힘들게 하고 떠나는 것 같아서……."

화들짝 놀란 아버지의 눈망울이 노인의 눈길과 마주쳤다.

"떠, 떠나다니요? 어머니, 미안하면 눈을 떠봐요! 이렇게 아름다운 아가씨가 어딜 떠난다는 거예요?"

아버지의 손을 살며시 잡은 노인의 성근 미소가 입가로 흘렀다.

"난, 참으로 행복한 인생을 산 것 같아. 늘…… 이렇게 아범이 내 곁에 있어줬잖아. 헌, 헌데…… 들, 들비가…….."

아버지의 손을 당신의 볼에 갖다 댄 노인이 조용히 눈을 감았다.

노인의 감은 눈을 말없이 쓸어준 아버지가 노인의 얼굴에 자신의 얼굴을 묻었다.

"어머니, 저야말로 어머니의 아들로 태어나서 행복했어요. 어머니, 이제 모든 것 다 내려놓으시고 편히 떠나세요. 그리고 다음 생에도 꼭, 다시 만나요. 그때는 착한 아들로 다시 갈게요. 어머니!…….."

오열하는 아버지 등에 손을 얹고 있던 들비가 노인의 품으로 쓰러졌다.

"할머니, 장난치지 마! 그런 장난은 아기한테나 치는 거야! 나, 이제 다 컸어! 내년이면 졸업이잖아. 그동안 나 때문에 아무것도 못했잖아? 졸업하면 예쁜 옷도 사주고 싶었고, 좋은 데도 구경시켜주고 싶었어!…… 그러니 장난 그만 치고 눈을 떠봐! 이렇게 눈을 감으면 나, 나더러 어떡하라고? 손녀의 효도도 받아봐야지! 이렇게 떠나는 건, 나를 너무 슬프게 만드는 거야, 할머니!…….."

퇴근시간에 맞물린 도로는 주차장을 방불케 한다.

가고자 하는 방향의 신호를 받으려면 최소한 두세 번은 신호등이 바뀌어야 운 좋게 빠져나갈 수 있을 만큼 차량들은 꼬리에 꼬리를 물고 있다.

교통난을 감안해 좀 이른 시간에 출발을 했기 때문에 그다지 늦지 않은 시간이 될 성싶었다. 그런데 생각보다 엄청 길이 막히므로 들비의 눈빛이 초조해진다.

세계호텔 전경이 한눈에 들어온다. 정문으로 들어선 승용차가 분수대를 끼고 좌회전을 한다. 호텔 입구에 근위병복장을 흉내 낸 도어맨이 손을 들어 차를 세운다. 다가온 도어맨이 상투적인 웃음을 흘리며 한 손을 들어 보인다. 도어맨이 가리킨 회전문을 향해 들비가 또각또각 발길을 내딛는다.

엘리베이터가 21층 스카이라운지에서 멎는다. 엘리베이터 문이 열리는 동시에 흰 와이셔츠에 검정조끼차림의 웨이터가 아랫배에 두 손을 모은 채 깊숙이 머리를 숙인다. 예약자 이름을 확인한 웨이터가 뒤로 사인을 넘긴다. 검정정장차림의 매니저가 상냥한 미소로 반긴다.

두어 걸음 앞선 웨이터의 안내로 실내에 들어선 들비가 흘끗 라운지를 훑는다. 무엇보다도 실내에 두툼하게 깔린 카펫 위로 내딛는 발의 감촉이 부드럽다.

중앙 분수대를 지날 즈음 간이 무대에선 현악 4중주를 이룬 외국 연주자들의 베토벤 소나타 '열정'이 실내에 울려 퍼지고 있었다. 부드럽고 단아한 선율이 분수대 물줄기를 어루만지듯 하모니를 이루고, 천장에 장식된 크리스털 샹들리에서 와인 빛을 떨어뜨린다.

웨이터가 원형 테이블 의자를 뒤로 뺄 때 베토벤의 '휴머니즘'이 광풍처럼 실내를 휘감듯 몰아친다.

"들비야, 여기야! 어서 와……."

들비의 모습을 발견한 다희가 손짓을 하므로 남자가 일어서더니 앉으세요, 하고는 들비가 앉기를 기다렸다가 앉은 남자의 표정이 밝다.

"늦지 않으려고 일찍 출발했는데…… 좀 늦었습니다."

다희와 남자를 번갈아 보며 머리를 조아린 들비가 의자에 편안히 앉을 때까지 기다린 남자가 가벼운 손사래까지 보인다.

"아닙니다. 생각할 여유가 많았습니다."

남자가 엷은 미소를 짓는다. 그제야 들비가 남자를 넌지시 건너다본다. 그녀의 시선 때문인지 남자는 한층 차분해진 안색을 보이려 애쓰면서 차분히 말을 잇는다.

"편히 마음을 가지세요. 다희에게 수없는 부탁 끝에 얻어낸 자리입니다. 하, 하, 하……."

호탕하게 웃고는 들비에게 목례를 보내는 남자다. 들비가 얼떨결에 고개를 숙일 때 다희의 호들갑스런 음성이 끼어든다.

"뭐야!…… 이거 내가 있으나 마나 한 분위기잖아! 이럴 땐 바람처럼 사라져주는 게 센스 있는 중매쟁이겠지?"

두 사람을 번갈아 쳐다본 다희가 들비에게 윙크를 한다.

"들비야, 잘해 봐! 오빠두!"

다희가 떠나가는 뒷모습을 배웅하던 남자가 들비에게 눈길을 보내며 입술을 뗀다.

"바쁘게 살다보니 개인적으로 한 여성에 대해 진지하게 생각할 여유가 없었습니다. 그런데 어느 날 문득……."

말끝을 흐린 남자의 표정이 너무 진지한 탓일까? 진의를 파악하기가 쉽지 않아 들비가 남자의 시선을 거부하지 않는다. 그녀의 강한 눈빛에 뜨끔한 기색을 보인 남자가 살짝 웃어 보인다. 묘한 미소이므로 찬찬히 남자를 살핀다.

20대 후나 30대 초의 남자다.

적당한 몸매에 짙은 머리칼이 새하얀 피부를 더 돋보이게 하면서도 생각에 잠긴 듯 보이는 흑갈색 눈빛이 자부심과 패기를 반영하듯 진지하다.

"하성아라고 합니다."

살짝 고개를 숙여 인사를 한 남자가 시선을 고정시킨다.

서, 라고 들비가 이름을 밝히려는데 알고 있습니다, 들비 씨, 하고는 활짝 웃는다. 그의 갑작스런 환한 미소 때문일까? 조금 더 지켜보자는 들비의 속내가 울렁인다.

"예전이나 변함이 없군요."

불쑥 뜬금없는 표현을 뱉은 성아가 자신의 표정을 살피므로 들비의 얼굴이 약간 붉어진다. 들비의 변화를 감지한 성아가 얼른 입술을 움직인다.

"들비 씨는 초면이겠지만 이미 군대 가기 전에 보았습니다."

"어, 어떻게?······."

"입대하기 전날입니다. 다희가 학교축제라며 함께 놀아줄 테니 학교로 오라 해서 갔었습니다. 그곳에서 공교롭게도 들비 씨의 공연을 보게되었습니다."

"그, 그렇군요!······."

"군대생활 내내 들비 씨의 모습이 지워지지가 않더군요. 제대를 하고 아버지 회사에서 어느 정도 일을 배우고 여유가 생기면서 그 병이 또 도졌습니다."

그렇게 말을 한 성아가 후, 후······ 의미를 파악하기 힘든 혼자만의 미소를 짓는다. 입가로 흐르는 무늬를 가늠하기 힘들어 그의 정체성에 잠시 혼란이 왔으나 이어지는 그의 천진난만한 미소다.

웨이터장의 지시에 따라 차례를 기다리고 있던 웨이터들은 각양각색의 그릇에 제각각 다른 향이 풍기는 음식을 테이블 위에 세팅을 마치고 물러난다.

미소가 담긴 눈길로 얼음 통에 꽂혀있던 와인을 뽑은 성아가 와인 잔을 가리킨다. 들비가 잔을 들므로 그녀의 잔에 정중하게 와인을 따른다. 루비빛과 그윽한 과일향이 긴 여운을 남기는 와인이다.

"건배할까요?"

들비와의 중간쯤 사이를 두고 성아가 잔을 내민다. 들비가 그의 와인 잔에 살짝 잔에 부딪치고는 시선을 내린다. 성아가 그윽한 눈웃음을 짓는 반면 들비는 와인 향을 맡는다.

"많은 세월이 흘렀는데도 들비 씨에게 향한 마음이 변하지 않으니 제 마음이면서도 이해가 잘 가지 않습니다."

성아가 입에 머금고 있던 와인을 삼킨다. 천천히 감정을 표출하면서도 들비의 시선을 잡기가 쉽지 않다는 감정이 말해주듯 와인 잔이 빠르게 입술로 옮겨진다. 늦어서 죄송하다, 라는 말 이후로 조용한 시선만 두고 있을 뿐이다. 그녀의 감정을 읽으려는 듯 성아가 부족함이 많으나 빈 곳을 채우려고 많이 노력하고 있다, 라는 어휘에 들비가 시선을 바로 한다.

서로 예기치 않게 두 눈이 마주치는 바람에 잠깐 어색한 틈을 타 성아의 미소가 중간에 끼어든다. 무언가 찡, 하는 느낌에 들비가 부리나케 눈길을 거둔다.

"어색해하지 마세요, 그러면 덩달아 저도 어색해지잖아요? 들비 씨에 대해 궁금한 것도 많은데……."

어눌하게 끝음절을 늘어뜨린 성아의 음절을 좇아 들비가 시선을 성아에게 똑바로 한다.

"무, 무엇이 알고 싶으신데요?"

"들비 씨에 대한 모든 것이라고 하지 않았습니까?"

"글쎄요…… 껍질 속에 무엇이 있을까, 궁금해서 벗겨내면 아무것도 없는 양파와 똑같지 않을까요?"

"아!…… 그런가요? 혹시 군대에 간 친구 있었습니까?"

"없, 없었는데요. 그것이 왜 궁금하세요?"

"아닙니다. 혹시나 사귀던 친구가 군대에 간 적이 있었나 해서요."

외형만큼이나 반듯한 어투에, 선이 뚜렷한 콧날과 섬세한 입술이 가난과 불행이 무엇인지 모르고 살아온 모습이다. 긴 손가락으로 와인 잔을 조금씩 돌리다가 행동을 멈춘 성아가 입술을 뗀다.

"처음이라 많이 힘들어하는 모습이군요."

성아의 눈길이 와인 잔에 머문 채다.

"그, 그런 것 같아요."

멋쩍은 표정으로 들비가 시선을 내리려할 때 성아가 와인 잔을 든다. 그리고는 어색한 기색을 머금은 들비의 잔에 부딪치고는 빙긋 미소를 띤다.

"감성이 감각적으로 느껴졌을 때 남자가 여성에게 갖는 관심이랄까, 이런 것을 생각해 본 적 있습니까?"

"아니요. 그럴 여유가 없었어요."

"그렇군요!……."

말끝을 흐린 성아의 미소가 미세하게 눈가에 남아있다.

"죄송해요, 오늘은……."

무언가 딱히 꼬집어 표현할 수 없는 답답함이 밀려왔던지 들비가 고개를 숙인다.

"들비 씨와 진지한 시간을 갖고 싶습니다."

들비의 인사에 성아가 순간적으로 흠칫하고는 이내 평상심으로 돌아왔다. 극히 짧은 변화다.

동 틀 무렵부터 안개가 짙게 깔린 날씨는 정오가 지나면서 하늘이 맑게 개더니 안개 걷힌 햇살이 유리창에 부딪쳐 눈부시다.

그날, 그쯤에서 피곤하다는 핑계로 헤어져 집으로 돌아온 들비의 마음이 내내 혼란스러웠다. 딱히 뭐라 꼬집어 드러낼 수 있는 것도 없는데 왜 그런지 가슴이 답답한 노릇이었다.

감정이 분명치가 않아서일까? 서투른 감정 때문일까? 감정에 진실이 내재되어 있어야 동화되는 것인데, 그래서일까? 아니야! 자상해 보이면서도 왠지 모를 장벽이 있어 다가가기가 쉽지 않았으나 막상 약속날짜가 다가오니 시간을 맞추느라 서두르는 모습이다.

"미안, 오늘은 제가 좀 늦었습니다."

헐레벌떡 잰걸음으로 다가온 성아가 진정되지 않은 숨결을 추스르곤 환한 미소를 짓는다. 지난주 처음 봤을 때보다 한결 부드러운 웃음이라 들비가 살짝 눈길을 비켜 입가로 웃는다.

"일요일이라 어딜 가든 사람과 차뿐인 것 같아요. 이럴 땐 날개가 쑥 나와 하늘로 솟았으면 하는 심정입니다."

"……."

성아가 고른 앞니를 드러내자 햇살에 반사된 치아가 반짝인다. 잠깐 하늘에 시선을 두었던 성아가 건성웃음을 짓고는 들비 쪽으로 성큼 다가온다.

"날씨가 너무 좋습니다. 일요일이라 사람이 참 많네요!"

"봄볕이 사람들을 불러들인 것 같아요."

수줍게 웅얼거린 들비에게 눈길을 거둔 성아가 활짝 양쪽 팔을 펼친다.

그런 것 같아요, 라고 음성을 높인 성아가 뒷걸음질을 하다가 몸을 돌려 보폭을 맞춘다.

"너무 기분이 상쾌한데요. 서울에 살면서도 이런 곳에 처음으로 와 봤다는 게 이상하구요. 대한민국, 좁다는 말 엉터리 같아요. 오늘 이곳 도 처음으로 와봤으니 안 가본 곳이 얼마나 많은지 모르겠습니다."

"정말 그러네요. 가만히 생각해 보니 안 가본 곳이 너무 많아요."

거침없이 한바탕 웃음을 토해낸 성아의 모습이 신선하게 다가와 들 비의 표정이 부드러워진다.

"시간이 날 때마다 들비 씨와 늘 이렇게 함께하고 싶습니다."

"생각해 볼게요."

"생각해 볼게요, 정도는 안 됩니다. 그렇게 할게요, 라고 말해주면 저 의 마음이 무척 행복할 듯합니다."

"……."

걸음을 멈춘 채 응답을 들으려 하는 성아의 눈길을 비킨 들비가 고갯 짓으로 표현한다.

두 사람이 밟는 인도로 바람에 쓸려온 나뭇잎들이 아무렇게나 뒹굴 고 있다. 삭막한 빌딩숲에 싸여있는 공간에 도시인들의 오아시스라는 올림픽 공원. 숲과 호수 사이사이에는 수많은 경기장들, 경륜장 뒤의 지 구촌공원과 미술관을 걸쳐 평화의 광장에 이르는 잔디밭에는 유명 조각 가들의 걸작들이 즐비하다. 모든 정경이 두 사람의 눈길을 사로잡는다. 느티나무 숲에 둘러싸여 분수대에서 뿜어대는 물줄기가 장관이다.

"주변광경이 자연적입니다."

환한 표정에 미소를 머금은 성아가 혼잣말인 양 읊조리곤 흘끔 들비 에게 눈길을 옮긴다.

"자연적이라 틈이 나면 가끔 와요."

"그렇군요. 저도 자주 와야겠습니다."

"가을 정경도 참 좋아요."

"꼭, 함께 가을 정경을 즐기러 와야겠군요."

들비가 고개를 숙인 채로 고개를 끄덕인다.

"부모님 쪽에서 어느 분을 닮았습니까?"

성아가 뚫어지게 응시한다. 멋쩍은 기색으로 시선을 비켜 잠시 무언가 생각하던 들비가 아빠요, 라고 읊조린다.

"아빠가 아주 미남이신가 봐요."

잠깐 반응을 살피던 성아의 눈가로 옅은 미소가 흐른다.

"늘 보아온 모습이라 뭐라 말하기가……."

말끝을 흐린 들비의 뺨에 볼우물이 살짝 패였다가 금세 사라진다. 말과 마음이 일치되지 않을 때 나오는 버릇이다. 자상한 마음씨는 미남이세요, 라고 읊조리고 싶었다는 듯.

"어머니는 어떤 분이십니까?"

당연히 고운 분이시겠죠, 라는 눈매라 들비가 편치 않은 기색으로 외면한다. 말없는 그녀의 눈망울이 촉촉이 젖어드는 듯해 의아한 표정을 지우지 못한 성아가 고개를 갸우뚱한다.

"미, 미안합니다. 처음부터 무거운 질문을 해서."

"……."

분수대를 지나 나무숲으로 들어선 두 사람.

색을 입힌 나무 벤치가 가지런히 쭉 늘어서있다. 부모를 따라 나온 아이들은 해맑은 미소를 지은 채 숲속으로 뛰어갔다가 달려와서는 벤치 위에 엎어져 뒹군다.

"다쳐!"

소리친 아이의 엄마가 아이들의 손에 소시지를 하나씩 쥐여 준다.

두 아이, 서로 그것을 낚아채려 장난을 치는 모습에 아빠는 함박웃음이다. 아이들의 천진난만한 장난이 예쁜 모양이다.

들비가 가만히 아이들에게 시선을 보낸다. 한 아이가 해사하게 웃다가 초면의 눈빛이 부끄러워 엄마의 가슴팍에 얼굴을 묻는다. 두 다리가 허공에서 둥둥 뜬다. 운동화 밑창에 달린 자동차 바퀴 모양의 빨간 바퀴가 앙증맞게 빙빙 돈다. 마치 물레방아가 도는 것처럼.

벤치 사이를 지나 숲으로 들어간 두 사람, 잔디 위에 앉는다.

두 사람이 앉아있는 뒤쪽에 여러 명의 사내들이 신문지를 깔고 수다를 떠는 모습으로는 노숙자인 듯하다. 유난히 얼굴 표정을 일그러뜨리며 실눈으로 주변 사람들을 살피던 자가, 다가오는 사내를 반기듯 아는 체한다.

"어이! 서 씨, 이리 와!"

붉게 상기된 얼굴에 유난히 매부리코가 두드러져 보이는 자다.

매부리코의 외침을 들었는지, 못 들었는지 매부리코를 쳐다보지도 않고 한쪽 귀퉁이에 엉거주춤 앉는 그자의 한숨소리에 땅이 꺼진다.

매부리코의 오른손 중지의 첫마디에 王자라는 문신이 새겨져 있다. 다른 자들에게 자신의 위세를 보이려 들 때면 주먹을 쥐고 王자의 문신을 드러낸 채 어깨에 힘을 주곤 한다. 헌데, 매부리코를 알은체도 하지 않은 그자만이 유독 자신의 위세를 못마땅하게 여긴다. 오늘도 역시 자신의 말을 귓등으로 흘리지 않는가. 몇 번 입맛을 쩝, 다신 매부리코가 저자를 도와줄 사람이 자신밖에 없다면서 다른 자들에게 눈빛을 빛낸다.

매부리코의 알은체를 외면한 그자는 신문지를 깔고 드러눕는다. 그자의 행동이 맘에 들지 않다는 눈초리로 노려보던 매부리코가 심드렁한 기색으로 뇌까린다.

"옛날 성질 같았으면 벌써 한주먹에 날아갈 놈이지!"

매부리코의 막말을 귓등으로 흘려 넘긴 그자가 돌아눕는다.

그자의 옆에 이미 드러누워 눈을 감고 있던 자는 사업이 망해 도망치듯 집을 나와 노숙자 신세가 된 지 벌써 5년이 되었단다. 아내와 자식들이 어떻게 살고 있는지도 모른다고, 덮은 신문지 끝자락에 드러난 발이 시려 보인다.

"왕 씨, 그만해!"

매부리코 옆에서 그의 말에 심취되어 있던 뱁새눈이 뱁새눈을 더 가늘게 뜨고 매부리코의 성질을 다독거린다. 뱁새눈은 매부리코의 문신대로 매부리코를 왕 씨라고 부른다. 뒤를 흘끔거린 뱁새눈이 은근한 눈초리로 변한다.

"마누라가 고무신을 거꾸로 신었는데 딸이 몹쓸 병이 걸려 죽게 생겼대!"

그렇게 표현을 하고 눈살을 찌푸린 뱁새눈이 다시 한 번 뒤를 흘끔거린다. 심드렁하게 듣고 있던 매부리코가 이번 사업만 잘 되면 내가 다 해결해 줄 거야. 라고 어깨에 힘을 주고는 주변을 살핀다. 그것은 자신의 말에 얼마나 반응들을 보이는지 살펴보려는 술수인 듯 입가로 느끼한 주름이 잡힌다.

"그럼, 왕 씨가 어떤 사람인데 그러고도 남지, 암!……."

매부리코 건너편에 앉아 소주를 들이키던 딸기코가 게슴츠레한 눈빛을 번득이는 건 아첨 섞인 말투라는 암시다.

"그럼, 왕 씨가 누구야? 우리하고는 인생 자체가 다른 사람인데! 그럼, 그릇 자체가 다르지!"

딸기코에게 질세라 매부리코의 기세에 힘을 덧붙이는 뱁새눈이 매부리코를 흘끔 하고는 자신이 참모라는 위세를 보인다.

"내가 왕십리에서 잘나갈 때 도와준 후배가 지금 중국에서 사업을 크게 하고 있지."

잠시 말을 멈춘 매부리코가 슬쩍 그자들의 기색을 살핀다.

"중국에서 장기 수술로 황금 알을 낳는 병원을 하고 있잖아?"

매부리코가 한껏 입술을 부풀린다. 매부리코의 말에 계속 고개를 끄덕이던 딸기코가 손뼉을 쳐대면서 부러운 눈빛을 감추지 않는다.

"이제 왕 씨 세상이지!"

"한국은 장기 이식 수술의 절차가 까다로워 지금 중국으로 몰려들고 있어, 찬스야!"

매부리코가 코를 씰룩이다 말고 한 사람, 한 사람의 안색을 살핀다. 자신을 쳐다보는 눈빛들이 부러움에 가득 찬 기색이라 한결 여유 있는 표정으로 소주잔을 만지작거린다.

"그래서 뜻이 맞는 사람끼리 장기밀매를 한 자금을 모아 사업을 했으면 해."

매부리코가 어투를 길게 늘어뜨리므로 딸기코 옆에서 새우깡으로 허기를 면하고 있던 장 씨가 끼어든다.

"장기 밀매를 하면 내 손에 얼마의 돈이 주어지는 겁니까?"

장 씨가 호기심 가득한 눈매를 향한다. 툭 불거진 눈망울을 가늘게 찌푸린 매부리코가 곁눈질을 멈춘 채 최하 수천만 원이야, 라는 암시를 주고는 무게 있게 말을 잇는다.

"내가 선을 대면 더 많이 받아낼 수도 있고."

더욱 눈빛을 빛낸 매부리코가 소주를 벌꺽 들이키고는 쓰윽- 입가를 문지른다.

"어때? 할 거야, 말 거야?"

버럭, 뇌까리고 눈살을 찌푸린 매부리코의 재촉에 장 씨는 고민하는 표정이다.

"몇 달 전에 우선 조직 검사 비용으로 2백만 원을 달라 해서 돈을 줬는데 사기를 당했소."

장 씨는 지금까지 어렵게 모아둔 돈 2백만 원을 날렸다고, 돈을 받아 간 그자가 나타나기만을 기다린다고. 한껏 붉어진 매부리코의 눈망울을 외면하더니 새우깡을 만지작거리는 두 눈에 물기가 가득 담긴다. 그런 장 씨를 째려보는 매부리코가 한참 입맛을 다신다.

"됐어, 됐어!……."

심드렁하게 웅얼대고는 그런 허가도 없는 인간을 상대하니까 그렇지, 라고 눈을 부라리던 매부리코가 딸기코에게 눈길을 옮긴다.

"황 씨 생각은 어때?"

매부리코가 입맛을 다시다 말고 은근해진 음성이다.

"마지막 기회야. 이번 일이 잘되어야 우리 계획대로 사업을 할 수 있잖아?"

으름장을 놓고는 한층 상기된 눈초리로 딸기코를 쏘아본다. 재촉하는 눈매로 빤히 노려보는 매부리코의 기세에 딸기코가 두려운 눈빛을 감추지 못한다. 옆에 놓여있던 신문지를 든 딸기코가 손바닥으로 구겨진 신문지를 쓱- 문지른다.

"지금은 단속이 심해 중간에서 사기당하기 일쑤라 망설여집니다."

그러고는 덧붙이는 딸기코의 변명이다.

"지금도 마누라가 나를 찾는 신문광고를 내고 있을지도 몰라요."

딸기코의 말에 코웃음을 친 장 씨가 때는 이때다 싶었던지 고개를 빳빳이 세운다.

"아무리 신문광고 뒤져봐도 황 씨 찾는 광고는 못 봤다!"

손사래까지 쳐대며 비아냥거림이 담긴 냉소로 장 씨가 더욱 붉어진 딸기코를 면박한다. 아예 고개를 숙인 채 물끄러미 발치께로 시선을 내린 딸기코의 안색을 살피던 매부리코가 황급히 장 씨의 말을 막고는 느끼한 눈길로 변한다.

"그만! 그런 시시껄렁한……."

말끝을 흐리고 손사래까지 하더니, 은근한 기색으로 딸기코를 쳐다보는 매부리코의 눈길이 예사롭지 않다.

"황 씨, 내가 중간에서 거래를 해볼까? 적어도 수천은 받아낼 수 있어. 저쪽 형편을 봐서 더 뜯어낼 수도 있고."

매부리코의 은근해진 눈빛에 딸기코의 눈망울이 흐려진다.

"그렇지 않아도 얼마 전에 해보려고 했는데, 중간에서 사기당하는 일이 많아 그만뒀습니다."

딸기코의 기어들어가는 목소리다.

"됐어!"

매부리코가 딸기코의 말허리를 자른다. 다음 이어질 단어들을 익히 안다는 안광으로 쏘아보는 통에 허둥대듯 매부리코의 시선을 비킨 딸기코의 손가락 끝에는 필터까지 타들어간 담뱃재가 기다랗게 매달려 있다.

매부리코의 눈치를 흘끔 살피고 딸기코가 일어난다. 슬금슬금 멀어지는 딸기코의 뒤통수를 노려보는 매부리코의 눈가에 서슬이 진득하게 묻어난다. 그자의 욕설을 뒤로 한 채 신문지를 뒤적이는 딸기코의 목젖이 오르내린다. 마누라가 분명히 찾을 텐데, 라고.

"산 입에 거미줄 칠래? 목구멍이 포도청이라고, 산 입은 먹고 살아야되잖아?……."

딸기코가 사라진 그림자를 쫓아 하나둘 자리에서 일어선다. 잔뜩 목을 움츠린 그들에게선 생기라고는 찾아볼 수가 없다. 한 번 노숙자 신세가 되면 무기력하게 빈곤 함정에 빠질 터인데, 그들은 회귀 본능처럼 마지막 비상구로 몸을 눕힐 공간을 배회한다.

인생의 첫 단추가 잘못 끼워지면 제자리를 찾기 힘든 것처럼, 세상에서 버려진 인생이 다시 삶을 찾는다는 게 얼마나 힘에 겨운 시련인가. 그들이 사라진 빈 공간으로 쓰레기가 바람에 획- 쓸린다. 옅은 구름 사이에서 낮과 밤이 조금씩 빛깔을 교체하고 있다.

그들의 등 뒤로 넘어온 대화를 듣고 있던 성아의 심기가 밝지 않은 건, 들비의 눈망울이 물기로 젖어있기 때문이다.

"그렇게 마음이 여려서 어떻게 세상을 살아요?"

눈가로 웃음을 보인 성아가 맛있는 거 먹으러 갑시다, 라며 손을 내민다. 그에게 손을 준 들비가 고개를 끄덕이는 모양으로 대답을 대신한다.

한강고수부지로 들어선 두 사람. 하나둘 불을 밝히는 가로등 불빛을 받은 주차장에 꽤 많은 차량들이 주차돼 있다. 선상카페로 걸음을 옮긴 두 사람, 주변을 살피곤 창가의 테이블에 마주보고 앉는다.

간이무대에선 통기타의 음률을 조절하던 여가수가 흘깃 실내를 돌아보고 꽃밭에 누워, 라는 노래를 부르기 시작한다. 모창인 듯 아닌 듯 슬쩍 원곡을 벗어난 듯하다. 더구나 청초한 이미지를 주고 싶어 앞머리는 앞이마 선에서 자르고 양쪽 머리칼이 어깨까지 내려와 있다.

"남자를 사랑해 본 적 있습니까?"

어서 드세요, 라고 들비가 눈길을 보냈으나 묵묵히 스테이크에 칼질만 하던 성아의 뜬금없는 질문이라 들비가 잠시 멍한 시선으로 머뭇거린다. 그녀의 눈길을 마주한 성아가 어서 말해보라는 재촉이다. 휘둥그레 뜬 눈망울로 들비가 고개를 젓는다. 그러고는 흘끔 숨을 들이마시고는 무언가 묻고 싶은 것에 대한 쑥스러움을 지우듯 그녀의 입술이 움찔한다.

"그쪽은요?"

묻고는 들비가 싱긋 미소를 짓는다. 바라보는 눈빛이 빛나 보였던지 어눌하게 변한 성아의 표정이 촛불에 일렁이므로 들비가 이어 묻는다.

"빨리 대답을 못 하는 걸 보니 찔리는 게 많은가 보죠?"

풋풋한 미소로 눈길을 비키지 않은 들비의 눈매에 시선을 곧추세운 성아의 입술이 움찔한다.

"관심 있는 여자는 하나뿐입니다."

성아의 표현에 들비가 씨익- 웃는다. 그의 음성이 포근했기 때문일 터이다. 그녀에게서 시선을 돌린 그의 입가로 설핏 스치는 미소가 텅 빈 듯 쓸쓸해 보인다. 들비가 가만히 창밖으로 눈길을 옮긴다. 언제나 한강은 말없이 느릿느릿 흐르고 있다. 어스름한 달빛을 받은 유람선이 물살을 가르며 적막을 어루만지고 있을 뿐이다.

"저의 눈을 피하지 말고, 정직하고 솔직하게 말씀해보세요."

"바쁘게 살다 보니 누군가를 진지하게 만날 수가 없었습니다. 그리고 전번에 분명, 저의 마음을 표현했습니다."

"그렇게 정색을 하니까, 정말 무안해지는군요. 오늘, 좋은 것 하나 느끼고 배웠어요."

"뭐가요? 무엇을 배웠다는 겁니까?"

성아가 의아한 눈망울을 그대로 드러내고는 들비의 입술을 멍하니 바라본다.

"상대를 그렇게 무안하고, 정색하게 만드는 건 나쁜 버릇이라는 것을 느꼈어요."

"그렇지요? 첫날, 저 많이 힘들었습니다. 피해보상, 비싸게 청구할 테니까, 각오하십시오."

"너무 윽박지르지 마세요!"

"윽박지르는 게 아니고 정말입니다."

"진지한 마음으로 보상해드릴게요."

"기대되는데요!"

"오버하시는 기대는 금물이에요!"

"하, 하, 하…… 걱정하지 마세요. 들비 씨 같은 여성에게 오버하는 자체가 모순이죠. 들비 씨, 인간은 상대에 따라 동화된다는 말, 진실 같아요."

성아의 진지하게 변화되는 눈빛과 표정에 들비가 눈을 동그랗게 뜨고는 바라본다.

"백 번을 맞닥뜨려 맺은 운명보다, 첫 느낌에서 와 닿는 운명이 진실이라는 생각이 드네요. 저는, 오늘 그것을 느꼈습니다."

"?……."

"들비 씨의 맑은 눈망울과 시선에서 순수성을 느꼈습니다. 나도 모르게 동화되는 기분이거든요."

"너무, 과장된 표현이죠?"

"아, 아닙니다!……."

"왠지 쑥스럽네요."

"고사성어 중에 성선설과 성악설이 있잖아요. 기억나세요?"

"맹자의 성선설과 순자의 성악설이요. 헌데, 순자의 성악설은 좀 그래요. 태어난 아기의 맑은 눈망울을 보세요. 천진난만한 그 눈빛 속에 어찌 그릇됨이 있겠어요?"

"그렇지요? 들비 씨의 눈망울을 보고 있으면, 사랑을 고백하고 싶어집니다. 순수하고…… 영혼이 담긴 사랑이요."

성아의 눈길을 좇아 들비가 창 너머 한강을 바라본다.

언제나 한강은 말없이 검푸르게 흐르고 있다.

"그런데요…… 사람을 매료시키는 사랑이란 표현 속에 진실이 얼마나 담겨있을까요?"

자신의 눈빛을 외면하지 않은 들비의 시선이 예사롭지 않다. 스스로 상기된 얼굴을 비껴 벌쭉 웃는 성아의 고른 치아가 살짝 드러난다.

"들비 씨, 인간의 감정 중에 가장 소중한 진실은 뭘까요?"

"?……."

진지한 성아의 눈길을 똑바로 받고 있던 들비가 말없이 그의 이야기에 귀 기울인다.

"사랑의 감정 같습니다. 때론, 가슴을 아리게 하는 고뇌도 있겠지만 사랑의 힘 앞에는 어떠한 것도 극복할 수 있는 용기가 따르는 게 아닐까요?"

"인생이 그처럼 쉽게 가정법을 허락할까요?"

"가슴에 담기는 사랑이 진실하다면 가정법은 필요 없지 않을까요?"

"인생과 사랑은 아직 잘 몰라요."

"저도, 잘 모릅니다. 하지만, 들비 씨에게 다가가고 있는 마음은 진실입니다."

"성아 씨에게 향하는 저의 마음도 그리 불편하지 않아요."

가로등 불빛이 미치지 않은 곳으로 들어서는 차량들의 헤드라이트가 꺼진 채 누구의 방해도 받고 싶지 않은 자유로운 공간인 듯하다. 가로등 불빛이 은은히 내리는 벤치 앞에서 두 사람, 걸음을 멈춘다. 성아가 얼른 손수건을 꺼내 벤치 위를 닦고 앉자는 시늉을 보인다. 들비가 두 손을 깍지 껴 무릎 위에 놓는다. 뭉게구름에 슬쩍 떠받쳐있던 반달이 구름 속으로 숨어버리고, 아직은 차게 느껴지는 강바람이 획- 분다.

바람결에 실린 비릿함이 코끝으로 다가온다. 군데군데 설치된 가로등불빛이 오렌지빛으로 한강의 적막함을 어루만지듯 내린다. 들비의 옆얼굴로 비치는 주홍색 가로등 불빛이 그림자를 드리우며 한강의 빈터가 외로이 바람에 쓸린다.

"아직도 소녀처럼 보입니다."

그다지 짧지 않은 순간이 아니었던 터라 시선을 떼지 못한 민망함을 얼버무리듯 성아가 나지막이 읊조린다. 참으로 알 수 없는 어휘라 들비는 목마름을 느껴 한강으로 눈길을 옮긴다. 어둠에 깔린 한강이 아름다운 야경을 흠뻑 담고는 낮과는 또 다른 모습으로 변신한다.

"소녀? 후후…… 칭찬인지 흉인지 좀 헷갈리네요."

빙그레 미소를 띤 들비가 한손으로 턱을 받치곤 성아에게 시선이 향한다. 절대 허튼소리 아니라고, 오렌지눈빛이 들비를 향한다. 얼마쯤 적막이 흘렀을까?

"다희가 오빠라 부르니까 오빠라 칭해도 좋지 않을까요? 아니면 몇 살 많은 남자 친구로 생각하고 성아 씨라는 호칭을 사용하면 덜 거북할 텐데……."

의중을 묻는 듯해 들비가 살짝 고개를 끄덕이고는 제가 알아서 할게요, 한다.

모호한 긍정이므로 성아는 더 이상 강요하지 않는다.

불꽃을 피운 유람선 두 척이 서로를 비켜 유유히 한강을 떠간다. 강바람이 두 사람의 머리칼을 휘감는다. 사라지는 유람선과 인적이 끊긴 공터로 스며드는 적막이 스산하다.

"오늘을 기념하는 뜻으로 우리 클럽에 갈까요?"

은근한 기색을 감추지 않은 성아가 손을 내민다. 아니에요, 했다가 단박에 제안을 거절한 게 미안해 성아의 눈길을 거부하지 않는다. 그의 눈망울이 재촉하므로 하늘로 눈길을 둔 들비의 얼굴에서 달그림자가 사라진다.

늦봄의 열기가 어둠에 묻히며 밤공기는 적당히 선선하다.

인도를 오고가는 여성들의 옷차림은 미니스커트와 핫팬츠 차림이 눈에 많이 띄어 다가올 여름 내내 유행이 될 듯싶은 차림새다.

짙게 잠들어가는 도시의 네온사인이 밤눈을 현란하게 뜬다. 일렁거리는 거리는 차량들의 성질 급한 클랙슨소리에 깜짝 놀라 불빛을 부라린다.

인도로 바짝 붙어 무언가를 찾는지 비틀거리는 승용차의 차창이 다 열려 있다. 휘익- 스치는가 싶은데 차창 안에서 폭발음인 양 쏟아져 나오는 음악소리다. 눈초리를 마주치기도 전에 쏜살같이 사라지는 승용차의 굉음이 인도를 걷는 사람들의 눈살을 찌푸리게 한다. 교차로에 늘어선 차량들은 반딧불 춤추듯 왼쪽 눈을 깜빡이며 좌회전 유도 선으로 들어선다. 앞차를 쫓아 서서히 핸들을 돌린다.

세계호텔 별관 지하 키스 앤 키스 나이트클럽 입구가 분주하다.

주차장으로 들어서는 벤츠, BMW, 아우디 등 수입 차 일색이다. 땅바닥에 이마가 닿도록 조아리는 주차원은 빈혈이 날 지경이다. 분주한 틈새로 최신 스포츠카인 포르쉐 뉴박스터가 미끄러지듯 들어온다.

벤츠클래스 차문을 열려던 주차원이 엉덩이를 뒤로 쭉 빼고는 포르쉐로 다가가 무릎에 이마가 닿도록 허리를 숙인다. 세계적인 명품의 셔츠 위에 셔츠를 덧입는 레이어드룩으로 조화시킨 두 남자가 조용히 차에서 내린다. 그들에게 허리를 숙인 채 허공을 가르고 있는 주차원의 손바닥으로 수표 한 장이 뚝, 떨어진다.

시선이 집중되는 플로어 앞쪽으로 두 남자를 안내한 웨이터가 허리 숙여 발렌타인 30년산을 세팅한다. 두 남자는 전혀 주위에 관심 없다는 듯 자신들의 시간을 즐기는 것처럼 보인다. 주변을 두리번거리거나 건수를 찾는 허점 또한 보이지 않는다. 분명 여자들이 힐끔거릴 것이며 스스로 다가올 터이니까.

벽 쪽 테이블에 앉아 차츰 어둠에 익숙해진 들비와 성아가 실내를 훑는다. 발 디딜 틈도 없는 플로어 위다. 웨이브 사이사이로 금빛의 색상을 넣어 헝클어진 듯 꾸민 헤어스타일, 이국적인 디자인의 배꼽티와 핫팬츠, 눈빛과 가슴, 허리와 엉덩이, 그리고 종아리가 제각기 욕망으로 꿈틀대고 있다.

여자와 남자는 태초의 에덴동산이라는 듯 선과 악을 따먹기 위해 짝을 찾으려는 서로의 눈빛과 표정이 조명 속을 파고든다. 남자가 여자의 어깨에 손을 얹는다. 때를 같이해 스피커에선 보컬의 강한 비트가 실내를 들썩인다. 레이저빔이 쉬지 않고 난사되는 틈으로 백색인간들은 뒤틀려 잘려나간다.

조용히 침묵하고 있는 들비를 바라보던 성아가 적당히 오른 알코올 탓일까? 눈가에 미소가 지워지지 않는다. 들비한테서 눈길을 떼지 않은 채 우리도 춤을 출까요? 라는 표현에 들비가 멋쩍은 미소와 함께 아니요, 라고 고갯짓을 한다.

옆 테이블에 남자 셋이 앉는데 어설픈 모양새를 감출 수가 없다. 왜냐하면 어른 흉내를 냈어도 막 미성년자를 벗어난 의상 목덜미에는 솜털이 그대로인 것이다.

"키스 앤 키스를 찾아주신 고객 여러분! 아름다운 이 밤, 이 시간을 책임질……."

한때는 랩과 힙합의 선두주자로 주가를 올렸던 DJ가 검은 안경으로 얼굴을 덮은 채 리듬에 맞춰 머리를 흔들어 대는 통에, 검은 안경이 이쪽으로 저쪽으로 쉼 없이 옮겨 다니느라 정신이 없다.

"오늘밤을 영원히 잊지 못할 추억의 밤으로!……."

DJ의 멘트가 젊음을 달구므로 남녀는 이리 엉키고 저리 엉킨다. 웨이터는 검정 오토바이 택배원처럼 이 테이블, 저 테이블로 남녀를 배달

하느라 혼쭐이 난다. 대형스피커에서 쏟아지는 굉음으로 대화가 끼어 들지 못해 서로는 표정으로 소통한다.

조심스레 의자에서 몸을 일으킨 들비가 고개를 까닥여보이고는 혼잡한 테이블 사이사이를 미로처럼 빠져나와 비상구란 파란 등이 보이는 작은 통로로 들어간다.

화장실로 들어서는 통로 벽에 여자가 등을 붙이고 있다.

벽에다 한 손을 짚은 남자가 여자 얼굴로 다가간다.

"내가 그렇게 예뻐? 넋을 놓게!"

여자가 뜨거운 눈길을 보내고 새빨간 입술에 담배를 문다. 남자가 라이터를 켜므로 당연하다는 듯 여자가 길게 담배를 빨아 들이키고 은근히 속삭인다.

"넋을 놓은 귀신은 별론데!"

몇 명의 여자가 볼일을 다 보았는지 화장실 문을 밀치고 나온다. 짧게 커트한 앞 머리카락이 이마 위에서 찰랑인다. 그 여자, 껌을 씹는 입모양 따라 한쪽 볼의 보조개가 장난스럽게 일렁인다.

들비가 그녀들을 피해 벽 쪽으로 몸을 붙인다.

그녀들은 아랑곳없이 들비의 어깨를 툭! 치고 지나친다.

"걔들보다는 뒤쪽 애들이 좀 더 냄새가 나지 않아?"

코웃음을 흘리고는 노란색 브리지를 넣어 염색한 머리칼을 휘날리며 또각또각 사라진다.

그날 이후

세계호텔 스카이라운지.

갖가지 대형 광고판으로 도식된 건물들이 햇살을 받아 반짝인다. 창 밖에 두었던 시선을 거둬들인 아버지가 아이에게 눈길을 옮긴다.

며칠 전,

"어떻게 지내시고 계세요?"

아이가 묻고는 한참 말이 없는 게 이상했다.

"무슨 일이 있는 거냐?"

물어도 한참 뜸을 들이던 아이의 음성이 기어들어갔다.

"사실 다희가 친척 오빠를 소개시켜줘 교제를 하고 있어요, 그래서 인사시켜 드리려고요."

아이의 기어들어가는 목소리였다.

그제야 아이의 교제를 까마득히 잊고 살았던 아버지다. 아이는 언제 나 아이처럼 인식되어왔기 때문이다. 교제하고 있는 남자를 소개시켜 준다 하니 세월의 격세지감을 느끼지 않을 수가 없었다. 유난히 외로움을 많이 타는 아이다. 말수가 적어 감정을 제대로 표현이나 할지 모든 것이 내내 걱정이 되어 며칠 동안 침식이 불편했다.

"어떤 사람이냐?"

"만나 보시고 판단하세요."

할 뿐 더 이상 부연설명이 없어 궁금하기도 했다.

"어느 정도 정보는 알고 만나야 실수가 없지."

아이는 웃기만 할 뿐 도통 설명을 하려 하지 않아 굳이 더 묻기도 뭐해 그날 보자, 하고는 전화를 끊었다.

아이는 쑥스러움을 숨긴 채 유심히 아버지를 맞바라본다.

점잖은 회색정장에 적당히 건강해 보이는 체격, 혈색이 좋고 중후한 남성미가 풍기는 아버지다. 영원히 나이 드는 모습이 아닐 거라 여겼던 귓등으로 흰 머리카락이 보인다.

아이를 응시하는 아버지가 편한 모습으로 가장을 하려 해도 두근거리는 심경을 벗어내지 못한다. 초조함이 그대로 드러난 미간에 주름이 잡힌다. 마치 본인이 선을 보는 것처럼 가슴이 두근거려 멋쩍음이 쉬 사라지지 않아 가만히 가슴을 진정시킨다.

"일이 좀 늦어서, 죄송합니다!"

아이가 있는 테이블로 다가오기 바쁘게 연거푸 고개를 조아리고는 죄송합니다를 연발한다. 저만큼에서부터 허겁지겁 테이블 사이를 다가오는 걸 보고 직감적으로 저 사람이구나, 속내로 직감한 아버지가 유심히 살핀다.

준수한 외모에서 풍기는 깨끗한 이미지가 선뜻 다가온다. 짧은 순간 좋은 관계가 되어 외롭게 살아온 아이가 마음껏 웃는 시간이 많았으면, 하는 간절함이 먹먹한 가슴에 시나브로 스며든다.

"어서 앉게. 들비 아비일세."

테이블 앞에서 번갈아 고개를 조아리고 엉거주춤 서있는 성아에게 아버지가 조용한 음성으로 앉기를 권한다. 의자에 앉은 성아가 아이에게 늦어서 미안하다는 눈빛으로 맑게 웃는다. 괜히 쓸데없는 걱정으로 조바심만 냈다고, 아버지가 속내로 읊조린다.

"오늘은 내가 살 테니까 먹고 싶은 것으로 주문하게."

아버지의 만면이 편한 표정으로 변한다.

"아버님은?"

성아의 아버님이란 호칭! 순간 당황했으나 아버지가 얼른 정신을 차린다. 두 사람을 넌지시 바라보던 아버지가 넉넉한 미소를 짓는다.

"오늘은 젊은 사람들 취향으로 동일하고 싶네."

아버지가 고개를 끄덕여 보이고는 아버님이란 호칭! 왜 진작 염두에 두질 못했나? 은근히 자책을 한다. 사위도 아들이란 말을 어디선가 주워들은 기억이 어렴풋이 떠오른다.

"두 사람이 서로에게 향하는 마음이 소중하다고 생각하네. 나는 괘념 말게. 인간사라는 게 너무 완벽해도 멋이 없는 거야. 세월이 이만큼 흐르고 나니까, 이제야 그 의미가 이해되더군. 그래서 눈에 거슬리고 부족한 점이 있어도, 한 번쯤은 변명할 수 있는 여지를 남겨두어야 여유라는 미덕이 숨을 쉬지 않겠나?"

조심스럽게 감정을 자제하면서 객관적인 어투를 유지하려는 아버지의 어휘에 귀만 열어놓은 들비는 안심 스테이크에 칼질만 하고 있다.

아버지의 눈치를 흘끔 본 성아가 무언가 정리가 되었던지 약간 고개를 들고 눈빛을 맞춘다.

"아버님이 염려해주시는 말씀 잘 받아들이겠습니다. 그리고 들비 씨와 좋은 인연이 되고 싶은 마음의 준비도 되어있습니다."

장황한 미사여구보다는 자신의 의지를 보여주는 게 낫다는 생각이 들었던지 성아가 짧게 말을 하고 밝은 표정을 짓는다.

"그래. 무엇보다도 마음의 준비와 자세가 중요하겠지. 부모님은?"

"두 분 다 계시고, 아버님은 조그마한 개인회사를 하시는데 거기에서 업무를 보고 있습니다."

"그렇군. 아직 세상 물정을 잘 모르는 들비라 부족한 점이 많을 걸세."

"아닙니다, 아버님! 제가 들비 씨 덕분에 부족한 부분을 채우고 있는 실정입니다."

동그래진 눈망울로 너스레를 떠는 성아의 모습에 아버지가 너털웃음을 터트린다.

"하, 하, 하…… 그런가? 내 눈에는 아직도 철부지로 보이니 말일세. 들비에 대한 이미지를 바로잡아야 되겠네."

호탕하게 웃은 아버지가 들비에게 시선을 옮긴다. 들비의 얼굴이 어색하게 붉어지므로 아버지가 성아에게 눈길을 옮기고는 말을 이었다.

"내가 부탁하고 싶은 것이 있네. 들비가 엄마 없이……."

아버지가 아차, 했으나 이미 그거였구나, 라는 기색을 지우지 못하는 성아의 표정을 짐작컨대, 이는 아이가 엄마의 존재를 말하지 않았다는 반증이다. 괜히 사실을 밝혔다는 것이 곤혹스러워 아버지가 잠시 어질한 기분을 느낀다.

실은 아이의 전화에서 시간이 되면 만나봤는데 괜찮은 사람 같아요, 해서 가장 민감한 부분이라 아이가 말했을 것이라 생각했다. 그렇다면 자연스레 아이에게 맡겨놓을 걸, 본인이 아직 말하지 않았다는 건 시기상조라 생각했기 때문일 터인데 아이를 바라보기가 민망했다.

"제가 천천히 설명할게요."

아이가 그렇게 뜻을 전해도 표정이 밝게 살아나지를 않는다.

평생 지고 가야 할 아이의 굴레다. 덤덤한 기색을 보여주려 노력하는 아이의 안색이 처연해 가슴이 아리다.

"그게 좋겠다. 나는 약속이 있어 이쯤에서 일어나야 되겠구나."

아버지가 얼른 말을 마치고 일어서는 몸이 천근만근 무겁게 느껴져 내딛는 발걸음이 편치 않다. 즐겁게 하고 자리에서 일어나야 하는데…… 걸음을 옮기는 미간에 주름이 깊게 잡힌다.

아버지가 저만큼 멀어지는 걸 바라보다 자리에 앉은 성아가 들비에게 시선을 주는 것은, 그녀가 어떤 부연 설명이 있을 거란 추측 때문이다. 헌데, 들비가 고개를 숙인 채 포크로 야채를 집었다가 났다 하기만 할 뿐 말이 없어 성아가 무거운 침묵을 사그라뜨린다.

"우리 이렇게 앉아있기엔 너무 시간이 아까운데 뭘 할까?"

"……."

그녀의 표정이 밝지 않다는 건 아직 말하고 싶지 않다는 것이다. 중요한 것도 아니라는 생각이 든 성아다. 구태여 어머니의 부재를 자세히 물어야 할 이유도 없는 노릇이다.

"기분도 전환할 겸 드라이브나 할까?"

밝게 표정을 지은 성아가 묻고는 자신까지 우울하면 더 침울할지도 모른다는 생각이 문득 들어 그녀를 바라본다. 성아의 물음에 슬쩍 떠진 눈망울이 드라이브? 하듯 생소한 눈빛으로 드라이브요? 재차 덧붙인다.

"응. 시원하게 바람을 뚫고 달리고 싶어."

성아가 두 손을 번쩍 들고는 그래 드라이브가 좋겠다, 하곤 벌떡 자리에서 일어선다.

주차장을 빠져나온 승용차가 대로로 진입하기 위해 정지선에 정차를 하므로 차창 밖의 정경이 한눈에 들어온다. 휴일이라 그런지 차량들이 한산하다. 차창 밖으로 눈길을 두고 있는 그녀의 손을 성아가 살며시 잡아준다.

"힘들어하는 모습 보니까 나까지 우울해지려고 해. 어머님 이야기하기 싫으면 하지 마. 말하기 싫으니깐 안 하는 거잖아? 구태여 들어야 할 이유가 없어."

성아의 눈매가 편해지는 건 그만큼 자신의 의중을 존중하겠다는 배려다.

"미안해요. 그분 이야기하고 싶지도 할 말도 없어요."

다시 창밖으로 시선을 옮기는 그녀의 모습에 고개를 주억거리곤 말못할 아픈 사연인 듯해 성아가 잡고 있던 손에 슬며시 힘을 준다.

한 번도 얼굴을 본 적 없는 그분을 어떻게 설명을 할 것이며, 자신의 출생에 대해 그가 어떻게 받아줄 것인가가 가슴을 짓누르므로 눈을 뜰 수가 없다.

"들비, 시원하지!"

환청처럼 들리는 소리에 화들짝 눈을 뜬 들비가 눈길을 보낸다.

"들비가 있으므로 어머님이란 분도 만나보고 싶은 것이지, 원치 않으면 아무 상관없어."

"고맙고 미안해요. 그분에 대한 이야기가 나오면 왠지 모르게 답답해서 그래요."

"경험해보지 못한 사연이라 나도 뭐라 말하기 뭐하네."

보름달을 닮아가는 달이다.

정적에 박힌 별들이 하얗게 눈을 뜨고 슬며시 저녁놀을 밀어내더니 어둠이 깔린다. 따가운 햇볕에 지쳐 흐느적거리던 도시는 또 다른 불꽃으로 살아나고 있다. 어둠이 깔린 도시가 수은등 불빛으로 색다른 거리를 자아내며 간간히 들려오는 클랙슨 소리가 밤거리를 일깨운다. 휴일을 즐기고 귀가하는 차량들이 급속히 도로를 점령하는 바람에 차량꽁

무늬가 반딧불 행렬인 듯 길게 늘어진다.

"피곤해?"

들비의 손을 가만히 잡아준 성아가 차창 너머로 다시 눈길을 두고는 묵묵히 우회전을 한다.

올림픽대로로 진입하는 입구로 차량들이 길게 늘어져있다.

앰뷸런스가 좁은 도로를 비집고 들어오려 연신 경고음으로 주변을 달군다. 누구도 차량을 피할 공간이 아니어서 모든 정경이 짜증나는 일이다. 그렇지 않아도 아버지와의 만남이 그분이란 표현으로 인해 유쾌하지 못해 미안한 마음이 무겁다. 억지로 평온을 가장하려 해도 잘 되지 않는 표정관리에 들비의 얼굴이 묘하게 일그러진다.

한강변으로 떨어지는 가로등불빛을 받으며 뚫고 나가는 차창으로 스미는 바람이 코를 찡긋하게 한다. 성아가 찡그린 그녀의 코끝을 잡았다가 놓는다.

"미국에서 2년 있는 동안 참 많은 것을 배웠어. 미국 사람들 개인주의자고 이기적인 것처럼 보여도 상대에 대한 배려나 양보심은 본받아야 된다는 걸 느꼈어. 쉽게 이혼하고, 재혼하는 문화라 우리 정서로 이해하기 쉽지 않았거든. 두 사람이 그렇게 되기까지는 분명 사연이 있는 것이잖아? 처음엔 이상한 사람들이다, 했는데 이제 어느 정도 세상을 살다보니 이해하는 만큼 어른이 된 거야."

성아가 자신의 부모를 이혼 쪽으로 단정 짓는 어투라 들비가 모호한 안색으로 말을 경청하는 척할 수밖에, 그것은 마치 비행기를 타보지 못한 사람이 마치 비행기 창문을 열면 구름을 만져볼 수 있다고 상상하는 것이라 눈길을 내린다.

말을 멈춘 채 응시하는 성아의 눈길을 비키지 않은 들비가 하고 싶은 말이 있으면 더 해보라는 눈짓을 한다.

"지금 한국의 정서도 어른들 이혼 자연스럽게 받아들이는 흐름이잖아. 난 개의치 않아. 그러니까 너무 어렵고 복잡하게 생각하지 마."

"고마워요."

들비의 기색에 고맙기는, 이라는 성아에게 그녀가 할 수 있는 말이란 고맙다는 표현밖에 없었을 터다.

"들비의 지금 표정이 어떤지 알아? 너무 귀여워!"

"놀리는 거지요?"

성아의 아니야, 라는 표현을 귓속에 담은 채 차창 밖으로 눈길을 둔 들비의 입가로 야릇한 주름이 그려진다.

"귀엽기는 그쪽이 더해요."

들비의 차분한 음성에 슬그머니 눈을 치뜬 성아가 어색함을 지우지 못한 광경을 목격한 아이처럼 코를 찡긋한다.

"재미있는 이야기해 줄까?"

성아의 달뜬 음성이다.

답답한 심경이 불현듯 옥죄어 성아의 묻는 말이 흩어지기도 전에 들비가 고개를 끄덕인다.

차창 앞으로 보름달이 내려앉는다.

"어느 청소년 연수원에 특강으로 오시는 목사님이 아주 재미있어. 시간이 허락되면 꼭 오시는데 양파 목사님이란 별명이 붙은 거야. 이마가 얼마나 넓은지 정수리까지 벗겨진 목사님은 키까지 작은데다 의자에 앉아서 어깨를 움츠리면 반짝반짝 빛나는 이마가 꼭 양파처럼 보여. 그런데 자신의 외모에 굉장한 자부심을 갖고 있는 거야. 그것은 자신의 마음속에는 양파 껍질이 벗겨지듯 하나님의 말씀이 쌓여있다는 것이라고. 그러니 자신에게 얼마나 어울리는 별명이냐고, 그것은 하나님의 축복으로 태어났기 때문인데 왜 그러냐 하면, 자신을 한 번 본 사람은 어디서나 기억해준다는 거야."

성아의 설명만으로도 웃기는 이야기처럼 들려 입가로 삐어져 나오려는 웃음을 참느라 들비의 볼이 씰룩인다. 그런 모습에 좀 더 동조가 된 듯 성아의 눈살이 일그러진다.

"그날도 변함없이 양파 껍질을 벗겨내듯 목사님은 에덴동산과 선과 악에 대해 설교를 하는 중인데, 괴짜라는 별명을 가진 친구가 갑자기 번쩍 손을 치켜세우는 거야. 친구들은 뭔 일인가 해서 그 친구에게 모든 시선이 쏠렸어. 친구를 잠시 쳐다보던 목사님이 무엇이든지 물어보라는 시늉을 턱짓으로 하는 바람에, 용기를 얻은 그 친구가 엉거주춤 자리에서 일어나 평소에 궁금히 여기고 있던 의문을 던졌어."

"뭐라고요?"

성아가 거기까지 이어가던 말을 갑자기 멈추는 바람에 왜 그래요? 들비의 의아한 눈빛과 굳었던 표정이 풀리며 호기심 가득한 기색으로 다가오자 성아의 표정이 느긋하다.

"괴짜 친구가 슬쩍 주변을 훑고 나서는 말하길 목사님, 성경에 보면 아담과 이브가 에덴동산에서 선악과를 따먹었다고 기록되어 있지 않습니까? 친구가 잠깐 말을 멈춘 채 목사님을 바라보는지라 그것은 예수를 믿는 사람이라면 기초적인 지식이지, 하듯 인자한 웃음을 머금은 목사님이 고개를 끄덕였어. 계속하라는 시늉이므로 그 친구의 입에서 나온 말이 걸작이야."

"뭐라고요?"

성아가 차창 밖으로 손을 내민다. 강바람을 느끼듯 손가락을 편 채 다음 말을 하지 않으니 조금 전 우울했던 마음을 잊은 듯 들비가 빠르게 말을 덧붙인다.

"걸작이 뭐예요?"

"헛기침을 두어 번 한 괴짜 친구, 그런데…… 죄는 입으로 지어놓고 가리기는 왜 아래를 가리는 겁니까? 저는, 지금도 그것이 무진장 궁금하다는 그 친구의 익살스러운 표정에 갑자기 폭소가 터졌어. 그것까지는 괜찮았어. 목사님의 표정이 더 웃기는 거야. 감정에선 웃으라는 명령이 계속 하달되는데 이성에선 점잖지 못하군, 하는 감성과 이성 사이에서 일그러진 기색이라 갑자기 강당이 난리가 난 거야. 어떤 친구는 웃음을 참다못해 발을 둥둥 구르고, 손바닥으로 책상을 때리고, 어떤 친구는 바닥에 뒹굴며 손가락으로 목사님의 일그러진 얼굴을 가리켜 그제야 목사님도 더는 못 참겠던지 한바탕 너털웃음을 터트리고 안경을 벗었어. 참기 힘든 웃음을 억지로 참다가 터트린 웃음 때문에 그만 눈물이 흐른 거야. 눈가에 흐른 눈물을 닦은 목사님은 체면유지를 하고 싶어 성경은 점잖은 진리의 가르침…… 거기까지 말을 하고는 더 이상 말을 이어나가지 못하고 땀을 닦았어. 그런 목사님 눈치를 살피던 그 친구가 다시 번쩍 손을 들고는 목사님, 전지전능하신 하나님께서도 하나는 모르셨던 것 같습니다. 그렇게 말을 멈춘 그 친구의 머뭇거림에 목사님도 이제는 그 친구의 다음 말이 궁금했던지 어서 하라는 손짓을 보여 남녀칠세부동석이란 걸 하나님도 모르시지는 않았을 텐데…… 다 큰 남녀를 홀딱 벗겨놓고 아무 일 없기를 바라셨던 하나님은 혹시 고자가 아니었을까요? 의문을 던진 친구가 자리에 앉기도 전에 문제가 발생되었어. 너무 웃다가 어떤 친구가 실신을 한 거야. 쓰러지고, 뒹굴고, 한바탕 난리를 쳤던 소요가 가라앉기를 기다렸던 목사님, 본래 여자는 약하지만 용기 있는 남자에 반해 사랑에 빠진 여성은 남자 못지않게 용감해지는 거라면서 청소년들을 위해 오랫동안 기도를 했어."

성아가 차창 밖으로 시선을 향한다.

올림픽도로를 질주하는 자동차 불빛마다 웃겨하듯 반짝인다. 교차

되는 불빛에 시선을 둔 성아가 눈길을 돌리지 않는 것은, 옆에서 웃음을 참느라 일그러뜨린 인상을 들키면 들비가 민망해할 터이기 때문이다. 몇 번 손바닥으로 가슴을 두드린 들비가 눈가로 번지는 물기를 닦는다. 애써 차분함을 가장해 성아를 바라보다가 결국 폭소를 터트리고 만다.

들비의 폭소가 끊어졌다 다시 이어진다. 성아의 능청맞은 표정 때문이므로 급기야 두 손으로 얼굴을 가린 들비가 한참을 웃다가 그의 어깨를 손바닥으로 때린다.

"이런 경우도! 재미있는 이야기해주고 매 맞는 경우는 또 뭐야? 맛있는 거 사줘도 시원치 않은 판국에……."

말허리를 흐린 성아가 너스레를 떤다.

"좋아요! 오늘은 뭐든지 제가 살게요."

들비의 미소가 사라질 즈음 핸들을 꺾어 고수부지로 들어선다.

풀밭 언저리로 희끄무레한 모래밭이 잠깐 헤드라이트불빛에 드러났다가 사라진다. 주차장에 차를 주차하고 헤드라이트를 끄니 적막에 휩싸인 어둠을 삼키듯 풀벌레가 자지러지게 울어댄다.

두 채가 나란히 보이는 포장마차다.

한쪽엔 몇 쌍의 그림자가 아른거린다. 옆쪽의 비닐 포장을 들춘 성아가 벌어진 틈새로 삐쭉 고개를 디밀고 들어오라는 턱짓을 한다. 입구에서 어정쩡한 자세로 코를 찡그리고 있던 들비가 포장마차 안으로 들어선다. 수더분한 인상의 아낙이 우동을 말던 손을 멈추더니 의자를 가리킨다.

"무엇으로 드릴까요?"

아낙이 우동그릇을 옆 손님에게 놓으며 두 사람을 번갈아 쳐다본다.

들비가 주문하라는 손짓을 한다.

직사각형의 길다란 뚜껑이 유리문이라 안의 내용물이 그대로 드러난

다. 성아가 검지로 이것저것을 가리키다가 그녀에게 눈길을 옮긴다. 손
가락을 쫓아다니느라 정신이 없던 들비, 무언가 낌새가 이상해 퍼뜩 눈
길을 든다. 자신을 바라보는 눈길에 장난기가 서려 누가 먼저라고 할 것
도 없이 웃음이 터진다. 가지런한 둘의 치아가 불빛을 받아 반짝인다.

"소주 마셔봤어?"

성아가 스스로 술잔을 채운다.

"아니요. 아직 술을 잘 못해요."

엄지와 검지로 술잔을 만지작거리던 들비가 고개를 젓는다.

"대학교에 입학해서 친구들과 어울려 마셨던 추억이 갑자기 떠오르
네. 그때 포장마차에서 얼마나 친구들한테 골탕을 많이 먹었던지, 술을
못해서. 하 하 하!⋯⋯."

한바탕 웃고 술잔을 들어 한입에 털어 넣은 성아의 인상이 일그러진다.
순식간에 파고드는 알코올의 짜릿함이 식도를 뜨겁게 했던 모양이다.

"인상을 쓰니깐 나까지 따라 인상이 구겨지는 기분이에요."

들비가 코까지 찡그린 채다.

"맞아. 동화되는 거야. 근데 오늘 아버님을 뵙고 기분이 참 좋았어.
왠지 알아?"

잠깐 말을 멈췄다가 들비의 응답이 없어 성아가 차분히 덧붙인다.

"아버님은 외형만큼이나 마음씀씀이도 신세대이실 것 같다는 생각
이 들었어. 우리 세대를 이해하려는 폭도 넓으신 것 같고."

"불편 없이 해주려고 많이 노력하신 분이에요."

"상대에 대한 배려가 많으실 것 같다는 느낌을 받았어. 온화하시면
서도 따뜻한 마음이실 것 같아."

성아가 빈 잔에 술을 채우려고 술병을 잡으려다 손길이 느껴져 흠칫 손
을 멈춘다. 들비가 빈 잔에 술을 따라주기 위해 술병을 잡으려했기 때문

이다. 잠시 망설이던 그녀가 술병을 들어 빈 잔에 술을 따르는 순간이다.

"분위기 죽인다!……."

불량아로 보이는 사내 몇 명이 포장마차 안으로 들어와 뇌까린다. 그러고는 성아의 어깨에 손을 얹은 채 눈빛을 번득인다. 당황한 눈빛을 감추지 못한 성아의 모습이다. 신이 난 그자들의 입에서 진하게 풍기는 알코올냄새다.

"형씨! 찌그러지는 상판대기는 완전히 싸구려 같은데, 놀라는 액션은 할리우드야! 누구 비슷하게 흉내 내는 꼴이……."

"형씨, 삼삼한 깔치 데리고 있는 그 기분은 어떤 거야?"

이죽거린 사내의 옆에서 실소를 띄우던 다른 사내가 입술 끝을 말아 올리더니 말을 받는다.

"그렇게 분위기 잡고 있으면, 번데기가 용트림을 하고 싶어 하거든, 깔치가 삼삼하면 그게 더해!"

"싸움을 할 줄 모릅니다. 한 번도 싸워본 적이 없어서……."

술잔에 시선을 둔 성아가 말을 흐리고 눈을 감는다. 한 번도 경험해 보지 못한 상황에 무척 황당해하는 성아의 기색이다. 들비가 눈을 감았다가 뜬다. 어떤 일이 있어도 당황하지 말고 침착하게 대처하면 위기를 모면할 수 있다, 라는 아버지의 말이 떠올랐기 때문이다.

"미안해요, 우리가 그쪽의 마음을 상하게 했다면? 하지만 우리가 그쪽보다는 형, 누나 같아요. 만약에 그쪽 중에 누가 여자 친구와 있는데 자신보다 어린 친구들이 이렇게 할 때 기분이 어떻겠어요?"

"뭐라고, 누님!……."

이죽거리는 사내들이 동시에 외친다. 성아의 술잔을 빼앗아 한입에 털어 넣은 자가 계속하라는 듯 입술을 찡그린다.

"여자는, 싸우면서 피 흘리는 남자보다 분위기를 지키려는 남자를 좋아해요. 그리고 여자 친구와 있는 남자한테 농하는 남자, 여자한테 인기 별로예요."

"햐! 누님, 외형만 멋있는 게 아니라 정말 말솜씨 죽인다!……."

이죽거리던 사내들이 서로를 쳐다본다.

"이럴 땐 어떻게 해야 멋있는 거냐?"

한 사내가 친구의 눈빛을 쳐다보곤 느릿하게 내뱉는다. 그자, 자신도 잘 모르겠다는 듯이 고개를 갸우뚱하고는 말을 받는다.

"이럴 땐 우리가 멋있게 사라져야 되는 거잖아?"

한 사내가 친구의 말에 고갯짓을 한다.

"누님, 정말 멋있다!"

뱉고는 나가려할 때 들비의 음성이 조용히 흐른다.

"잠깐! 뭘 먹으러 들어온 것 같은데, 이곳에서 내가 살 테니까 먹고 싶은 게 있으면 주문하세요."

서로의 눈길이 마주친 사내들이 뻘쭉한 표정으로 눈살을 찡긋거린다. 들비의 표현대로라면 여자 앞에서 속 터진 만두 꼴이 아닌가! 붉어진 얼굴이 더 붉어져 자신들의 몰골이 영 아니라는 눈빛이다.

"누님한테 오늘 좋은 걸 배우고 갑니다."

그자들, 포장마차에서 그림자를 지운다.

아침에 세차게 흩뿌린 소나기 탓인지 도로와 인도가 한눈에 청량감을 준다. 손바닥 크기의 플라타너스잎사귀가 빗물에 씻겨 그림자를 만든다. 마땅찮다면, 오후로 접어든 시내의 도로가 차량들로 가득 차 있는 게 불만이라면 불만이다. 도로가 언제 정체에서 풀릴지 도통 예상할 수 없는 지경이다.

핸들에 두 손을 얹은 채 라디오에서 흘러나오는 리듬에 맞춰 손가락

장난으로 무료감을 달래던 들비가 신호등이 바뀜에 따라 서서히 액셀러레이터를 밟는다.

천천히 G동으로 들어선다. 오른편 오르막으로 방향을 돌린다. 성아가 자세히 설명해준 약도대로 얼마쯤 가다가 대각선으로 마주한 방범초소 모퉁이로 꺾고서는 언덕바지를 바라본다.

언덕바지에 자리한 집으로 점점 다가갈수록 축대 위로 나무들이 삐쭉 솟아있는 게 보인다. 집 앞에서 멈춘 들비가 빠르게 경적 두 번을 누른다. 잠시의 시간이 흐르고 차고 문이 열린다. 승용차가 안으로 들어서자 벽면에서 쏟아지는 불빛으로 차고가 환히 드러난다.

"어렵지 않게 잘 찾아왔네."

환한 표정으로 성아가 차문을 연다.

"이거, 어머님이 뭘 좋아하시는지 몰라 꽃으로 골랐어요."

"뭘, 이런 걸……."

성아가 들비의 손에 들려있는 꽃다발을 받아든다. 차고를 나와 정원을 지나칠 때다. 보기에도 무시무시한 개 한 마리가 쇠사슬에 묶여 눈빛을 번득이며 으르렁거린다. 그렇지 않아도 무서움에 곁눈질로 살피던 들비가 기겁을 한다.

"미르, 가만히 있어."

성아가 들비의 손을 잡는다.

거실이 한눈에 들어오는 뒤편 전체가 유리로 만들어진 창이다.

연노란 무늬의 실크커튼이 반쯤 창에 드리워져 있다. 창밖에는 화초와 수석으로 작은 동산을 이룬 모형이 보인다. 주변으론 보기 좋게 조형된 나무들이 가지런하고, 고풍스레 꾸며진 거실에 장 여사가 혼자 앉아있다.

"어서 와요. 하필이면 오늘 중요한 대학 동창 모임이 있는 날이라서 잠깐밖에 시간이 없어요.”

장 여사가 빠르게 들비의 아래위를 훑는다.

“제가 말씀드렸던 들비예요. 그리고 이것은 어머니에게 드리라는 선물이고요.”

세련된 차림새의 장 여사가 알았다는 눈짓뿐 꽃다발을 거들떠보지도 않는다. 그러고는 들비의 모습을 세세히 살핀다. 그런 장 여사의 모습에 성아가 분위기를 희석시킬 의도로 어투를 유쾌하게 하려 한다.

“처음서부터 기선제압하지 마세요!”

“알았으니까 성아도 앉아. 하여튼 성아 말대로 인상이 참하고 심성이 고와 보이는 건 사실인 것 같아요.”

처음으로 가져보는 자리라 들비가 몸 둘 바를 몰라 한다. 그것은 마치 조선시대의 새댁이 어른을 뵙는 분위기다. 차분히 고개를 숙인 들비가 장 여사의 눈길을 받는다.

“아버님이 글을 쓰는 분이라는 것도 성아를 통해 들었어요. 그럼, 어머님께서는?”

소파에 등을 붙인 장여사가 넌지시 들비의 모습을 살핀다.

“어머니, 처음 만나자마자 취조하는 것처럼 왜 그러세요?”

성아의 억양이 의외로 날카롭게 들려서일까? 들비가 시선을 들어 장여사에게 똑바로 옮기면서 입술을 뗀다.

“어머니가 안 계세요.”

말 못할 이유가 없다는 생각이 문득 떠오른 들비가 성아의 눈길을 외면한다.

“아버지 혼자서 저를 키우셨어요.”

라고 덧붙인다.

“그래요! 그것은 성아에게 듣지 못했던 부분이라…… 하여튼 오늘은 약속시간이 촉박해서 미안해요."

허겁지겁 핸드백을 챙겨든 장 여사가 두 사람의 인사를 받는 둥 마는 둥 거실을 나간다. 장 여사의 일방적인 분위기라 고개를 숙이고 있을 수밖에 없었던 들비다.

처음으로 맞이하는 남자친구의 어머니를 만난다는 설렘과 두려움으로 꼬박 뜬 눈으로 밤을 새웠다. 모든 것이 생소해 들숨으로 가슴을 진정시키려 해도 떨리는 마음이 쉬 가라앉지를 않는다.

얼마 전부터 어머니가 한 번 만났으면 한다, 는 성아의 전언에 몇 번 미루다 용기를 낸 들비로서는 난감할 수밖에 없다. 혹시, 마음에 안 들어 그러나? 하는 생각이 문득 들었으나 너무 사무적인 어투라 이해하려 해도 좀 이해가 안 되는 건 사실이었다.

"어머니는 집에 계시는 시간보다 밖에 있는 시간이 더 많은 분이야. 원래 매사가 원리원칙이라 처음 대하는 사람은 오해하기 쉬워."

"괜찮아요. 어떤 어머니든 다 똑같지 않겠어요?"

어색해진 분위기를 희석시키려는 성아의 의도가 눈에 띄게 드러나 들비가 태연을 가장해 살짝 웃는다.

"하기야 하나밖에 없는 아들 뺏길까 봐 기선제압하려는 것일지도 모르지. 하하하……."

성아의 호탕한 웃음이다.

들비의 입가로 안도의 한숨이 새어나오는 건 어쩔 수 없었을 터이지만, 가슴속이 왠지 모를 답답함으로 짜르륵 파고드는 무언가를 떨쳐내기가 쉽지 않은 건 분명했다.

길 양편으로 아름드리 느티나무가 줄지어 늘어선 도로다.

햇살을 받은 나무그림자들이 길게 늘어져 도로중앙을 질주하는 승용차의 뒤를 바짝 쫓는다.

"아…… 상쾌해! 오랜만의 여행이라 그런지 가슴이 두근거리는 게 꼭 어릴 적 소풍갈 때처럼 들뜬 그런 기분이야!"

옅은 카키색 브이넥 셔츠와 진 바지 차림이 깔끔한 외모와 잘 어울리는 스포티한 성아의 차림새다. 차창 밖으로 한 손을 내놓은 채 손가락으로 바람결을 잡으려는 시늉이다. 성아는 손가락 사이로 빠져나가는 바람을 음미한다.

"어, 어!……."

깜짝 놀라는 성아의 호들갑이다.

"왜 그래요!"

들비가 외친다. 하마터면 승용차가 고랑으로 미끄러져 곤두박질할 뻔했기 때문이다. 벌써 그러기를 두 번째다.

사고가 날 수도 있었던 그 후로 들비가 표정을 누그러뜨리지 않고 시선을 체크해준다.

"이제 조심할게."

무엇보다도 들비를 설득해 떠나게 된 여행이라 장난기가 발동했는지도 모른다.

그만큼 그동안 성아의 마음은 힘들었다.

장 여사와 만난 다음날부터 들비가 엄마라는 존재문제로 자신을 피하는 인상을 받았던 터라 성아는 퇴근을 하면 그녀를 찾았다.

"요즘 흔히 있는 문제를 가지고 왜 그렇게 혼자만 심각하게 생각해."

진정으로 들비의 마음을 달래주곤 했다.

"부모님들의 문제는 당신들의 뜻에 따라 해결된 결과라면 그분들의 현실로 지켜보는 게 자식의 도리라고 생각해."

성아의 견해에 들비가 할 수 있는 표현이 아무것도 없었다. 그렇다고 일방적인 설득에 묵비권만 보이기에도 좀 불편한 노릇이었다. 그래서 그와의 만남이 불편했던 터라 그녀는 의식적으로 회피했으나 설득이 진솔했다.

보기보다 자상히 챙기며 마음의 상처를 어루만져 주려는 것이 보기 좋았다. 성아가 바람이나 쐬러 야외로 나가자 하여 들비가 가슴을 열고 산들바람을 맞고 있는 것이다.

사실 성아는 미안했다.

장 여사의 외출 후, 들비와 집을 나온 성아는 어색해진 분위기를 반전해보려 했으나 쉽지가 않았다. 무엇보다 그녀의 마음이 많이 다친 듯해 어떻게 희석시킬지 난감한 대목이기도 했다.

장 여사는 자신이 알아보고 있는 좋은 혼처가 있는데 구태여 다른 여자를 봐야 할 이유가 있느냐고, 말했으나 성아의 마음은 그렇지가 않았다. 혼처 운운하는 장 여사에게 자신은 이미 교제하는 여자가 있다는 걸 보여주고, 장 여사의 마음을 돌리려 했던 것이 빗나간 것이다. 어머니도 한 번 보시면 마음에 드실 거예요, 했을 때 그래 한번 보자, 하여 들비를 초청했다. 장 여사의 무성의가 별로 보기도 좋지 않았지만, 자신의 재촉에 들비가 아직은 이른 것 같아요, 하는 걸 어머니가 꼭 보고 싶어 해, 라고 해서 집을 방문한 것이라 변명거리 찾기가 쉽지 않았다.

차라리 장 여사가 좋다는 표현만 없었다면, 그녀 말대로 그리 서두르지 않아도 되었다는 생각이 들어 정말 미안한 마음이었다. 그래서 우리 저녁 먹을까? 들비가 가장 좋아하는 걸로, 의식적으로 환한 표정으로 말을 하고는 들비의 기색을 살폈다.

그녀는 밝지도, 어눌치도 않은 표정을 짓고는 어깨에서 핸드백을 벗겨 무릎 위에 얹었다. 자신만이 느낄 수 있는 짧은 숨을 들이마시면서.

승용차가 2차선에서 1차선으로 미끄러지듯 차선 변경을 하고 나서

성아가 눈길을 돌렸다.

목 부위가 동그랗게 패인 연보라 블라우스에 검정 스커트를 입은 단아한 모습이다.

정지하라는 빨간 신호등에 불이 들어와 정지선에 차를 세운 성아가 뚫어지게 쳐다보는 걸 느낀 들비가 앞창에서 시선을 거둔 채 잠깐 사이를 두었다가 입을 열었다.

"그런 표정 보이면 제가 무안하잖아요."

들비가 자연스러운 감정을 유지하려 애썼으나 어눌한 어투와는 달리 기색이 밝게 살아나지 않았다.

24시간 원 스톱 생활을 가능케 한 타워다.

최대 면적을 자랑하듯 곳곳에 넓은 휴식 공간을 강조한 설계가 돋보이는 인텔리전트 빌딩이었다. 지하 6층에 주차시키고 두 사람이 몸을 실은 엘리베이터 안에는 공교롭게도 둘뿐이었다.

올라가는 버튼을 누른 성아가 들비의 어깨를 잡고는 말없이 그녀를 가슴으로 당겼다. 엘리베이터의 유리창으로 스치듯 비켜가는 풍경에 눈길을 머물고 있던 들비가 성아의 가슴에서 얼굴을 들고 살며시 웃지만, 긴장으로 굳어진 가랑잎 같은 미소였다.

풍성한 머리카락으로 덮은 가느스름한 양쪽 볼과 유난히 커 보이는 눈망울만이 얼굴에 붙어있는 듯, 언제든지 건드리기만 하면 울컥 쏟아져 내릴 물기를 담은 눈망울이다.

실내를 화랑 전시장처럼 미술품으로 꾸민 고풍스런 카페였다.

들비가 시리도록 투명한 칵테일에 시선을 둔 채 말이 없자 성아가 넌지시 그녀를 바라봤다.

"어머니가 원래 바빠. 사귀어보면 좋은 점이 많은 분이란 걸 알게 될 거야. 역시 어머니도 들비를 좋아하게 될 거고, 나처럼 무한정으로. 그러니까 너무 서운하게 생각하지 마."

"고마워요. 부족한 부분 많이 노력해 볼게요."

무의식적으로 고개를 든 들비가 실내 중앙에 위치한 그랜드 피아노에서 눈길을 멈췄다. 피아노 선율이 조용한 실내를 어루만지듯 고요히 흘렀다. 귓등으로 음률을 흘리며 한곳에 시선이 머물지 못하는 것은 경솔한 행동이 아니었을까, 하는 조바심이 아버지에게 실망을 줘서는 안 된다는 생각일 터였다.

"나는 들비를 위해서라면 어떤 장벽도 두렵지 않아. 그만큼 무엇이든 할 수 있다는 생각은 들비를 사랑하고 있다는 마음이야."

"성아 씨의 마음은 이해해요. 하지만……."

장 여사와의 만남 이후 들비는 자신에게 파고드는 감정 때문인지 텅 빈 듯 보이는 눈시울을 감출 수가 없었다. 그런 그녀의 모습을 조용히 바라보는 성아의 가슴 또한 먹먹해 멈칫하던 손을 뻗어 그녀의 손을 가만히 잡았다.

"들비, 미안해. 마음을 많이 불편하게 만든 것 같아."

"……."

말없는 그녀의 눈길을 마주한 성아가 살며시 눈가에 웃음을 담아 덧붙였다.

"내가 들비의 불편한 마음을 풀어주는 흑기사가 될게. 시간을 갖고 지켜 봐."

"성아 씨가 그런 표현을 쓰면 저의 마음이 무거워져요."

한 손을 겨드랑에 끼고 한 손으로 턱을 받친 들비가 성아의 눈길을 똑바로 응시했다.

"무겁게 느끼지 마. 진심이니까."

"잘 모르겠어요. 모든 게……."

"들비, 자아를 숨기려다 받는 아픔이 얼마나 힘들고 아픈지 알아? 그러니까 내면으로 숨어들려 하는 응어리를 꾸짖는 용기가 필요해. 진정으로 내가 원하는 모습일지도 모르고."

성아가 따스한 눈매로 고개를 주억거린 반면, 들비의 기색은 어쩔 수 없이 지은 표정이라 어색하기 짝이 없었다. 웃는 것인지, 인상을 쓰는 것인지 모호했기 때문이다. 잠시 망설이듯 머뭇거리던 성아가 엉거주춤 일어나 그녀 옆으로 가서 앉았다. 시선을 내려 깔고 있던 들비의 어깨를 감싸 안고 그녀의 코끝을 쥐었다가 놓았다.

"이렇게 같이 있는데도 자꾸 들비에게 가까이 가고 싶은 것은 왜 그래?"

성아의 표현이 자극적이라서 그랬을까? 자그마하게 말아 쥔 주먹을 그녀가 불쑥 내밀었다. 앙증맞게 보여 성아가 그녀의 주먹을 감싸 안고 몇 초 흐른 뒤였다. 꼼지락거리던 그녀의 손가락이 서서히 퍼지더니 손가락 사이로 스며든 것이. 피아노 연주가 끝나갈 즈음이었다.

"부족한 부분, 노력할게요."

귀를 기울여야 겨우 알아들을 수 있을 만큼 작은 음성이었다. 선뜻 그녀의 말을 받지 못한 성아의 눈길에 그녀의 눈망울이 텅 빈 들녘처럼 허해 보여 감싸 안은 어깨를 토닥였다.

다른 쪽 테이블엔 네 명의 남녀가 둘러앉아있다. 무슨 대목의 대화였는지 두 명의 여자가 입을 가린 채 웃음을 터뜨렸다. 오른편에 홀로 앉아 서류를 뒤척이던 남자, 그녀들의 웃음소리에 눈살을 찌푸리고는 팔짱을 낀 채 눈을 감았다.

들비와 헤어져 거실로 들어서기 바쁘게 장 여사가 성아를 불러 앉혀 놓고는 예상보다 냉랭한 기색으로 들비에 대해 품위절하 발언을 하는 게 아닌가.

"어머니, 지금 시대가 어떤 시대인데 그런 말씀하세요?"

장 여사에게서 눈살을 거둔 성아가 갈증이 났던지 물 컵을 들어 단숨에 비우고 짜증 섞인 어투로 빈정거렸다.

"인정할 것을 인정하고 받아들일 수 있어야 받아들이지!"

"어머니의 사고방식에 저의 삶을 맞추려 하지 마세요! 이성과 논리도 중요하지만 이성이 전제된 감정도 존중되어야 하잖아요?"

성아에게 말막음을 당한 장 여사의 눈매가 금세 새침해졌다. 한 번도 겪어보지 못한 말대답이라 어리둥절한 안색을 감출 수가 없었다. 눈길을 피한 채 잠시 천장에 머물던 시선을 거둔 장 여사의 눈초리가 날카롭게 변했다.

"그 아이하고는 안 돼! 무엇보다도 결손가정이라는 게 마음에 들지 않아!"

성아의 반박에 장 여사의 비위가 몹시 상한 모양이다. 그렇지 않고서야 아들의 사견을 그토록 무시할 수가 있겠는가.

"좀 더 시간을 갖고 들비와 이야기 나눠보면 정말 괜찮은 사람이라는 생각이 들 거예요."

성아가 톤을 낮춰 이해시키려 했으나 요지부동으로 장 여사가 안 된다고, 잘랐다. 그러고는 대학동창이 얼마 전부터 자랑하는 아이라서 만나봤더니 꼭 맘에 들더라, 했다. 멍한 시선이 된 성아의 눈치를 흘끔 본 장 여사가 한 번 만나보면 맘에 꼭 들 거야, 라고.

"어머니, 저의 결혼이지 어머니의 결혼이 아닙니다. 더군다나 평생을 함께할 여자라면 저의 뜻에 맞아야지, 어떻게 어머니의 뜻에 맞는 여자를 어머니 중매에 의해 선택해야 합니까?"

언성을 높인 성아가 시선을 거두고 창가로 걸어가는데 장 여사의 고성이 귓등으로 넘어왔다.

"아들의 인생이니까!"

똑똑 부러지는 음성이 귓등을 울렸다. 천천히 몸을 돌린 성아가 장 여사에게 눈길을 똑바로 했다.

"제가 진정으로 원하는 건 관심이지, 간섭이 아닙니다. 그리고 저를 위한 조언이지 저를 대신할 결정은 더더욱 아니고요."

성아의 음성이 거실에 울려 퍼지자 괴상한 논리라는 장 여사가 눈을 치떴다.

"세상에는 피상적인 것만으로 내용의 진의를 가늠하지 못하는 게 많아!"

신음인지, 탄식인지 모를 한숨을 내뱉고는 장 여사가 묘한 웃음을 입가에 물었다. 그것은 정적인 성아의 어휘에 대한 반감인 듯했다.

"이번 연휴에 주희하고 펜션에나 다녀와, 같이 갔다 오면 마음이 달라질 거야."

은근한 장 여사의 음성이었다.

나무와 가지

숲을 병풍처럼 두른 펜션이 숲 사이로 드러나 보인다.

햇살이 내려앉는 오솔길로 접어든 승용차가 맨 끝에 위치한 펜션을 향해 서서히 전진한다. 숲 여기저기에서 화들짝 놀란 풀벌레들이 자지러지게 울어댄다. 동화책에나 나올 법한 지붕이 뾰족한 펜션 앞에 차가 멎는다. 차문이 열리는 동시에 쪼르륵 뛰어나온 관리인이 방긋 웃으며 두 사람을 맞이한다.

"어서 오세요!"

몇 걸음 앞장서서 몇 개의 나무계단을 올라간 관리인이 문을 열고는 비켜선다. 그러고는 실내등을 켜더니 실내 사용 설명을 마친 채 환하게 웃고는 불편한 것이 있으면 언제든지 벨을 누르세요, 라고 관리인이 정중히 고개를 숙인다.

"너무 아담한 게 좋아요!"

들비의 즐거워하는 표정에 고개를 끄덕인 성아가 슬쩍 두 팔을 들어 올린다.

"들비가 마음에 들어 하니까 나도 덩달아 기분이 좋아. 어때, 오길 잘했지?"

코발트색 카펫이 깔린 실내는 단순하면서도 정성스럽게 꾸며져 있었다. 뒤창 밑의 원형 탁자 양쪽으로는 가죽 의자가 마주한 채 있었고, 뒷벽 유리창은 뒷산이 한눈에 들어올 만큼 널찍하니 트여져 있다. 주방 시설에서 시선을 뗀 성아가 왼편의 미닫이문을 연다.

그곳은 침실이고, 침대에는 얌전히 개어져 있는 이불과 그 위에 베개 두 개가 나란히 올려져 있다. 들비의 손을 잡은 성아가 그녀를 이끌고 방으로 들어가더니 가만히 그녀의 어깨를 감싸 안는다.

"주변 경치가 너무 아름다워요. 우리 한 바퀴 돌면서 구경해요."

슬쩍 성아의 가슴에서 빠져나온 들비가 창밖으로 눈길을 옮긴다.

"아직도 부끄러워?"

들비의 붉어진 뺨을 만졌다가 놓고는 호탕한 웃음으로 성아가 어색함을 희석시킨다. 그녀의 까닥이는 고갯짓에 가고 싶은 곳은 어디든 좋아, 라는 손짓과 머릿짓으로 방 밖의 향방을 가리키자 그녀의 눈가로 상큼한 그림이 그려진다.

펜션 앞마당 앞으로 오솔길이 나 있다.

앞장선 성아가 뒤로 손을 삐쭉 내미는 바람에 들비가 손을 잡는다. 그녀를 마주보는 그의 입가로 미소가 흐른다. 둘의 미소가 어우러져 반사되므로 길섶에 친숙치 못한 이방인들의 기척에 새들이 놀라 푸드득, 날아올라 흰 구름 사이로 숨어버린다.

잘 다듬어진 오솔길은 무성한 나뭇잎으로 인해 그늘이 져있다.

바람에 흩날리는 나뭇잎 사이로 치솟은 햇살이 아른거려 하늘이 더 없이 높다. 구름 사이로 비상하는 새들의 날갯짓에 금방이라도 초록물이 떨어질 듯 짙푸르다.

"우리 저 산으로 올라가 봐요."

들비가 우뚝 걸음을 멈춘 채 손으로 가리킨 야산의 숲이 울창하다. 자연의 신비함이 곳곳에 펼쳐져 외지의 사람들을 배척 없이 반겨 메마른 풀 한 포기에도 정감이 묻어난다.

"조심해서 걸어."

둘은, 산 중턱쯤에 걸음을 멈추더니 산등성 사이로 흰 구름이 짙게 깔린 언덕에 앉는다. 마을이 한눈에 훤히 내려다보이는 뒷산이 고즈넉하다. 긴 자락을 끌던 해가 산기슭에 몸을 눕히려 하므로 석양에 물들어 가는 지붕들이 불그스름해진다.

"이런 곳에 집을 짓고 살면 얼마나 좋을까!……."

"정말 이런 곳에서 살고 싶어?"

성아가 섬처럼 어둠에 묻혀가는 지붕들을 바라본다.

"정말 이런 곳에서 살고 싶어요. 어려서부터 혼자 있는 시간이 많았어요. 그래서 조용한 걸 좋아해요."

"의외야! 그런데 어떻게 무용을 전공했어?"

"제 자신을 잊으려고요. 그래서 어떨 땐 제 자신을 돌아보고 미워하기도 했어요. 다희가 아무 말도 않던가요?"

"아무 것도…… 무진장 착하고, 미팅 한 번 못 해봤고, 굉장한 효녀라고도 했어."

제멋대로 자란 푸른 잎들의 기세에 눌려 뜻대로 피어보지도 못한 노란 꽃잎을 바라보던 들비의 눈망울에서 노을이 스러진다. 석양에 가려있던 별들은 하나둘 제 모습을 드러낸다. 손톱 끝을 닮은 초승달이 옅은 구름을 헤집고 삐쭉 고개를 세운다.

성아가 무성하게 자라있는 잡초를 손으로 눕힌다. 들비가 내려앉아 세운 무릎에 깍지 낀 두 손을 얹는다.

"난, 들비를 보면 기분이 좋아. 그 이유를 모르겠지만 알고 싶지도 않아. 언제나 들비와 함께하고 싶어."

"많은 세월 감정을 억제하며 살아온 시간인 듯해요. 성아 씨를 만나면서부터 사고에 혼란이 온 것도 사실이에요."

"나는 지금 들비를 통해서만 내 감정이 만들어지고 움직이고 있다는 게 중요해."

"그러다가 힘이 들어 신이 감정을 떼어내면 어쩌려고요?"

흘끔 성아의 기색을 살피는 눈빛이 젖어들어 얼른 시선을 비킨 들비가 발치께에 있는 노란 꽃을 어루만진다.

"신을 본 적이 없으니까 두렵지 않아. 들비만 내 곁에 있어준다면 난 들비를 위해서 살 것 같아, 진실로……."

"재미있는 이야기해 줘요."

팔베개를 하고 뒤로 벌렁 드러누운 성아가 말없이 하늘로 눈길을 둔다. 삐쭉 고개를 세웠던 초승달을 구름이 심술 맞게 가린다. 옆에 누운 들비가 성아의 가슴에 가만히 머리를 기댄다. 그림자로 덮고 있던 노을이 무겁게 산자락에 드리워 검은 망사에 에워싸인 듯 성아의 입술이 흐릿하게 움직인다.

"중학교 여름방학 때 특별 합숙이 있어 친구들과 함께 합숙 훈련을 하게 되었어. 공동묘지를 깎아서 만든 곳이라 약간은 으스스한 게 께름칙했지. 근데 친구 하나가 저녁을 잘못 먹었는지 배탈이 나서 함께 화장실을 가자고 조르는 바람에 거절할 수도 없고 해서 같이 화장실로 가게 됐어. 그런데 설상가상이라고 천둥 번개가 복도 유리창을 마구 두드리는 거야. 무서움보다도 배탈이 급했던 친구는 배를 움켜쥔 채 화장실 문을 벌컥 열었어. 근데, 갑자기 그 친구가 으악! 하고 비명을 지르더니 바닥에 푹 쓰러졌어. 떨리는 걸음으로 화장실로 다가가 쓰러진 친구를 일으켜 세우다가 화장실 안을 보게 되었어. 근데, 흰 소복을 입은 귀신이 두 손으로 목을 쥐려고…….”

말끝을 흐린 성아가 두 손을 들어 들비의 목을 잡으려는 시늉을 한다.

“무섭지!”

소리치는 통에 들비가 어, 어!…… 두어 번 신음을 뱉더니 그대로 기절해버리는 게 아닌가! 깜짝 놀라 그녀의 뺨을 때리며 정신 차려, 정신 차려, 했으나 이미 기절한 뒤였다.

“하나님!…… 부처님!…… 공자님!…… 맹자님!…… 맙소사!…….”

탄식을 한 성아가 그녀를 업었으나 엉덩이를 받친 두 손이 축축이 젖는 게 아닌가! 너무 놀란 나머지 그녀가 오줌을 싸고 기절한 것이다. 그녀를 등에 업고 어둑어둑한 산비탈을 단숨에 내달리며 하나님, 용서하소서, 하면서.

눈을 뜬 들비가 성아의 목을 끌어안고 몸을 떤다. 그녀의 등을 쓰다듬던 성아가 그녀를 욕조 가장자리에 앉힌다. 서서히 진정된 기미를 보이며 자신의 목을 감고 있던 그녀의 두 팔을 내린 성아가 발에서 양말을 벗긴다.

크지도 작지도 않은 발이 허물을 벗듯 드러난다. 소중한 보석을 어루만지듯 조심스럽게 물을 묻혀 비누거품을 낸 다음 부드럽게 문지른다. 그가 하는 모습을 바라보는 그녀의 눈가로 흘러내린 물방울이 그의 손등 위로 뚝 떨어진다. 성아가 발을 닦던 행동을 멈추고 고개를 든다.

투명한 물방울이 그녀의 볼을 타고 미끄러지듯 흐른다. 천천히 몸을 일으킨 성아가 두 손으로 그녀의 볼을 어루만지며 눈가의 물기를 닦고는 입술을 움찔한다.

“그렇게 놀랄 줄 몰랐어, 미안해.”

혼잣말을 하고는 그녀의 옷을 벗긴다.

"옷이 젖었어. 내가 세탁해줄게."

그녀의 블라우스 단추를 풀어 세면대로 가져간다.

눈부신 그녀의 상반신이 드러나서일까? 서둘러 눈길을 비켰으나 침 넘어가는 소리가 들켰는가 싶어 얼른 눈을 뜬다. 보아서는 안 될 무언가를 보다 들킨 아이인 양 가슴에서 뛰는 박동소리를 어쩌지 못한다. 급히 욕실 문을 밀치듯 나왔어도 세차게 뿜어져 내리는 물줄기 소리가 귀로 생생하게 전해진다.

밀치듯 욕실 문을 열고 나온 성아가 문에 등을 기댄 채 눈을 감는다. 머릿속은 온통 눈부신 그녀의 모습뿐이다. 그 무엇도 생각할 수 없던 성아가 뒤창으로 걸음을 내딛는다. 구름을 비집은 조각달이 실내로 스며들고 싶어 기웃거린다. 실내의 불빛이 귀찮다는 듯 슬며시 달그림자를 밀쳐낸다.

욕실 문이 열린다.

미처 마르지 않은 물기에서 묻어나는 발자국소리가 자박자박 정적을 깨더니 침대시트 걷는 소리가 난다. 시트 안으로 눕는 실루엣이 유리창에 바스락거린다. 성아가 더듬듯 전등스위치를 찾아 가만히 내리곤 요동치는 가슴을 억누른다.

깊게 숨을 들이마신 성아가 침대에 엉덩이를 걸치듯 눕는다. 급격하게 달아오른 목젖이 마른침을 숨기지 못하고 꿀꺽 소리를 낸다. 그녀 역시 자신의 타는 목젖을 숨기지 못하고 마른침을 삼킨다. 두 사람의 가슴에서 가슴으로 전해지는 맥박의 속도가 빨라질수록 힘겹게 넘어가는 숨소리가 적막을 흔든다. 그래서일까? 꼭 감은 눈꺼풀이 까물거려도, 옆에 있는 사람이 어떻게 하고 있는지 알 수가 없어도 궁금하지 않다. 눈을 감고 있어도 생생하게 전해지는 세포의 떨림을 느낄 수가 있다. 조금씩, 아주 조금씩 바스락대던 소리가 멎으며 성아의 손끝에 그녀의 살

갖이 닿는다.

그녀의 살갗에서 번져오는 떨림이 전이된 신경세포가 바짝 살아난다. 그녀의 손에 깍지 낀 손을 슬그머니 빼내다 흠칫한다. 자신의 손에 그녀의 살결이 닿았기 때문이다. 상상만으로 숨이 넘어갈 것처럼 황홀하고 긴장되게 만들었던 순간이 막상 현실로 다가오자 어찌할 바를 몰라 허둥댄다.

그의 눈빛을 맞받은 그녀의 눈망울이 그윽하며 포근하다. 아픈 날도, 슬픈 날도, 그리움이 묻어나도 참고 견뎌온 눈빛이라 깊고 푸른 바다의 수면처럼 깊다. 건조한 입술을 적시듯 그의 입술이 천천히 다가와 입술에 닿는다. 포개진 두 입술 사이로 달빛 비늘이 내려앉는다. 그녀가 진정 가슴으로 원했을지도 모른다. 둘만이 나눠가질 수 있는 꿈이 영혼에서 이어지기를…….

커튼을 비집고 들어온 여명이 어스름을 벗겨내고 그 자리에 여린 햇살이 돋아난다. 팔베개에 잠이 들어있는 그녀를 성아가 지긋이 바라본다. 그녀의 잠은 하얗고 고요하다.

지난밤의 일들이 불현듯 떠올라 성아가 입가에 미소를 한 아름 담는다. 혼자서 맞이했던 아침의 익숙함은 익숙함이 아니었듯 그녀와 맞이하는 아침이 자연스럽게 느껴져 신기할 뿐이다.

"으음……."

그녀가 잠꼬대하듯 웅얼거린다.

성아가 말없이 그녀의 머리카락을 가지런히 쓸어준다. 잠결인데, 감각이 이상해 그녀가 퍼뜩 눈을 뜬다. 그가 내려다보고 있다. 더 자고 싶어요, 라는 눈망울을 보이다가 금세 잠이 드는가 싶더니 화들짝 놀라 그녀가 부리나케 상반신을 일으킨다.

"왜 그렇게 앉아있어요?"

"들비 자는 모습이 예뻐서."

"짓궂어요!"

그녀가 살짝 눈을 흘기고 시트를 걷어내려다가 황급히 동작을 멈춘다. 그때서야 비로소 자신이 나신이라는 걸 느낀 모양이다.

"어, 어떻게 해요?"

황당한 표정을 지으며 쳐다보는 표현이 묘한 어감으로 다가왔던지 성아의 얼굴이 붉어진다.

"날씨가 좋아서 옷이 금방 마를 거야."

눈가에 미소를 그린 성아가 그녀의 두 손을 잡아 자신의 얼굴을 감싸 안는다.

"식사해야지. 잠깐만⋯⋯."

성아가 침대에서 일어나 주방으로 다가가 음식을 만든다.

과일을 깎고, 토스트를 굽고, 서둘러 계란을 깨다가 떨어뜨린 민망함으로 고개를 돌려 살짝 윙크를 한다. 성아를 유심히 지켜보던 그녀, 일어나 도와주고 싶었으나 나신이라 얼굴을 붉히며 난감한 표정을 짓는다.

"음식을 많이 만들어 본 실력이에요."

"미국에 있을 땐 거의 혼자 음식을 만들어 먹었어."

어깨를 으쓱 한 성아가 오믈렛과 우유, 정성껏 깎은 과일 한 접시, 버터를 발라 구운 식빵을 얹은 쟁반을 무릎 위에 올려놓는다. 포크에 식빵 한 조각을 찍어 그녀의 손에 쥐어 준다.

"저보다 음식 만드는 솜씨가 더 좋으니⋯⋯."

그녀의 걱정되는 기색에 별 걱정을 다 한다며 성아가 눈웃음을 덧붙인다.

"내가 만들면 되지, 뭘 걱정이야?"

성아의 시선을 맞받은 들비의 눈빛이 멋쩍다. 그래도⋯⋯ 라는 그녀가 부끄러워한다.

"걱정할 것을 해야지. 어서 먹고 우리 산책이나 나가."

두 사람, 식사를 마친 후 펜션을 나와 어제와는 다른 방향으로 발길을 옮긴다.

산 테두리를 따라 오밀조밀 가꿔놓은 밭두둑에는 푸른 덩굴이 엉킨 잡초가 무성하다. 능선을 오르는 길을 따라 청청한 하늘은 시샘이라도 하듯 흰 구름이 슬쩍 햇빛을 덮는다. 상큼한 바람이 쓸고 간 능선엔 여러 종류의 꽃 향을 실은 바람이 능선을 타고 코끝을 자극한다. 깊게 심호흡을 한 두 사람, 계곡 앞에서 걸음을 멈춘다.

"어머, 저 꽃 좀 봐요!"

그녀의 탄성이 산울림으로 퍼져나간다. 들비의 손 방향으로 경사진 바위틈에 한 무리의 들꽃이 자태를 뽐내고 있다. 그녀의 손가락이 머물고 있는 계곡을 건너뛰어 풀숲을 헤집은 성아가 원색의 꽃을 꺾어 계곡물에 씻긴 다음 그녀의 손에 들려준다. 감격에 겨운 들비가 성아의 볼에 입술을 갖다 대고는 향이 자연적이라고, 속삭인다.

"꽃이 아무리 아름다운들 들비의 향기만 하겠어."

그녀의 이마에 입술을 얹은 성아의 목을 들비가 끌어안는다.

"고마워요. 영원히 가슴에 간직할게요."

계곡을 타고 흘러내리는 물줄기 옆으로 눕혀진 갈대가 상큼한 바람에 파르르 출렁인다. 가늘고 긴 손가락으로 그녀의 머리카락을 매무시하던 성아가 그녀의 머리카락에 얼굴을 묻는다. 하늘 어딘가에 영원히 기억시킬 곳을 찾으려는 듯 두리번대는 그녀의 눈길이 한곳에 머물지 못한다. 그저 운명이 가혹하지 않게 너그러이 비켜 가주길 바라는 마음인 듯하다.

"어머, 하와이 처녀의 모습이 이런 거군요!"

계곡을 타고 오르며 여러 가지 꽃들을 꺾어 칡넝쿨에 꿴 꽃목걸이를 성아가 목에 걸어준다. 그러고는 꽃목걸이에 흩어져 날리는 그녀의 머리카락을 단정히 갈퀴질해준다. 성아의 목을 안고 그의 입술에 자신의 입술을 포근히 얹는다. 둘의 입맞춤에 화들짝 놀란 풀벌레들이 날갯짓으로 목청을 높인다.

"풀벌레들이 질투하나 봐."

성아가 먼 산을 향해 야호! 소리친다.

그녀도 따라서 나도요! 소리친다.

뭉게구름에 둘러싸인 틈을 헤집고 뿜어내는 햇빛 사이로 한 무리의 철새들이 산등성을 넘어간다. 쪼그려 앉은 성아가 등을 돌리므로 그녀가 업힌다.

"들비, 결혼에 대해 생각해본 적 있어?"

삐쭉 곁눈질로 성아가 그녀를 바라보려 했으나 그녀의 모습을 정확히 볼 수가 없다. 엉덩이를 받친 손을 두어 번 올렸다가 놓는다. 아주 잠깐, 경직된 고갯짓으로 그녀의 아니라는 시늉이 등에 전해진다.

"아버님을 홀로 두기가 미안해서 그럴 거야. 맞지?"

정색한 표정으로 혼잣말인 양 읊조린 성아가 걸음을 멈추더니 등에서 그녀를 내려놓는다.

"그런 이유를 부인하지 않아요. 저만 위해 외롭게 홀로 살아오신 분이에요. 어떻게……."

그녀가 말끝을 흐리며 자신의 가슴에 얼굴을 묻은 채 흐느낌이 전해져 성아가 그녀를 살며시 안는다.

"어찌 보면 아버님은 들비가 괜찮은 사람 만나 행복하게 사는 모습을 더 바라고 계실지도 모르셔."

성아의 말이 맞을지도 모른다.

아버지는 늘 아이가 좋은 사람 만나 잘사는 모습 보는 게 자신의 마지막 소망이며 행복이라고 말하지 않았던가. 그럴 때면 제 걱정 하지 마시고 좋은 분 만나 남은 인생 재미있게 사셔야 저를 이만큼 지켜주신 보람이 있죠, 할 때마다 이제 와서 뭘…… 네가 잘사는 모습이 나의 행복이고 보람이다, 라고 했다. 그렇게 아버지와 아이는 서로의 행복을 말하곤 했어도 실천이 쉽지 않았다.

"지난 세월을 돌이켜보면 아빠의 희생이 컸어요. 저를 지켜주려고 했던 시련과 아픔이 많으셨을 텐데…… 하여튼 언제나 저에게 희망을 주셨고 용기를 주셨던 분이에요."

"나는 아버님한테 우리의 결혼 승낙 받아낼 자신 있어. 처음 만나는 그날, 나를 바라보시는 아버님의 눈길에서 그걸 느낄 수 있었거든. 뭐라고 할까?…… 믿음직스러우니 내 딸 잘 부탁하네, 라는 눈빛이라 할까? 하여튼 아버님의 진지한 눈빛에서 딸을 사랑하는 부성애가 깊었다는 믿음을 받았어."

"그게 뭐예요! 아빠로 인해 제가 선택받았다는 표현이잖아요?"

갑자기 그녀의 눈초리가 새치름히 떠진다.

"아, 아니야! 그게 무슨 얼토당토않은 말씀이신가? 그만큼 아버님이 우리의 만남을 인정해주셨다는 느낌이라는 거지."

손사래까지 한 성아가 동그란 눈망울을 거두지 않은 채 그녀의 기색을 살핀다. 변함없이 자신을 뚫어져라 쳐다보는 그녀의 눈빛에선 진지함이 묻어난다. 발길을 내딛는데, 그녀의 까르륵 웃음소리가 산등성으로 울려 퍼진다.

"놀리려는데 금방 삐지네요!"

그녀의 눈가로 잔잔한 미소가 묻어나면서 짙은 저녁놀이 담긴 눈망울이 하늘을 향한다. 무수히 흩어진 잔별들 틈새로 조각달이 삐쭉 제 모습을 드러내므로 깍지 낀 두 손이 앞뒤로 흔들리며 펜션을 향하는 발길에 힘이 넘친다. 펜션 앞마당으로 가로등불빛이 은은히 내려앉고 저녁놀을 밀어낸 바람이 상쾌하다.

욕실거울 앞에서 들비가 한동안 자신의 모습을 바라본다. 이마로 흘러내린 몇 올의 머리카락을 귓등으로 쓸어 넘기고는 욕실 문을 밀친다. 욕실 안에서 쏟아져 나온 불빛이 그녀의 몸을 검푸르게 휘감는다. 머리와 가슴에 두른 타월이 실루엣과 대비되는 흰 무늬로 앙상블을 이루며 욕실 문이 닫힌다. 닫힌 만큼 실내는 희뿌옇게 흐려진다. 침실의 유일한 조명구인 스탠드 갓은 위아래가 뻥 뚫린 원통형이라 천장 한 구석만 쟁반처럼 동그랗게 환하다.

그녀의 표정이 자세히 드러나지 않았으나 침대로 향하는 기색이 수줍은 듯하다. 자신을 향해 다가오는 그녀를 향해 성아가 손을 내민다. 그의 손을 가만히 잡은 그녀의 얼굴에서 부끄러움이 뚝 떨어진다.

"꽃밭 같아!"

수줍어하는 들비의 모습이, 라는 성아. 놀리지 말라는 그녀. 진짜야, 라며 어깨를 감싸 안으려는 걸 살짝 밀친 그녀가 성아 쪽으로 돌아눕는다.

"같이 있는데도 가슴이 아린 건 왜일까요?"

"이제는 그런 일 없을 거야. 내가 들비를 지켜줄 거니까."

성아가 그녀의 코끝을 살짝 쥐었다가 놓는데 그녀의 뺨이 연분홍으로 변한다.

"사람의 맘이란 참 이상해요. 보고 있는데도 보고 싶고, 바라보는데도 또 보고 싶고요."

성아의 가슴에 얼굴을 묻은 눈가가 스멀거린다. 창으로 스미는 달빛 비늘을 눈 속에 담은 채 들비가 눈을 감는다.

아침 햇살이 창을 뚫고 커튼을 비집는다.

성아가 코끝에 간지럼을 느끼고 퍼뜩 눈을 뜬 것은, 자신의 품에서 그녀가 자고 있다는 생각 때문이었다. 그런데 아침 햇살을 가득 머금은 그녀가 붉고 노란 꽃다발을 불쑥 내미는 게 아닌가!

그녀는 벌써 일어나 아침 산책을 다녀온 모양이다. 잠자는 모습이 장난꾸러기 같다는 걸 오늘 느꼈단다. 그리고 개구쟁이 같기도 하다고, 읊조리곤 꽃다발 한 묶음을 가슴에 안긴다. 아침 일찍 맡아보는 향이 너무 좋아 꺾어 왔다고, 덧붙인다. 햇살이 얽힌 꽃다발 향에 취한 듯 성아가 자신의 가슴 위에서 피어오르는 향기를 맡는다.

"흠…… 향기가 너무 좋다! 깨우지 그랬어? 함께 산책을 나가게."

그녀는 수줍게 성아의 이마로 입술을 가져간다. 너무 곤히 자고 있어서 못 깨웠다고, 성아의 이마에서 입술을 뗀다. 고개를 끄덕이는 성아. 자는 모습을 보려고 일부러 그랬지, 라는 부드러운 눈매에 그녀가 고개를 주억거린다. 살포시 고갯짓을 한 그녀를 잡아당긴 그가 그녀를 무릎 위에 앉힌다.

"너무 사랑스러워!"

그의 눈망울에 그녀의 모습이 한 아름 담긴다.

커튼을 비집은 햇볕이 유리창에 반사되자 다시 성아의 눈을 가린 채 나지막이 속삭인다.

"매운 고추를 썰어 넣은 된장찌개 좋아해요?"

"그럼…… 아주 좋아하지!"

활짝 대답하는 그의 모습에 그녀가 눈을 찡긋한다. 잠깐 바람 좀 쐬고 오라고, 그동안 준비하겠다는 속삭임에 입맛을 다실 뿐 그가 움직이려 하지 않는다. 그녀는 재촉하는 눈빛이다.

"어서요!"

성아의 입술에 손가락 하나를 댄 채 어서요, 라는 그녀의 향을 음미하듯 벌떡 일어서서 그녀를 안으려는 순간이다.

"삐리릭…… 삐리릭!……."

갑작스러운 전화벨소리에 놀라기는 둘 다 마찬가지다.

그녀가 성아의 핸드폰을 쳐다보다가 어서 받아보라는 눈짓을 한다.

"지금 어디에 있는 거야?"

성아가 통화버튼을 누르자마자 장 여사의 다급한 고성이 수화기로 쏟아져 나온다. 잠시 눈을 감고 있던 그의 표정이 무참히 일그러지면서 흘끔 그녀를 바라본다.

"휴가 간다고 했잖아요."

성아가 더듬댄다.

"주희하고 간다는 줄 알았지! 조금 전에 주희한테 전화가 와서 얼마나 당황한 줄 알아? 그건 그렇고 지금 누구하고 있는 거야?"

장 여사의 고함이 수화기를 타고 흘러나온다.

"들비하고요."

성아가 차분히 답한다.

"뭐!…… 단둘이 있다는 거야?"

거친 숨을 몰아쉬는 장 여사의 숨결이 수화기를 통해 그대로 토해진다. 무언가 곰곰이 생각에 잠겼던 성아가 장 여사의 물음에 차분히 입술을 움직인다.

"네."

"어쩌자고! 좋은 혼처를 두고 도대체 왜 그러는 거냐? 하여간 그 애하고는 안 돼! 내가 그 애에 대해 다 알아봤어. 세상에…… 뭐에 홀려도 단단히 홀렸지!"

장 여사의 탄식이 깊다.

"그렇게 말씀하지 마세요."

성아가 반문한다.

"뭐라고! 안 된다면 안······,"

더 이상 들을 수가 없어 장 여사의 고함이 이어지려는 찰나 종료 버튼을 누르곤 아예 전지를 빼낸다. 당신의 권유에도 불구하고 몰래 여행을 떠난 것에 분을 참을 수가 없었을 터지만 그녀와의 문제는 자신의 인생이 아닌가. 그런데 그토록 펄쩍 난리를 칠 줄 몰랐던 대목이기도 하다.

귀를 쫑긋 세웠던 들비가 눈길을 외면한다. 그녀의 어깨를 잡고는 신경 쓰지 말라고. 자신이 알아서 해결한다고, 했으나 표정만큼이나 어투에 억양이 없던 터라 그녀가 말없이 창가로 다가간다.

창가에 걸어두었던 꽃목걸이를 벗긴 그녀, 목에 걸어보았다가 벗고는 창밖으로 눈길을 옮긴다. 눈가로 맺히는 물기를 말리기 위한 시간이 필요했는지도 모른다. 성아가 조용히 다가와 그녀의 어깨에 손을 얹는다. 미처 흐느낌을 추스르지 못한 채 몸을 돌려 그의 가슴에 얼굴을 묻으니 성아의 가슴이 점점 뜨거운 물기로 젖어든다. 그녀가 아파하는 만큼 성아의 눈가로 이슬이 붉게 젖어든다.

두 사람, 한동안 그렇게 서로의 눈길을 비킨다. 무언의 파도가 일렁여 여진과도 같이 그녀의 등줄기로 떨림이 흐른다. 지금까지도 아파하며 살아온 세월이 적지 않았다. 또다시 침잠된 시간 속으로 빠져들 거라는 예감으로 그녀의 흐느낌이 멈춰지지 않는다.

참으려 해도, 멈춰야 된다고 생각할수록 어깨가 떨려 그의 가슴으로 들어가고 싶어 한다. 그런 그녀의 상처를 어루만져주려는 성아의 눈망울이 붉게 흐려진다. 두 사람, 서로를 믿는 마음뿐이라 한동안 서로의 눈길을 거두지 못한다.

황량한 눈빛만큼이나 눈시울이 넋을 놓고 허공을 헤매다가 불현듯 아버지의 모습이 떠오른다. 그녀의 아픔에 더 힘들어할 텐데······ 어찌

해야 좋을지가 그녀에게는 막막한 절벽이라 앞으로 풀어야 할 숙제가 힘겹게 다가온다. 그의 가슴에서 얼굴을 들지 못하는 그녀, 쉬 사라지지 않을 어두운 그림자가 내려앉는다.

마음을 진정하고 현실을 다독이며 아픔을 억누르려 해도 치솟는 떨림이므로 또 얼마나 많은 세월의 씻김이 있어야, 어쩌면 영원히 씻지 못할 응어리로 자리할지 몰라 가슴이 아리다. 참으려 해도, 그의 다독임이 짜르륵 다가와 마음이 더 무너져 내릴 듯해 눈을 뜨지 못한다.

"도대체 이해가 되어야 말을 하든지 하지!……."

장 여사가 소파에 주저앉아 볼멘소리를 내뱉는다. 주희와 연휴를 재미있게 보내라고 신신당부하지 않았던가! 자신의 말을 거역한 아들이 좋게 보일 리가 없다. 자신이 그 애한테 얼마나 실없는 사람으로 비쳐졌겠는가를 생각하면 온몸에 닭살이 돋는 심정이다.

밤새 한잠도 못 잔 장 여사의 눈동자가 빨갛게 충혈되었다는 건, 그만큼 심기가 불편하다는 뜻이다.

"어머니, 내일 출근해야 하니까, 퇴근해서 이야기해요."

장 여사의 그런 감정 상태에서는 대화가 안 될 듯해, 그만했으면 좋겠다는 미적지근한 태도야말로 장 여사의 분노에 불을 지핀 꼴이다.

"자세히 말을 해야 되는 거 아니야! 도대체 그 아이하고는 어디까지야?"

"……."

성아의 묵묵부답에 벌떡 소파에서 몸을 일으킨 장 여사가 성아의 몸을 확 돌려세운다.

"무슨 말이든 해봐! 왜 말을 못해?"

"어머니, 저 성인이에요! 저의 사생활을 존중받아야 할 나이라고 생각하고요."

장 여사의 눈길을 외면한 성아가 지그시 눈을 감고 옅은 한숨으로 마음을 다스린다.

"그런 사견을 물은 게 아니잖아? 어떻게 된 일인지 자세히 말해 봐! 심장이 떨려 죽을 지경이라고!"

장 여사의 한계가 드러난 듯 결국 손바닥으로 테이블을 내려친다. 눈을 감고 입을 닫은 성아의 모습에 장 여사는 이리로 갔다가, 저리로 갔다가 허둥대다 결국 도로 소파에 주저앉는다.

"너무 늦은 시간입니다. 내일 퇴근해서 자세히 말씀드릴 테니까 어서 주무세요."

"말이 아직 안······."

장 여사의 이어지는 외침을 뒤통수에 달고 방문을 연 성아가 방으로 들어서서 등으로 문을 닫는다. 그때, 방문이 확 밀쳐지더니 그 사이로 장 여사가 들어와 눈길을 마주한다.

"잘난 행동이다! 어미가 너한테 그런 존재로밖에 인식되지 않았어? 아무리 인간이 순종과 반항의 양면성을 동시에 지니고 있다고 하지만 어미한테 그러면 안 되지, 어미가 너를 어떻게 키웠는데!"

허리께를 짚고 있는 장 여사의 두 손이 부르르 떨리는가 싶더니 한 손을 들어 성아의 어깨에 손을 얹은 채 말을 덧붙인다.

"결손가정에서 자란 못된 것의 꾐에 빠져 이젠 어미도, 가정도 눈에 보이지 않아?"

분을 가라앉히지 못한 장 여사의 눈초리에서 불꽃이 튄다. 어깨에 올려 있는 손을 슬그머니 내린 성아가 창가로 다가가 걸음을 멈추고는 몸을 돌려 뚫어져라 쳐다본다.

"어떻게 그런 말을 할 수 있습니까?"

성아의 허탈한 기색에 장 여사의 언성이 더 높아진다.

"어미한테 하는 네 행동은 올바르고, 어미가 하는 언행에 문제를 삼으려 하냐?"

"지금 어머니한테는 감정 조절의 시간이 필요해서 저녁에 이야기하자는 것뿐입니다."

성아를 노려보던 장 여사가 몇 번 깊은 숨을 몰아쉬곤 방문을 확- 밀친다.

"그 아이하고는 절대 안 된다! 슬픈 눈망울이 싫어!…….''

성아가 창가에 장승처럼 우뚝 서서 눈을 감는다. 그러곤 두 손으로 머리칼을 쥐더니 어떻게 해야 어머니의 아들로 보입니까, 라고 몸부림친다.

"늦은 시간에 어쩐 일이냐?"

컴퓨터에서 눈을 뗀 아버지가 의자등받이에 등을 붙인다. 기지개를 켜다가 아이의 전화에 반가운 기색으로 얼른 통화버튼을 누르곤 반갑게 전화를 받는다.

"뭐, 뭐 하시나 궁금해서요."

식탁으로 주스를 가지고 온 들비가 한 모금을 마신 후 아버지에게 죄송하고, 미안한 마음이 들어 전화를 걸지 않을 수가 없었다.

"그래!…… 잘 다녀왔다니까, 내 마음까지 전원의 풍경이 한눈에 들어오는 듯해 피로가 싹 풀리는 기분이다. 하하하!…….''

한바탕 너털웃음을 지은 아버지가 바로 말을 잇는다.

"요즘 글 마무리하느라 밑반찬도 못 챙겨주고 미안하구나. 어떻게 잘 챙겨먹고 있어?"

"이제는 하지 마세요. 횡단보도 건널 때 신호등 잘 보고 건너라, 라는 말 들을 나이는 아니잖아요?"

"그래도 내 눈에는 아직 어린아이로 보이는데 어쩌면 좋냐."

의자에서 일어난 아버지의 코끝이 찡하게 시려 얼른 창가로 걸음을 옮긴다.

"죄송해요. 혼자서 식사 챙기시며 글 작업하시느라 힘드실 텐데…… 이번 주에는 제가 가서 음식 좀 준비해 드릴게요."

머그잔을 테이블에 내려놓은 눈가로 얼비치는 물기를 없애려는 듯 들비가 티브이 화면으로 눈길을 옮긴다. 티브이 화면 속에선 개그맨들이 우스꽝스런 대화를 주고받는데 하나도 우습지가 않다. 평소에 즐겨 보던 프로그램인데도 하나도 우습지가 않다. 리모컨으로 전원을 끄자 티브이 화면이 화들짝 사라지며 갑자기 거실이 조용히 가라앉는다.

"아서라, 아서!…… 아까운 시간이다. 그 사람하고 좋은 시간 만들어야지, 괜찮다."

아버지가 손사래까지 해대며 활짝 창문을 열고 하늘을 본다.

구름 사이에 둥실 떠있는 둥근 달을 보고 깊게 숨을 들이마신 아버지가 얼른 덧붙인다.

"하늘에 달이 참 예쁘게 자리 잡았다. 창문을 열고 한 번 봐라. 얼마나 맑고 투명한지."

"그러네요."

닫혀있던 커튼을 활짝 걷어내고 창문을 연 들비가 깊게 밤공기를 들이마시다가 아버지를 부른다.

"왜?"

"대학교 2학년 때 학과 친구들이 두 분 중매했던 사건 기억나세요? 왜…… 학원 원장님이셨던 친구 어머니요?"

"아!…… 기억나지. 그런데 왜?"

어느 날 갑자기 아이가 말끔하게 차려입고 있으라고 해서 정장 차림을 했다. 사건은, 아버지와 친구 어머니를 눈여겨본 아이들끼리 의기투합하여 두 사람의 만남을 주선한 것이다.

레스토랑에 들어서보니 낯선 여인과 낯이 익은 아이, 학과 친구들 몇명이 더 있었다. 음악을 들으며 칵테일을 몇 잔 비워갈 즈음 아이와 친구들이 슬그머니 자리를 뜨면서 그 여인과 아버지만 남게 되었다. 처음으로 그런 자리를 가져본 아버지로서는 어색하기 짝이 없어 대화를 이끌지 못함이 촌스러웠다.

"왜, 만남을 계속 안 가지셨어요?"

잠깐 말을 멈췄던 아이가 후, 후 헛웃음으로 묻고는 한 번도 전화를 안 하셨다면서요? 되묻고는 응답을 기다리는 고요함이다.

"그쪽도 마찬가지다, 한 번도 전화 안 한 거는."

아이가 그날의 기억을 상기시키니 아버지의 얼굴이 붉어진다.

"그래도 남자가 하셔야죠, 저한테는 몇 번 안부 묻곤 했거든요, 남은인생 의지하고 사시는 분 만나셨으면 좋겠어요."

수화기로 흘러나오는 아이의 음성이 포근하게 전해져 아버지가 창틀에 한쪽 어깨를 기댄다. 맑던 하늘이 갑자기 찌푸린 채 내려앉아 빠르게뭉치는 먹장구름이 칠흑처럼 사방을 덮는다. 줄지어 달리는 자동차불빛만이 교차할 뿐 주변이 고즈넉하다.

"뭐하고 있어? 오피스텔 앞이니까 나와."

며칠째 연락도 없던 성아다.

언제나 일요일이 다가오기 전에 미리 시간과 장소를 정해놓고 여행지를 말하곤 했던 성아다. 그런 그에게 연락이 없어 마음을 비우고 집청소를 하고 있었다. 그에게서 연락이 없다는 건, 그만큼 그의 심기가불편하다는 것이다. 그녀 역시 연락하기도 뭐해 전전긍긍하며 며칠 동안 마음이 심란해 잠을 잘 이루지 못했다.

"왜 그렇게 표정이 심각해요?"

차에 오르고 출발한 지가 십여 분이 흐르는 동안 성아가 앞창만 뚫어 져라 응시할 뿐 말이 없다. 답답함을 느낀 들비가 차창을 활짝 연다. 화끈한 열기가 차창으로 스며든다.

성아는 마음이 복잡해 집에 있을 수가 없었다.

자신의 전화를 기다리거나 아니면 퇴근시간에 찾아가는 모습에 활짝 웃어주던 그녀의 모습이 떠올라 며칠 밤을 힘겹게 보냈다.

장 여사와의 의견 충돌이 심화될수록 심경이 복잡해지는 건 당연지 사였다. 홀아비 밑에서 자란 아이가 순진한 너를 계획적으로 유혹했다 고, 막무가내로 밀어붙이는 장 여사와, 이젠 묵시적 동의로 나서는 아버지인 하 사장 때문에 성아의 입지는 막다른 골목이었다. 오늘 주희가 집으로 방문한다고 했으니까 좋은 이미지를 주라고, 힘주어 말한 장 여사였다.

고개를 끄덕였지만 성아는 집에 있을 수가 없었다. 본인의 견해 따윈 무시당한 채 장 여사의 일방적인 뜻에 따라 등 떠밀려 만나는 것에 무슨 의미가 있겠는가, 싶어 성아는 가족 몰래 집을 나와 그녀를 찾아온 것이 었다.

"들비 얼굴이 까칠해졌어."

운전에만 열중하는 줄 알았던 성아가 불쑥 말을 던졌으나 시선은 앞창에 그대로 둔 채다.

"마찬가지예요, 거칠어진 모습이."

빤히 바라보는 자신에게 시선이 옮겨오지 않아 들비도 앞창으로 눈길을 옮긴다. 며칠 밤을 수많은 생각과 갈등으로 그녀가 목에 넘긴 거라 곤 주스 몇 잔과 과일 몇 조각뿐이다.

"너무 힘든 모습이에요."

들비가 또 한 번 되뇌어서일까? 성아가 쑥스러운 기색으로 아니라는 변명으로 고갯짓을 한다.

"그래요……."

말끝을 흐린 그녀의 뺨에 볼우물이 패였다가 사라진 건, 마음과 말이 일치되지 않을 때 나오는 습성이다. 그만큼 그녀의 마음도 힘겨워하고 있다는 것이다.

"우리 술이나 할까?"

앞창을 뚫어져라 응시하던 성아가 혼잣말인 양 읊조린 눈시울에 많은 생각이 담긴 듯해 들비가 고개를 끄덕인다.

핸들을 꺾어 공원으로 들어선다. 인적이 끊긴 공원은 한적하다. 차에서 내린 둘은 누가 먼저라고 할 것도 없이 텅 빈 벤치에 앉아 하늘로 시선을 둔다. 반달을 닮아가는 달이 구름 속으로 숨어 별들만이 반짝인다.

"저 때문에 힘들어하는 거면 힘들어하지 마세요. 힘들어하는 모습 생각만 해도 가슴이 아파요. 전 견딜……."

견딜 수 있다고 말을 하려다 말을 멈춘 것은 정말 자신이 견딜 수가 있을까? 의문이 솟구쳤기 때문이다. 마음이 싸르륵 쓰려와 눈을 감은 들비, 수많은 별만큼 그리움으로 인해 아파했었다.

"미안해, 마음이 너무 복잡해서."

"미안하다는 표현 쓰지 마세요. 자신을 챙길 여유가 있을 때 타인도 돌아보는 도량이 생기는 거예요. 힘들……."

더 이상 뭐라 말을 이을 수가 없어 들비가 하늘로 눈시울을 옮긴다. 구름에 가려있던 반달이 밝게 흐르다가 다시 구름 속으로 숨어버린다. 벤치에서 일어난 그녀가 헛기침을 한다. 다시 한기가 복받쳐 오르는지 금방 쓰러질 듯 맥이 빠진다.

불빛이 새어나오는 포장마차의 천막을 걷고는 성아가 비켜서므로 어깨를 움츠린 그녀가 그를 흘끔 보고는 빈 의자로 다가간다.

"한 잔 더 줘요."

쓴 약을 삼키듯 인상을 찌푸린 들비가 잔을 탁자에 놓지도 않은 채 잔을 성아 쪽으로 불쑥 내민다. 그녀를 바라보던 성아의 눈망울이 휘둥그렇다.

"왜 그래? 술도 마실 줄도 모르면서……."

당황한 눈빛을 감추지 못한 성아가 말끝을 흐리곤 들비를 빤히 바라본다. 새침한 표정을 지었다가 금세 누그러뜨리는 그녀의 감정 기복에 많이 힘들었구나, 하면서도 자신의 마음 또한 갈피를 잡을 수가 없어 속으로 한숨만 삼킨다.

"한 잔 더 주세요."

"그만 해! 술을 삼키지도 못하고 기침을 하잖아?"

정색을 한 성아가 그녀에게서 눈길을 비켜 술을 단숨에 목구멍으로 털어 넘기더니 자작으로 또 잔에 술을 따른다.

"무슨 일인지, 허심탄회하게 말해보세요."

성아의 눈길을 외면하지 않고 담담한 표정을 지은 들비의 뺨이 발그레해진다.

"아무 일 아니야. 내가 해결할 문제이니까 걱정하지 마."

손바닥으로 자신의 가슴을 가리켰다가 검지로 그녀의 볼을 쓰다듬은 성아의 입가로 씁쓰레한 미소가 흐르다 멈춘다.

"많이 힘들어하는 모습이에요. 제가 어떻게 처신을 해야 되는지 가르쳐주세요. 제가 할 수 있는 것이라면 할게요."

"세상살이에서 부모와 자식 관계는 뭘까? 복종의 관계…… 하여튼 이해가 되지 않는 부분이 참 많아. 들비도 아버님의 뜻이라면 무조건 따라야 된다고 생각해?"

빈 잔에 술을 따르는 성아의 눈가가 발그스름히 변해가고 있다. 거기에다 술잔에 차는 술보다 옆으로 흘리는 술이 더 많다는 건 이미 취했다는 것이다.

"거역해보지 않았지만 제 생각에 맞는 부분만 말씀하셨기 때문에 항상 따랐어요. 지금까지 어긋나본 적이 없으니까요."

"그럴 거야. 아버님은 그러실 거야."

고개를 끄덕이는 성아의 행동이 자연스러워 보이지 않아 그의 손에서 술병을 빼앗는다. 급격하게 변한 안색만큼이나 뜻 모를 그림자가 눈가에 매달린다. 술기운 탓이 아닌 듯해 무언가 혼란스러워 들비가 귓등으로 머릿결을 쓸어 넘기고 그의 눈동자를 똑바로 본다.

"저와의 문제인 듯해요. 그렇다면……."

"더 이상 아무 말도 하지 마! 오늘은 왠지 취하고 싶어. 술병 이리 줘!……."

성아가 말허리를 흐리며 들비의 손에 들려 있는 술병을 빼앗으려 하는 걸 그녀가 얼른 주인 아낙에게 술병을 건네준다.

"그만해요. 많이 취한 것 같아요."

"나, 하나도 안 취했다니까!"

눈길이 마주친 성아가 눈살을 찌푸리고 한동안 두 손으로 턱을 받친 채 있다가 혀가 꼬인 음성이 이어진다.

"미, 미안해. 나도 어찌해야……."

성아의 흐트러진 모습이다. 그가 많이 힘들어하고 있다는 생각이 불현듯 엄습해 턱에 괴고 있던 그의 손을 잡는다.

"그렇게 힘든 일이 있으면 시간을 갖고 생각해보는 게 좋겠어요."

들비의 말에 성아가 슬그머니 눈을 치뜬다.

"들비야, 우리 아무도 없는 곳으로 도망갈까? 요즘처럼 내 자신이 싫어서 내 자신을 이토록 미워해본 적이 없어. 내 자신이 꼭 꼭두각시 같고 바보처럼 느껴지거든."

"왜, 그런 막된 표현을 쓰세요. 어린아이 아니잖아요?"

자신의 손을 잡고 있는 들비의 손등 위에 성아가 이마를 얹는다. 그녀와의 문제를 어떻게 풀어야 될지 답이 없어 고뇌의 시간이 흐를수록 엄청난 무게로 다가와 눈시울이 붉어진다. 고개를 들은 성아가 주인 아낙에게서 술병을 빼앗아 잔에 술이 넘치도록 따르곤 단숨에 목구멍으로 털어 넣는다.

"나, 참…… 바보처럼 보이지?"

입술로 술잔을 가져가다가 더 이상 마시기엔 한계에 부딪침을 느꼈던지 성아가 탁자에 잔을 내려놓고는 눈을 감는다. 마음속에 가득 차 있는 그녀를 밀어내려 할수록 떠올라 가슴이 아리다. 살짝만 들춰도 생채기가 날 것만 같은 모습에 감정이 저미는 건 어쩔 수가 없었다.

"혼자의 번민은 견디기 힘든 현실이에요. 그런 모습 지켜보는 제 자신도 힘들고요."

물기가 전혀 없이 가뭄에 타들어가는 벼처럼 건조한 침묵의 틈새에서 흐르는 아픔이 들비의 목젖에서 묻어난다.

"술을 더 줘!……."

성아의 입모양이 완전히 꼬인다. 힘에 겨워 머리를 꾸벅이면서도 입에서는 술 더 줘! 술 더 줘, 라고 헛소리를 해댄다. 눈꺼풀의 무게를 견디지 못한 성아가 탁자에 머리를 떨어뜨린다. 흠칫 놀라 허둥대던 들비가 얼른 그의 얼굴을 받친다.

주인 아낙의 도움으로 간신히 승용차에 성아를 태우고는 차창을 모두 연다. 시트를 뒤로 눕힌 다음 성아의 목을 편히 해주고 차를 출발시킨다.

주일을 즐기고 귀가하는 차량들이 뒤엉킨 도로가 혼잡하다. 하늘이 납빛으로 두텁게 흐려져 습한 바람이 차창으로 스민다. 석양을 밀어낸 어둠이 짙게 깔리더니 도시는 피로에 지쳐 잠이 든 듯했다가 또 다른 불꽃으로 살아난다.

인도를 따라 줄지은 버스정류장으로 길게 늘어선 버스와, 귀가를 서두르는 사람들의 혼잡함과 매장 윈도우에서 뿜어져 나오는 불빛으로 종로거리는 불야성을 이루고 있다.

빨간 신호등 불빛에 정차하고는 성아를 넌지시 살핀다. 그런데, 갑자기 그의 얼굴이 일그러지며 괴로운 기색을 보인 것은 종로 3가를 지날 때다. 아무래도 청계천에서 시원한 바람을 쐬다가 술이 깬 다음에 들어가는 게 좋겠다 싶어 우측으로 핸들을 돌리는 찰나 성아가 손으로 입을 가린 채 으읍, 으윽…… 구토를 한다. 당황스러운 표정을 지은 들비가 얼른 차를 세우고 재킷을 벗어 그의 턱밑에 대주고 주변을 살핀다.

비상등을 켜놓은 채 얼른 편의점으로 들어가 술 깨는 약이 없느냐고, 점원에게 묻는다. 시큰둥한 기색의 점원은 그런 게 약국에나 있지 편의점에 있겠느냐는 눈망울이다. 티슈와 생수를 사들고 나와 차 안으로 들어갔을 땐 이미 토사물이 엉망으로 번져있었다. 티슈에 생수를 적셔 우선 입언저리와 목 주변을 차근차근 문질러가며 닦는다. 상의와 바지에도 군데군데 토사물이 번져있어 닦아내는 게 쉽지가 않다.

"미안해, 물……."

갑자기 손을 허우적대던 성아가 몹시 갈증을 느끼곤 생수병을 다 비운다. 빤히 응시하는 눈망울이 붉게 물들어 있다. 성아의 목을 가만히 당긴 들비가 자신의 가슴에 기대어놓고는 그의 어깨를 말없이 토닥인다.

"힘들면 말하지 마세요. 아무 말도…… 저는 어떤 일도 견딜 수 있어요."

정말 그럴까? 그리움의 실체와 아픔도 그로 인해 지울 수 있다는 감성이 찾아들어 얼마나 싱그러운 시간들이었나! 그러므로 그가 다가온 그림자를 마음으로 받아들였고, 그로부터 자신의 마음을 지배하는 그림자를 애써 지우려 하지 않았다. 그렇게 되도록 일상의 잔영을 그에게 맞추려 하지 않았던가. 만남의 기쁨이 있었으면 헤어져 있는 아픔도 주겠다는 조물주만의 뜻일까? 아니면 함께 있을 때 미처 깨닫지 못했던 일까지도 느껴보라는 신의 배려일까? 이러한 순간 때문에 많이 주저했던 건가. 그에게서 돌아서면 또 밀어닥칠 아픔을 준비할 자신이 없어서! 그리 아파했기에 그 어떠한 시련도 비집고 들어올 빈터가 없어서…… 하지만 힘들어하고 있지 않는가. 그렇다면 그에게 시간을 줘야 하나. 그래도 그와 함께 했던 시간이 행복했는데 어떻게 지울 수가 있을까? 그에게 향하는 눈빛으로 얼비치는 눈망울이 아른거린다. 아무리 힘들어도 그에게 더 이상 고통을 안겨서는 안 된다는 생각이 들은 들비가 가만히 눈을 감았다가 뜨고는 편하게 자리매김하더니 차를 출발시킨다.

"더, 더럽지 않았어?"

성아의 집에 막 도착했을 무렵 그의 음성이 조용히 흐른다. 갑작스런 물음에 들비가 말없이 그에게 눈길을 보낸다. 힘겹게 눈을 뜬 그의 붉은 눈시울에 그녀는 아니라고 고개를 젓는다. 억누르고 있던 먹구름에서 빗줄기가 후둑! 떨어진다. 두 사람의 눈길이 허공에 머무는 동안 빗줄기가 굵어졌는지 차 지붕 위에서 타악기 소리를 내며 주변을 잠식시킨다.

흩어지는 나뭇잎

"저, 저거 성아!……."

들비의 부축을 받으며 차에서 내릴 때다.

성아에게 전화를 걸다 지친 장 여사가 2층에서 밖을 내다보고 있었다. 그런데, 술에 취해 여자의 부축을 받으며 차에서 내리고 있는 게 아닌가! 더군다나 몰래 집을 빠져나간 성아다. 집 앞에서 벌어지고 있는 행위를 보고 있을 수가 없어 장 여사가 대문을 밀치고 외친다.

"거기서 뭐하는 거야? 안 들어오고!"

빗줄기 속에서 부축을 받으며 서있는 성아의 모습에 분노가 폭발한 장 여사가 들비의 팔을 세차게 뿌리치고 사납게 노려본다. 애초부터 자신의 아들을 유혹해 엉망으로 만들고 있다는 생각이 지배적이어서 눈빛이 곱지 않았다. 게다가 한 번도 흐트러진 모습을 보인 적이 없던 터라 도저히 용납할 수가 없었다. 반대하고 있는 여자와 밤늦도록 술을 마신 것도 참을 수가 없는데, 부축을 받으며 집으로 들어오려는 꼴이란 가히 눈 뜨고 볼 수 없는 정경이 아닌가!

"어머니가 바라는 저의 모습이 이런 게 아닌가요?"

"뭐, 뭐라고!"

"어머니가 바라는 아드을의 모습이요!"

"!?⋯⋯."

장 여사의 놀란 입이 벌어진 채 성아를 쳐다보는 눈빛에서 불꽃이 일렁인다.

"어머니의 뜻에 따르려는 모습일 뿐입니다."

"허!⋯⋯ 술이 취한 모습이? 술이 취해 여자한테 부축 받는 모습이 어미가 바라는 모습이야?"

"그, 그렇잖아요? 어머니는⋯⋯ 어머니의 자식일 뿐이라는 현실, 아픔, 분노, 괴로움 모두 안고 번민하는 모습이 보고 싶은 게 아닙니까?"

"그, 그만하세요. 이러면 안 돼요!"

"저리 못 가! 건방지게 어딜 끼어들어!"

장 여사가 눈을 부라리고 성아를 부축하고 있던 들비의 팔을 낚아채더니 노려본다.

"들비에게 소리치지 마세요!"

"술이 취하니까, 어미도 안 보이는구나! 얼마나 성아를 혼란스럽게 유혹을 했으면 어미도 몰라봐? 다시는 내 눈에 보이지 마!"

"들, 들비가 도대체 어머니한테 뭔 잘못이 있다고 그러세요?"

"너를 이 지경으로 만든 게 누구야? 바로 저, 사생아잖아?"

"어머니!⋯⋯."

"동네 창피하게 왜 그래? 성아도 얼른 들어오고, 아가씨도 얼른 가세요!"

하 사장이 대문을 밀치며 나와 주변을 두런대고는 얼른 손짓으로 가족들을 불러들이더니 들비에게는 가라는 손짓을 덧붙인다.

"다시는 성아 만나지 마! 좋게 말할 때…….."

장 여사의 마지막으로 내뱉은 표현과 동시에 대문이 쾅, 소리가 나도록 닫힌다. 하늘도 놀랐던지 우르르…… 쾅, 쾅!…… 천둥과 함께 거세게 빗줄기가 굵어진다.

멍하니 성아가 사라진 대문을 바라보는 들비의 눈가로 빗물에 섞인 물방울이 쉴 없이 두 볼을 타고 떨어진다. 뒤도 돌아보고 싶지 않아, 내딛는 그녀의 발길에 빗물이 무겁게 질척인다.

"정신 좀 차리고 앉아!"

비틀거리는 성아를 억지로 안고 들어온 장 여사의 심기가 극에 달한 듯 날카롭게 거실을 울린다. 성아가 소파로 쓰러지듯 앉는다. 그런 성아의 모습을 바라보던 하 사장이 힐끗 눈길을 돌렸으나 심드렁한 기색이다.

"도대체…… 상식적이라야 말을 하지! 어떻게 집안 망신을 그렇게 시킬 수가 있는 거야, 엉?"

분노를 터트린 장 여사가 소파에서 벌떡 일어나 식탁으로 다가가 물을 따라 단숨에 마신다. 화를 삭이느라 숨을 헐떡이는 장 여사다. 그런 모습을 바라보던 성아의 눈길이 하 사장과 마주치지만 별다른 기색 없이 눈을 감아주는 게 고마울 따름이다. 남편의 그런 행동마저 맘에 안 들은 장 여사의 분노가 다시 터진다.

"당, 당신은 어떻게 눈만 감고 있어요? 자식 문제인데!…….."

"아비가 다 큰 아들한테…… 이런 상황에서 뭔 말을 해야 도움이 되는지 모르겠소? 본인의 사견이라는 게 있는데…… 하지만 여러 정황을 고려해 신중히 행동하도록 해라."

성아에게 잠시 눈길을 줬던 하 사장이 소파에서 일어나 안방으로 걸음을 옮긴다. 그렇지 않아도 아들 문제로 신경이 곤두서있는데 남편의 미적지근한 태도가 불난 집에 기름을 끼얹은 꼴이다.

"저, 저렇게 미적지근하니, 아들도 그렇지?…… 왜 말도 없이 사라졌는지 진실을 말해 봐!"

하 사장의 뒷모습에 혀를 찬 장 여사의 불꽃이 성아를 향한다. 이미 기색은 파리하게 변해 있어 대충 넘어갈 문제가 아님을 성아는 깨닫는다.

"싫다는 사람을 왜 자꾸 붙이려고 하세요? 싫은 건 싫은 거니까 본인의 문제는 자신이 알아서 할 수 있도록 놔두세요."

"술에 취해 여자한테 부축을 받은 너의 모습을 보고 어떻게 놔두고, 어떻게 염려하지 않을 수가 있어!"

"싫다는 걸 자꾸 밀어붙이니까 그렇죠. 앞으로는 그런 모습 보이지 않을 테니까 염려하지 마세요."

눈길을 비키는 성아의 안색도 파리하다.

"염려하지 않을 수가 없는 문제니까 참견하는 거지! 하여간 입에 담고 싶지도 않다."

"어머니! 수직적 가치관에 매여 있는 분이 저의 어머니란 이미지를 갖지 않도록 해주세요. 어려서부터 존경했던 어머니의 이미지가 사라지려고 합니다."

"뭐라고!…… 그게 지금 어미한테 표현할 수 있는 어휘야?"

"어머니가 자꾸 저를 불효자로 만들고 있습니다!"

술에 취해 힘들어 하던 성아가 자신의 머리카락 속으로 두 손을 찔러넣고는 세차게 머리를 흔든다. 장 여사의 설득을 더 이상 듣고 싶지 않아 말허리를 잘랐으나 말막음을 당했다는 것보다 한번도 생각해 본 적 없는 성아의 언행이라 아연실색한 표정으로 성아를 쏘아본다.

"그 아이하고는 절대 안 된다! 사회는 너 혼자 사는 세상이 아니고,

가정이란 어울리는 가정끼리 합쳐져야 순탄한 거야!"

충격에서 덜 벗어난 듯 더듬거리는 건, 자신에 대한 믿음을 저버리지 않은 눈빛이라 성아가 피곤한 기색으로 눈길을 내린다.

오전이라 그런지 커피숍이 한산하다.

창가 쪽으로 가려다 입구에서 마주보이는 구석으로 발길을 옮기는 들비의 어깨가 축 늘어진 것으로 보아 무언가 석연치 않은 모습이다. 벽에 걸려있는 시계를 흘깃거리고도 자신의 손목시계를 또 본다. 초조한 기색을 여실히 드러내고는 입구 쪽으로 눈길을 보냈다가 슬며시 눈을 감는다.

몸살기가 더하는지 으스스 한기가 느껴져 뜨거운 커피로 목을 다스릴 때 장 여사로부터 전화가 걸려왔다. 당황해하는 음정에는 아랑곳없이 장 여사가 일방적으로 시간과 장소를 정하곤 전화를 끊었다.

생각에 잠겼던 속내처럼 자리가 불편해서 엉거주춤 자세를 추스르고 실내를 살필 때 장 여사의 모습이 드러난다. 실내가 한눈에 보일 만큼 아담하게 꾸며진 커피숍이라 단번에 들비를 발견하곤 다가온다. 장 여사의 일방적인 성아와의 이별통고를 받은 입장에선 가시방석이다.

"어느 가정이든 자기 자식은 귀하고 또 소중하다는 건 알지만……."

들비의 인사를 외면한 채 한동안 무언가를 생각하던 장 여사가 불쑥 입을 열고 말끝을 흐리더니 강한 눈길로 쏘아본다.

"내 말이 언짢게 들리려는지 모르겠지만, 묻고 싶은 건 물어야 되고 알아야 할 건……."

또다시 말끝이 흐려져 들비가 천천히 고개를 들어 장 여사를 응시하려다가 자신을 훑는 눈빛이 섬뜩해 고개만 끄덕이고는 얼른 고개를 숙인다. 시선이 떨어진 목덜미를 쏘아보던 장 여사의 입술이 움찔거리는 건 자신의 급한 표현을 나타낼 때 나오는 습성인 모양이다.

"홀아비 밑에서 자란 사생아라는데, 맞아?"

"!……."

입이 굳어 뭐라 얼버무릴 수도 없이 얼굴이 붉어진 들비가 눈길을 내린다. 얼떨떨한 상태에서 들비가 여러 번 깊게 숨을 들이마셔도 달리 설명할 방법이 없어 깊은 숨으로 마음을 진정시킬 뿐이다. 원하는 질문의 답이 무엇인지, 쉽게 풀어갈 문제가 아닌지라 맞잡은 손에 들비가 힘을 준다.

"내가 잘못 알고 있는 거야, 아니면 부끄러워 말을 못 하는 거야? 어느 쪽이야?"

들비의 눈망울이 참담함으로 휘둥그레져 떨리는 입술을 질끈 깨문 눈빛이 흔들린다. 더 입술을 깨물고 참아보려는 몸짓으로 한기가 흐르는 모습을 쳐다보던 장 여사의 눈썹과 입꼬리가 동시에 꿈틀댄다. 무언가 더 오금을 박아야 되겠다는 생각이 들었던지 정 여사가 입술을 움직이려는 순간 들비가 고개를 들고 눈길을 마주한다.

"처음으로 누군가를 사랑하고 싶다는 감정이 생겼습니다."

"모호한 궤변으로 순간을 호도하려 하지 마! 어떻게 선택한 것이 성아야? 주제 파악을 해야지!"

"……."

뜻하지 않은 시련의 그림자가 직조되어 표본실의 박제인 양 온몸이 경직된다. 정면으로 쏘아보는 장 여사의 눈매를 마주한 들비의 묵묵부답, 들어서는 안 될 말을 들었다는 듯 장 여사의 눈초리가 불꽃처럼 살아난다.

"기가 막혀! 그, 그게 성사될 것이라 생각했어?"

"……."

코웃음을 친 장 여사가 시선처리에 혼란을 겪은 듯 두리번대던 눈길을 멈추더니 차갑게 노려본다.

"까마귀와 백조가 어떻게 어울려? 언감생심이지…… 도대체 저의가 뭐야? 성아한테 접근하는 의도가?"

"무, 무슨 뜻인지?……."

장 여사의 모습은 세월의 무게가 실려 있지 않을 만큼 정숙한 맵시로 선이 고왔다. 하지만 자신의 감정을 조절하는 데는 한계가 있는 노릇인지 빠르게 말을 잇는다.

"그 마음의 저의가 혹시 돈을 뜯어내려는 속셈 아니야? 아니면, 신분 세탁하고 싶은 거고? 신분 세탁도 아무나 하는 게 아니야! 주제를 알고 들이대야지!"

"네!?……."

묵묵히 듣고만 있다가 얼음물이라도 뒤집어 쓴 것처럼 정신이 번쩍 들은 들비가 숙이고 있던 고개를 들었지만, 눈망울엔 좌절감이 지워지지 않은 안개가 서려 급기야 물기로 변한다.

"어느 쪽이야? 돈이야, 신분세탁이야?"

"저로 인해 얼마나 상심이 되셨는지는 모르겠지만 지금 하신 말씀은 저에게 너무 깊은 상처로 남을 것 같습니다."

교양과 지성의 힘에서 쏟아진 장 여사의 어휘들이 독화살처럼 가슴으로 날아와 난생 처음 겪어보는 황당함에 들비의 표정이 눈에 띄게 굳어진다. 장 여사의 편견에 가득 찬 비난과 힐난으로 버무려진 경멸로 인해 들비의 감정은 메말라버린 낙엽처럼 건조하다.

"자기 분수도 모르고 설부른 욕심은 화를 부르는 거야! 자기 주제파악도 못 하고 접근하는 데는 분명 숨은 저의가 있다는 속셈이 아니겠어?"

묵묵부답으로 고개를 숙이고 있는 들비를 곁눈질로 살피는 눈가로

득의만면한 주름이 잡혔다가 펴진다. 싸늘히 빛나는 장 여사의 눈빛이 시려 세차게 쏟아지는 빗줄기에 몸을 맡기듯 들비가 마음을 버린다. 그것은 망가져가는 마음을 더 이상 들여다볼 기력조차 없었기 때문일 터다. 가슴 한구석이 와르르 무너져 내린다. 다음 일들이 지난날에 아렸던 기억보다 훨씬 잔인할 것이라는 예감으로 입술을 비집은 신음이 터져 나온다.

"제, 제가…… 어떻게 하기를 바라시는지요?"

눈빛을 빛내고 있던 장 여사의 안광을 맞받은 들비가 차분히 의중을 묻는다.

"지금 이 순간부터 성아 근처에 얼씬도 하지 마!"

거칠게 의자를 밀치고 일어선 장 여사가 한동안 들비의 목덜미를 쏘아보다가 슬며시 다가와서는 그녀의 어깨에 손을 얹는다.

"돈이 목적이었으면 조용히 말해."

장 여사의 입가에 그림자를 드리운 건, 자기기만의 묘수였을지는 몰라도 그 한마디가 죽음보다 더한 상처가 되리란 걸 모르지는 않았을 터다.

장 여사의 발자국 소리가 멀어지는 만큼 들비의 입가로 미소가 번지다가 사라진다. 힐끗 흘린 장 여사의 코웃음에 비아냥거림이 눈앞에서 끈적거린다. 애써 감정을 추스르려 해도 눈가로 담기는 미소를 약간이라도 건드리거나 들추면 폭발이 일어날 듯 일렁인다. 텅 빈 공간만큼 태산보다 더한 벽이 눈앞에서 울렁거려 고여 있던 물방울이 두 볼을 타고 흐른다. 결국 이러한 현실이 도래할까 봐 그토록 가슴 저리게 망설였던가? 스스로 묻고는 떨어지는 고갯짓에 물방울이 두둑 떨어진다. 테이블 위로 떨어진 물기가 뿌옇게 번지므로 물기를 움켜쥐는 손이 파르르 떨린다. 손가락 사이를 적시는 아픔이 부스스 목젖을 건드려 입술을 틀어막은 손가락 사이를 비집은 회한이 주르륵 흐른다.

자정이 훌쩍 넘은 시간이다.

두터운 정적을 깨는 전화벨이 울릴 때마다 주홍빛 램프가 반짝인다. 한 손을 뻗은 들비가 핸드폰을 집으려다 손길을 멈추고는 바로 누워 앞 이마로 흘러내린 머리카락을 쓸어 넘긴다.

성아의 전화가 수없이 오고, 문자가 계속 들어와도 들비는 그의 전화나 문자를 확인할 수가 없었다.

"어, 어떻게 해야 되는데요?…… 보고 싶어요!……."

모로 누워 눈가로 흘러내리는 물기를 그대로 둔 들비가 깊게 숨을 들이마시고 침대에서 일어나 활짝 창문을 연다. 시원한 바람이 획- 머릿결을 휘감아 천천히 바람을 들이마신다. 코끝이 찡하다. 두 손을 창틀에 얹고 고개를 든다. 동그란 달그림자를 스치듯 흰 구름이 검은 하늘을 수놓으며 희뿌연 구름 사이로 옅은 미소가 떠다닌다.

실타래가 엉킨 머릿속으로 그의 미소, 속삭임, 그리고 표정이나 몸짓들이 지워지지가 않는다. 혼란스런 한숨이 뜨겁게 허공을 가르며 지난 시간들이 아프게 떠올라 들비가 그대로 주저앉아 흐느낀다.

담에 등을 붙이고 있던 성아가 눈을 감는다.

장 여사하고 불미스런 일로 인해 들비의 오피스텔을 수없이 찾았으나 그녀가 자신을 피하는 눈치라 심경이 몹시 힘들었다. 그녀의 마음을 이해 못 하는 건 아니지만 어떻게든 장 여사를 설득시켜 보려 하는데 쉽지가 않았다.

아침부터 오늘은 꼭 주희와의 약속장소로 나가야 된다는 장 여사의 다짐에 고개를 끄덕인 마음은 이미 빗나가 있었다. 몰래 집을 빠져나와 그녀의 오피스텔을 찾았지만 집 안에 있는 것인지, 없는 것인지 응답도 없고 전화도 받지 않았다.

장 여사가 그녀를 만나 필히 마음을 언짢게 했을 것이란 짐작 때문에 요즘 마음이 혼란스러웠다. 이를터이면 전화도 안 받고 문자메시지 한 통 없다는 게 그걸 반증하지 않는가. 다시 전화를 걸어볼까, 하는 조바심으로 가슴이 답답했으나 오히려 잠자코 기다려주는 게 나을지도 모른다는 생각이 들어 헝클어진 실타래를 둘둘 말아 뭉친 채 대문을 밀쳤다.

거실에만 불이 켜져 있다. 조심스럽게 현관문을 밀친 성아가 늦었다고, 엉거주춤 거실입구에 서서 귀가를 알린다. 거실 소파에 앉아 쏘아보는 장 여사의 눈길이 불빛에 반사된다.

"너 지금 사춘기 타는 거야?"

"……."

"네 행동이 지금 사춘기 아이들이 보일 법한 유치한 행동!……."

말문이 막혀 더 이상 말을 이을 수가 없어 장 여사가 팔짱을 낀 채 노려보는 건, 전번처럼 의도적으로 집을 나가 전화까지 안 받고 그녀를 만나는 것이 문제인 것이다. 그렇게 했으면 포기할 만도 한데 독한 년!…….

"어떻게 사람을 그렇게 기다리게 할 수가 있는 거야, 엉? 주희가 기다리다 얼마나 지쳤으면 나한테까지 전화를 다했겠어!"

"약속 시간에 안 나오면 안 나오나 보다 하고 가면 되지, 왜 어머니한테까지 전화를 합니까?"

성아의 반박에 기가 막힌다는 기색으로 변한 장 여사의 입술 끝이 파르르 떨린다.

"가정교육이 잘된 착한 아이니깐 그렇지!"

"오지도 않는 남자를 기다리는 게 가정교육이 잘 된 겁니까? 그런 여자가 더 이상하네요!"

정색을 한 시선을 맞받은 성아의 눈빛에 순간 흠칫한 장 여사는 작정이라도 한 듯 입꼬리를 가늘게 늘어뜨린다.

"가정이란 울타리는 가족과 사회를 지탱해온 본질이야. 그래서 부모의 의견은 존중되어야 되는 거고!"

"부모님의 의견이 존중되어야 하듯이 자식의 의견도 존중되어야 한다고 생각합니다."

눈길을 피하지도 않고 반박하는 성아의 눈길을 맞받은 장 여사의 어이없다는 안색이다.

"무슨 이유로 혼자서 딸을 키울 수밖에 없었는지!……"

"그만하세요! 그 이유라면……"

"뭐라고!"

장 여사의 분노에 찬 음성이 울리자마자 또 그 이유라면?…… 자신의 시선에 오금을 박아주려는 의도를 눈치챈 성아가 말허리를 세차게 잘랐다.

"인간의 삶인데 어떻게 형태가 똑같을 수가 있겠습니까? 하지만 들비는 어떤 양가 부모님 밑에서 자란 자식들 못지않게 자신의 일에 최선을 다하며 살아왔습니다!"

"인정할 것을 인정해야지! 주장이란 상식의 선일 때 납득이 가는 거야!"

의견이나 감정 따위엔 관심 없다는 투로 이어지려는 장 여사의 말허리를 성아가 거칠게 막았다.

"어머니! 고정된 편견의 잣대로 인과관계를 재려는 이기는 오만입니다."

"그만 두지 못해!"

기어코 손바닥으로 탁자를 내려치는 장 여사의 눈이 매섭게 치떠진다. 저 단단한 벽을 어떻게 허물 수가 있단 말인가! 울컥 치미는 감정을 추스르듯 성아가 눈을 감는다. 장 여사의 마음도 문제이지만 일방적으로 당했을 그녀의 상처가 얼마나 깊었을까를 생각하면 온몸이 시려 성아의 고갯짓에 고뇌가 짙다.

"일시적인 감정에 대한 방황은 누구에게나 있는 거다. 하지만 감정은 바람 같은 거야. 바람에 먼지가 끼어있기 때문에 사물이 제대로 안 보이지만 그 먼지가 가라앉으면 후회가 될 찌꺼기야."

"어머니는 제가 얼마나 방황해야 어머니의 자식으로 보일 겁니까? 괴로움으로 번민하는 모습이 그토록 보고 싶으세요?"

"그것은 세상을 제대로 볼 줄 모르는 유치한 치기일 뿐이다. 예측하기 어려운 우리의 인생처럼 선택의 중요성이 사랑에도 예외가 아니야. 더욱이 인생의 미래란 그 본인의 운명을 좌우하는 선택의 기로이기 때문에 신중해야 되는 거고."

몇 번 입술을 움찔하려다 그만 둔 장 여사가 몸을 홱 돌려 안방 문을 거칠게 밀치고 들어간다. 그런 아내의 뒷모습에서 눈길을 거둔 하 사장의 머뭇대던 입술이 움직인다.

"웬만하면 엄마의 뜻에 따라라. 그게 가정과 사회생활에 도움이 될 것 같구나, 알았지?"

하 사장에게서 눈길을 피한 성아가 표면에 감정을 그대로 둔 채 방문을 열고 허물어지듯 침대 위로 몸을 던진다. 머릿속이 거미줄 엉킨 것처럼 복잡해 상반신을 일으켜 핸드폰을 꺼내든다.

피곤한 몸으로 대문을 들어설 무렵이면 어김없이 문자메시지가 도착하지 않았던가. 현실감 있게 진솔했고, 가히 맹목의 순수를 지피는 사랑이었거늘. 그런 그녀가 전화도 안 받는다는 건 얼마나 현실에 괴로워하고 있는가를 짐작케 했다. 혼자서 아파하고 있을 그녀를 생각하면 마음이 시려 창으로 다가가 창문을 확 열어젖힌다. 하늘이 금방이라도 소나기가 내릴 듯 바람이 습하다.

도톰한 나뭇잎들이 바람에 찰랑인다.

신호등이 파란불로 바뀜에 따라 횡단보도를 건너는 무리 속에 섞인 그녀가 발치께로 고개를 숙인 채 걷는다. 인도를 따라 얼마쯤 가다가 누군가의 부딪침으로 휘청한다. 그 사람, 고개만 돌려 씨익- 웃고는 바로 사라진다.

인도로 쭉 늘어선 가로수 사이로 석양이 내려앉는다.

길을 건너는 흐느적거림에 자칫 부딪히기라도 하면 금세 푹 쓰러질 모양새라 곁을 스치는 사람들은 흘깃대고 피해 가는 눈치다.

길을 건너와 인도를 따라 상점들을 스쳐간다.

강원도 해산물, 전라도 해산물이 나란히 붙어있다. 유황 삼계탕집 옆에는 본죽 등의 상점들이 하나둘 불을 밝히는 인도 위로 불법 주차한 차량들이 빼곡하다. 좁아진 인도는 한낮의 땡볕에 시달린 탓인지 지열이 여전하다. 야트막한 지붕의 과일가게 앞을 지나치는 사람들이 눈살을 찌푸린다. 인도로 불쑥 튀어나온 자판도 문제지만 물을 흩뿌려놓은 통에 지열이 섞인 열기가 후덥지근하다.

인도의 양쪽으로 보이는 가로수의 푸른 잎사귀들이 풍성하게 매달려 인도를 오가는 사람들에게 그림자를 만들다가 사라진다. 급격하게 떨어지는 노을은 건물 사이사이에, 가로수에, 아스팔트 위를 질주하는 자동차 지붕 위로 내려앉는다.

연일 계속된 무더위에 아스팔트도 지쳐 이글거린다. 거기에다 지칠 줄 모르게 질주하는 자동차에 깔려 아스팔트가 지글지글 거품을 토해낸다. 거품을 안고 달리는 타이어 역시 몸살을 앓기는 마찬가지다.

비로소 어지러움을 느낀 들비가 잠깐 눈을 감았다 뜨고 가로수 아래로 걸음을 옮긴다. 울렁거리는 어지러움을 진정시키려 눈을 감아도 눈앞이 캄캄하다. 수많은 잔별들이 어둠 속에서 웅성웅성 떠다닌다. 정신을 차려야지, 라는 생각이 들지만 정작 길을 내딛는 발걸음에 힘이 하나도 없다.

돌이킬 수 없이 밑바닥으로 가라앉는 심경에 얼핏 눈가로 물기가 고인다. 이것이 사랑인가! 마음 깊이 자리하는 순간부터 그의 무게는 커다랗게 자리했다. 지울 수 없을 만큼 자리했는데…… 지우지 못하는 영상들이 아픔을 불러일으켜 야속하다. 이미 바스러진 기억을 한 발짝도 나가지 못하게 하면서, 부분 부분으로 떠나지 못하게 하는 게 야속하다.

낮고 짙은 구름이 갑자기 몰려온 하늘이다.

횡단보도 앞으로 두 남녀가 홀짝 끼어든다.

인도와 차도 경계선의 틱 중간쯤에 발을 올려놓고 앞뒤로 움직이는 네 개의 발동작이 아슬아슬하다.

"자기야, 엄마한테 잘 보여야 돼, 엄마만 오케이하면 통과야, 알았지?"

여자, 상큼한 눈웃음을 친다.

"걱정하지 마, 어른들이 좋아하는 인상이잖아."

남자가 여자의 볼을 살짝 꼬집는다.

남녀의 말에 귀를 열어놓았던 가슴이 울렁거린 들비가 얼른 그들 앞을 지나친다. 그들에게 뒷모습을 보이기 싫어 허둥대는 발걸음이라 들비의 등줄기가 후끈거린다. 이미 더위를 담고 있던 바람이 휘감으므로 우뚝 걸음을 멈출 때 귓등으로 낯선 음성이 들린다.

"저, 사랑이 머무는 카페가 어디에 있어요."

모른다는 들비의 고갯짓에 두 번 다시 눈길을 주지 않고 그림자가 바람처럼 사라진다.

저만치에서 다가온 승용차가 정차하는가 싶더니 후진으로 밀려와 다시 정차한다. 그러고는 차창이 스르르 열린다. 운전석을 향하는 눈길과 차창에서 뿜어져 나오는 눈빛이 허공에서 부딪친다.

"어이, 많이 취했나 봐! 아니면 실연이고, 타!……."

차창의 어둠 속에서 느끼한 미소가 번진다. 섬뜩한 눈빛 때문인지 알았어! 코웃음을 남긴 남자가 소리 없이 사라진다. 분명 재수 없는 년이라고 벌레 씹은 얼굴을 한 채.

빌딩숲 사이로 어둠이 짙게 깔리며 피로에 지친 거리가 또다시 밝게 드러난다.

골목초입을 조금 지나 할인마트라 씌어있는 옆 골목에서 송아지만 한 개가 나온다. 무심히 할인마트 앞을 지나치던 소녀가 개 크기에 깜짝 놀란다.

"어머나!……."

비명을 지른 소녀가 두 손으로 입을 가린다.

"괜찮아요. 사람을 절대 물지 않습니다."

씨익- 입가에 미소를 머금은 개주인은 늘 겪는 일인 양 소녀 곁을 스친다. 개 주인 말대로 개는 소녀에게 눈길조차 주지 않는다.

한강 고수부지 언덕 아래로 내려온 들비가 사방을 휘둘러본다.

한강은 변함없고 강물은 고즈넉이 흐른다. 우두커니 서서 이리저리 둘러봐도 어디에도 보고 싶은 그림자가 없다.

유유히 흐르는 한강 위로 유람선이 어둠을 뚫고 있다. 그 모든 것들이 눈에 가물거릴 뿐 마음에는 그 무엇 하나 담을 수가 없다.

"미안해요. 전화를 안 받는 게 아니라……."

휘청대는 몸짓으로 들비가 독백을 토해내지만 돌아오는 건 허공에 휘감긴 싸늘한 바람뿐이다.

괴괴한 어둠뿐인 빈터를 뒤돌아보고 여기가 어디지? 울컥 눈이 시려 오열이 터진 건 그의 모습이 스쳐간 뒤다. 가슴 저변부터 자리했던 외로움과 그리움이 밀려와 흐느낌만으론 위로가 되지 않아 메마른 입술로 신음이 새어나온다.

인간이 찾는 사랑이라는 게 얼마나 가슴 저리고 아픈 감정인가! 보고 싶은데, 또 다른 아픔이 부여되었을 때 가장 먼저 찾아든 것이 뜻하지 않게도 그리움이었다. 마지막 잎사귀마저 버린 겨울나무에 새움이 돋기를 기다리는 애절함처럼, 사랑은 혼자서 점유할 수 없는 두 사람의 몫이라는 걸 몰라 애끓는 그리움이 더 아픈지도 모른다.

"많이 보고 싶은데……."

떠나야 하는 이유가 사랑이라면 그것은 고통이고 형벌이다.

어떻게 잊어야 할지 마음의 갈피를 잡을 수가 없다. 잊으려 할수록 또렷이 다가와 시린 가슴을 지울 자신이 없어 무기력한 일상은 삶이 아니다. 어딘가에 정신을 저당 잡힌 듯 살고 있는 생명에 꼭 필요한 조각 하나만 빌려다가 현실과 대응시킨 듯하다. 넓은 세상에 홀로 내동댕이쳐진 상실감이 훑고 갈 때면 아무도 없는 텅 빈 폐허의 공허함으로 몸서리쳤던 시간들이다. 어차피 인생은 바닷가의 모래밭이 아닌가. 모래밭에 흔적을 남기려 꾹, 꾹 발자취를 남겨도 밀물과 썰물에 출렁이다가 다시 원래의 모습으로 자리하듯 그렇게 사라지는 게 아닌가.

"잊을 수 있을까?……."

희뿌연 안개 속에서 그의 미소가 밝은 길을 인도하는 듯하다. 그에게 다가가려다 돌부리에 걸려 비틀거린다. 물 한 모금도 넘어가지 않는 육신이 가벼운 탓일까? 강바람에 나부끼는 낙엽처럼 길을 잃은 듯하다. 발길이 옮겨지는 대로 몸을 맡겼으나 끝없이 펼쳐진 어둠만큼이나 짙은 회한이 가슴을 헤집는다. 울컥, 눈물이 솟는다. 누가 지켜보고 있는 것도 아닌데 손으로 얼굴을 가리고 고개를 떨어뜨린다.

"전화왔어요, 전화받으세요!……."

넋을 놓고 걷던 그녀가 벨소리에 놀라 엉거주춤 핸드폰을 꺼내들고는 누군가? 하고 번호를 본다. 아빠다! 급히 숨을 고른 그녀가 잠시 망설인다. 혹여나 그에 대해 물으면 어떻게 대답을 해야 하지? 망설이던 그녀가 아버지를 부른다.

"들비야, 목소리가 왜 그래? 어디 아픈 거야? 약은 먹었어? 정말 아무 일 없는 거야?"

당신이 받은 느낌대로 아버지가 쉬지 않고 묻는다.

"아, 아니에요. 아프긴요, 약간 몸살기가……."

"병원에는 가 본 거야? 들비는 어려서부터 감기가 잘 왔어. 조심해야 되는데……."

가슴이 찡해 아버지가 말끝을 흐리고 만다.

"병원에 갈 정도는 아니에요. 걱정하지 마세요. 근데, 어쩐 일이세요?"

"이늠아! 아빠가 딸한테 전화하는 게 흉이냐? 허, 허, 허…… 어떻게 지내고 있나 해서."

"그, 그럭저럭요."

아버지의 전화로 인해 자신도 모르게 울컥, 하는 속내가 아려 그녀가 얼른 시선을 들고 입술을 뗀다.

"글 작업은 잘 되세요?"

"소설이 연애편지 쓰듯 그러면 얼마나 좋겠어. 허, 허, 허……."

들비의 음성이 이상해 아버지가 의식적으로 유쾌하게 너털웃음을 짓지만 왠지 모를 답답함이 엄습하는 건 어쩔 수가 없어 얼른 말을 잇는다.

"친구하고는 잘 지내고 있는 거냐?"

들비의 응답이 쉬 따라 나오지 않으므로 말을 이어 들비의 마음을 알아보려 한다.

"큰아버지가 계신 미국에 잠시 다녀온다고 갔어요."

"그랬구나! 그래서 들비의 음성에 힘이 하나도 없는 거야?"

"아, 아니에요. 아빠! 식사 거르지 마시고 잘 챙겨 드셔야 돼요. 아빠, 미안해요. 제, 제가 챙겨드려야 하는데…….

더 이상 말을 잇지 못한 들비가 핸드폰을 끈다.

"여보세요! 여보세요! 들비야!…….

그렇게 마음이 여려서 어쩌려구! 허. 허. 허…… 아버지의 눈동자가 미세하게 흔들린다.

허물어지듯 비몽사몽 시간은 흐른다.

힘겹게 몸을 일으킨 들비가 창문에 쳐져있던 커튼을 반쯤 걷은 채 창문을 연다. 엷게 깔렸던 안개가 걷힌 도시의 위용이 드러난다. 새벽 등산을 마치고 귀가하는 사람들의 화기애애한 웃음이 귀를 파고든다.

집 밖을 안 나간 지 십수 일이 지난 그녀의 몰골이 초췌하다. 창틀에 두 손을 얹었다가 힘이 없는 육신이 힘들게 하던지 엉거주춤 식탁으로 내딛는 걸음이 허둥댄다.

냉장고에서 생수를 꺼내 한 모금 마셔보려다가 물병을 그대로 식탁 위에 놓고는 소파에 주저앉는다. 가물거리는 눈꺼풀에 힘을 줘보려 해도 마음만 있을 뿐 뜻대로 따라주지를 않아 감았던 눈을 뜨려 하지 않는다.

눈가가 스멀거린다.

참아왔던 물기라 흐르는 대로 가만히 두고 침대로 걸음을 옮긴다. 엉거주춤 베개에 머리를 눕히고 눈을 감는다. 그날이 마지막 여행이었구나! 읊조린 그녀의 입가로 물방울이 고인다.

밤새 내린 비가 그친 바다가 평온했다.

깊이를 알 수 없는 물결이 쉼 없이 밀려드는 파도에 실려 해변으로 겹겹이 포개놓더니 밀려오고 또 밀려와서는 새하얀 물꽃을 피워냈다. 밤바다의 정적은 깊고도 은밀해 어둠 짙은 밤바다에 빠져있는 듯 별들이 수놓은 바다가 장엄하면서도 경건했다.

나지막한 해송이 늘어선 모래 언덕 위에서 걸음을 멈춘 두 사람, 팔베개를 하고 하늘로 눈길을 둔 채 누웠다. 하늘과 바다는 한 덩어리가 되어 끝없이 때리고 부서지더니 원시적인 어둠 속에서 들리는 파도 소리가 일깨우는 끝자락에 묻어난 물보라가 피어났다가 사라졌다.

한쪽 어깨를 베고 누워있는 그녀의 가슴으로 상큼하게 바닷바람이 밀어닥쳤다.

"별들은 참 편하겠어."

"?……."

성아가 웅얼거리자 그녀는 무슨 뜻인지 몰라 의아한 표정이었다. 그녀에게 바짝 다가와 빙긋 웃는 그의 눈망울에 짓궂은 미소가 피어났다,

"무슨 뜻인지 궁금하지? 수평선에 잠겨있는 별들은 가만히 있어도 파도가 목욕을 시켜주잖아?"

수줍게 웅크린 그녀가 자신의 어깨를 성아의 품으로 밀착시켰다.

겹겹이 늘어선 해송가지 사이로 바람이 일렁이므로 파도에 모래가 쓸리듯 솔 향이 두 사람의 코끝을 자극했다. 두텁게 어둠이 깔린 하늘에 수많은 별들이 반짝였고, 별들 사이를 비집은 둥근 달이 덩그러니 섰다.

"참으로 오랜만에 만나보는 바다예요."

"그러고 보니 나도 그러네. 뭘 하고 살았지?"

상체를 슬그머니 일으킨 그녀가 흙을 한줌 집어 바다 쪽으로 뿌렸다. 바다는 가장 낮은 곳에 있으면서도 거친 파도의 노여움을 거부할 줄 모른 채 암벽에 부딪쳐 물보라의 굉음만을 토해냈다.

"여름에는 유난히 별이 더 많은 것 같아요."

손바닥에 묻은 모래 알갱이를 털어내던 그녀가 혼잣말인 양 읊조리

곧 그에게 눈길을 옮길 때 그의 입술에 웃음이 피어나고 있었다.

"그것도 몰라?"

그의 장난기가 듬뿍 묻어나는 눈빛을 맞받고는 뭐예요? 라는 응석에 그의 입가에서 미소가 지워지지 않았다.

"가을에 아기를 가졌다가 여름에 생산하나 봐. 그렇지 않고서야 여름별이 더 많겠어? 안 그래?"

물방울에 머물러있던 그림자가 저만큼 어둠에 묻힌다.

그와의 지난날 회상이 코끝에 와 부딪친 파도처럼 시큰거린다. 희미한 달빛을 받으며 감싸 안았던 어깨가 시려 들비가 어깨를 웅크린 채 신음을 토해낸다.

한층 캄캄해진 해변의 어둠 속으로 수평선 위를 쓸고 온 바람이 일렁인다. 파고의 물결이 사정없이 바위벽을 때리며 물보라를 일으켜도 풍상에 깎일 대로 깎인 벼랑은 이끼를 안은 채 먼 수평선을 바라본다.

물리적인 어떤 것에 의해 밀려드는 충격이 아니고서는 적어도 자신의 의지만큼은 얼마든지 조절할 수 있다고 믿었다. 이를터이면 인생을 살아가면서 예기치 않은 사건으로 인해 마음의 평화를 무너뜨리는 것은 어리석은 행위 따위일 터. 그런데 시간이 지날수록 뚜렷해지는 그의 모습 앞에선…… 생각이 그곳에 머무르고 더 이상 비켜가려 하지 않아 눈망울을 감싼 물기가 가득히 고인다.

걷잡을 수 없는 상념을 떨치듯 힘겹게 손을 뻗어 침대 등받이에 부착된 전등 스위치를 내린다. 어둠이 순식간에 깔리더니 창으로 스민 달빛이 고즈넉하다. 헉, 그런데 갑자기 머릿속이 혼미해지는 게 아닌가!

"아, 아빠! 도, 도와주…….''

가슴이 뛰고, 몸에 열이 불붙듯 식은땀이 전신을 적셔 정신을 차려보려는 듯 핸드폰 덮개를 연다. 요즘 자주 듣던 노래, 그날 이후를 찾는 건 노랫말이 가슴에 와 닿았기 때문이다. 혼미하게 가물거리는 의식의 끈을 놓지 않으려 해도, 그녀의 손에 들려있던 핸드폰이 스르르 밑으로 떨어진다.

깊게 패인 계곡을 따라 흐르는 물소리가 들린다.

계곡 양편의 가지런한 숲이 은빛으로 빛나더니 희뿌연 계곡 건너편의 산봉우리가 무섭게 밀어닥친다. 무언가를 잡으려는 듯 꼼지락거린 손끝에 와 닿은 것은 싸늘한 바람일 뿐 찾고자 하는 모습이 없다.

여름이 오면 바위틈에 뿌리를 내리고 만개하는 바위채송화가 붉은 줄기 끝자락에 피어있어도 눈이 부셔 눈을 뜰 수가 없다. 그래서일까? 무언가 뜨거운 것이 눈가로 흐른다. 어둠에 잠긴 물줄기에 보일 듯 말 듯 가물거리던 미소가 스치면서 속눈썹이 무겁게 짓눌린다.

미처 걷어내지 못한 안개자락이 고목들을 칭칭 휘감고 있다. 눈길이 머문 곳에 갓난아기 울먹이듯 꽃망울이 바위 틈바귀에서 삐쭉 고개를 내민다. 바위틈을 헤집고 피어난 노란 꽃망울에 그늘이 진다. 상처를 보듬어 안아 본 사람만이 드러낼 수 있는 미소다. 세상에 마지막으로 남겨두려는 듯 감은 두 눈에 흐르는 물줄기 따라 노래가 흘러나온다.

왜 떠나야만 했는지 그날 이후
묻어나는 기억 잡으려니 멀어진 거리
그립고 보고픈 마음 달랠 길 없네
왜 떠나야만 했어
돌아서지 못하는 내 마음 두고
돌아서려 해도 눈가에 아리는 기억들
지울 자신이 없네

그대와의 모든 숨결

물방울에 담겨 그림자로 떨어져도

현실에 그리움만 묻고 힘들어한다고

오늘이 달라지는 건 하나도 없잖아

다가갈 수 없어 오지도 않을 당신

당신이 있어 사랑을 배웠고

미움 또한 당신이 남겨둔 선물이잖아

왜 떠나야만 했어 돌아보지 말지

돌아보면 내 마음 아프잖아

차라리 허공을 맴도는 메아리 되어

그대 눈빛 바람결에 실을게

사랑했다는 말보다 보고픈 흔적들

풀잎에 맺힌 하얀 이슬

허공에 맴도는 물보라의 메아리

하지만 듣고 싶어 노을이 지는 날까지

영혼마저 사랑했다는 그 한마디

보고 싶다 너무나도 보고 싶어

떠나려다 돌아서지 못한 그대 눈빛

보고 싶다 너무나도 보고 싶어

떠나려다 돌아서지 못한 그대 눈빛

그늘 뒤편

장대비처럼 쏟아지던 빗줄기는 E시로 들어서면서 차츰 가늘어지더니 눈에 익은 골목길로 접어들 땐 가늘게 내린다. 어둠이 짙은 골목길은 상점에서 뿜어져 나오는 불빛으로 환하다. 24시간 편의점을 지나자 낯익은 오피스텔이 눈에 들어와 서두르는 행동이 확연하다.

　오피스텔 입구를 비켜 주차를 마친 아버지가 서둘러 차문을 연다. 열대야를 식힐 듯이 내렸던 빗줄기의 지열로 한층 더 후덥지근하다.

　엘리베이터가 9층에 도착했다는 램프 등이 점멸되기도 전에 문을 열려는 황망한 순간이다. 엘리베이터에서 내린 눈길에 복도를 꽉 메운 네 개의 철문이 서로를 마주보고 정적에 잠들어 있다.

　깊게 한숨을 들이마신 아버지가 벨에 손을 얹는다.

　화급히 문이 열리고 그 아이의 충혈된 눈망울이 다가온다. 입을 가린 채 바라보는 그 아이의 어깨가 처져 내린다. 그 아이의 어깨를 잠시 토닥이던 아버지가 거실로 들어서기를 서두른다.

　"헉, 이럴 수가!……."

별일 없을 거란 자위로, 아닐 거야 하는 기대로 달려왔다. 헌데, 아이의 모습은 마지막 간절함마저 짓밟는다.

죽음과 삶의 극한에서 일으킨 감정의 상승작용이 눈물뿐이란 말인가! 그렇다면 울부짖고 싶다. 어떻게 아이를 저토록 처참하게 짓밟을 수 있느냐고? 그럴 수는 없다고! 되풀이하던 눈이 시려 아버지가 그 아이에게 눈길을 돌린다.

침대에 누워있는 아이의 몰골은 사람의 형상이 아니다.

잠옷 윗도리단추가 벌어질 정도로 아이의 배가 터지기 직전이다. 거기에다 힘없이 늘어져있는 양팔은 뼈에 가죽만 입혀놓은 듯 앙상하다. 무엇보다 배에서 감당하지 못한 복수가 온몸으로 퍼져, 무릎과 정강이 뼈 경계가 없이 발바닥까지 코끼리다리가 된 채 탈수현상으로 입술이 허옇게 부풀었다.

아버님 오셨어, 라는 그 아이의 말에 힘겹게 눈꺼풀을 들다가 힘에 부쳤던지 스르르 감기는 아이의 눈가로 물기가 스멀스멀 비친다.

"아, 아빠⋯⋯."

힘겹게 실눈을 뜬 아이는 몇 마디 하고 가파른 숨을 몰아쉬곤 다시 감은 눈에서 투명한 물줄기가 주르륵 흐른다.

"들비야, 혼자 가슴에 담아두지 말고 하고 싶은 말이 있으면⋯⋯."

어찌할 바를 몰라 허둥대던 아버지가 애처롭게 늘어진 아이의 손을 잡는다. 가녀린 손을 힘들게 든 아이는 아버지의 눈가로 손가락을 꼼지락댄다.

"아, 아빠, 미, 미⋯⋯."

더듬더듬 이어지던 말을 흐린 아이가 혼절을 한다. 여태껏 생각조차 해본 적 없는 아이의 모습이다. 참담하게 무너져 내리는 아버지의 입술로 물줄기가 가득 고인다. 무엇 때문에 혼자 가슴 시려하고 있는지 묻고 싫어도 가슴이 저려 울컥, 눈물만 쏟는다.

"들, 들비야!……."

화급한 외침에 아이의 입술이 떨어지지 않고 외려 눈물만 떨어뜨려 아버지가 아이의 눈가로 흐르는 물기를 닦는다. 얼마나 아프고 힘에 부 쳤으면 아버지가 아이의 손등에 얼굴을 묻는다.

"들비야, 지금 아빠의 심정이 어떤 것인지, 이런 아픔과 후회를 안고 있는 아빠에게서 정녕 떠나려고 한 거야?"

묻고 싶어도 눈물이 앞을 가려 물을 수가 없어 입술을 깨물고 흐느끼 는 아버지의 음성이 이어진다.

"떠나려 해도, 떠나보낼 수 없는 이유가 뭔지는 물어봐야지! 우리는 서로에게 하고 싶은 말이 너무 많잖아? 물어야 할 것이 많고, 답해줄 것 이 너무도 많은데…… 해주고 싶었던 말들, 물어보고 싶어도 묻지 못했 던 수많은 궁금증, 그 어떠한 것 하나 풀지 못한 사연들을 두고 여기에 서 들비가 떠나려 하면 아빠를 또 다른 죄인으로 만드는 거야!"

"아, 아버님! 빨리 병원으로 옮겨야……."

오열을 하는 아버지 등 뒤에서 들려오는 그 아이의 자그마한 음성이다. 퍼뜩 눈을 뜬 아버지가 아이의 목 뒤로 손을 넣으려 했으나 아이가 고통 스럽게 축 늘어져 고개가 뒤로 젖혀진다. 아이는 배가 터질 듯해 업을 수도, 발바닥까지 퉁퉁 부어 코끼리다리가 되어버린 발로는 일어설 수 도 없다. 침대 옆에 무너지듯 주저앉은 아버지의 모습에 그 아이가 서둘 러 핸드폰을 꺼내 119에 도움을 청한다.

"여기예요!"

그 아이의 서두르는 목소리에 이어 요란한 구둣발소리가 들린다. 아 이의 상태를 목격한 119대원의 놀란 눈빛이 아버지와 아이, 그리고 그 아이를 번갈아 쳐다본다.

119 대원의 눈빛은 침대에 누워있는 사람이 저 지경이 되도록 여태까지 무엇을 했소? 라는 책망의 눈길이다.

"아이고! 예의바르고 참한 아가씨였는데!……."

언제 쫓아들어 왔는지 관리인이 몇 번 혀를 차다가 못 볼 것을 봤다는 듯 눈살을 찌푸린다.

책망의 눈길을 거둔 119대원들이 빠른 손놀림으로 아이를 구급차로 옮긴다. 여전히 눈살을 찌푸린 관리인, 구급차가 사라진 골목길에서 얼른 눈길을 거두지 못하고 짙은 한숨을 토해낸다.

비상등을 켠 구급차가 요란한 사이렌소리를 낸다. 한적한 도로로 접어들 즈음 무슨 말이, 바짝 귀를 기울이지 않으면 사이렌소리에 묻힐 법한 아주 작은 음성이 웅얼거려 아버지가 고개를 든다.

5박 6일 중국 여행이 계획되어 있어 출발 이틀 전에 아이가 여행준비는 잘하고 있는지 궁금해 학원을 찾아갔다고, 아이가 보이지 않아 학원 선배한테 아이의 안부를 물었다고. 얼마 전부터 몸이 아프다며 결근이 잦아 위문을 가려고 해도 아이가 극구 사양하더라는 말을 듣고 자신들만 중국으로 떠났다고, 귀국길에 조그마한 선물이라도 사서 아이에게 주려고 여러 번 전화를 했으나 아예 아이의 핸드폰이 꺼진 채 불통이었다고, 문득 불길한 생각이 들어 오피스텔로 찾아가 관리인에게 자초지종을 설명했다는 그 아이.

미리 연락을 받고 준비하고 있던 의료진들은 병원침대로 아이를 옮긴다. 병원 침대 뒤를 쫓는 아버지의 눈망울엔 두려움이 서린다. 자정이 다가오고 있는 시간임에도 응급실이 혼잡하다. 환자가 고통을 못 이겨 토해내는 신음소리에 귓속이 아리다. 환자의 아픔을 치유할 수 없는 한계인 듯 보호자들의 표정에선 슬픔이 묻어난다.

의사와 간호사들이 이리저리 분주히 옮겨 다니며 환자를 돌보는 데에 정신이 없다. 응급실자리를 배정받아 아이를 침대에 눕힐 때 의사가 아이의 침대로 다가온다. 당직의사는 아이의 눈꺼풀을 들어보고, 이마에 손도 얹어보고 발목과 발바닥을 눌러본다.

"도대체 당신은 이 환자와 어떤 관계입니까?"

싸늘한 눈길로 어찌 이 지경이 되도록 환자를 방치했냐는, 추궁의 눈빛에 아버지는 목젖이 흔들릴 만큼 꿀꺽 침을 삼킨다.

"아버지?"

라는 표현, 짧게 입술을 비튼 의사의 눈빛에 비웃음이 서린다.

아비라는 사람이 아이가 저 지경이 되도록 방관했냐는 기색이므로 아버지가 말없이 고개를 숙인다. 아이의 얼굴에 산소 호흡기가 채워지고, 검지에 세추레이션(측정기)이 물린다. 조그마한 스크린에 실선이 나타나 빠르게 높낮이를 그리며 지나간다. 옆으로는 숫자가 높았다가 낮아졌다 하면서 불안을 가중시킨다.

"환자분!…… 환자분!…… 눈을 떠봐요!…….."

의사가 고개를 갸우뚱한다.

"간성혼수상태야, 위험해! 어서 촬영실로!"

의사가 빠르게 간호사에게 지시한다. 그들의 심각한 표정에 아버지의 심장이 쿵! 하며 의사의 행동으로 봐서는 설마, 하는 기대마저 저버리는 불안이 싸늘하게 엄습한다.

"복수 상태가 보통 심각한 게 아닙니다. 조금만 늦었으면, 혼수상태라 복수가 기도를 막아 절명했을지도 모릅니다."

형광등불빛 아래 드러난 아이의 눈두덩이 푹 꺼져 검푸른 빛을 더한다. 산소호흡기 안에서 입술과 코로 힘겹게 호흡을 토해내느라 목이 마른지 입술이 오물거린다.

"너무 미안하구나. 네가, 그래 네가…… 고맙구나! 시간이 많이 된 것 같으니 어서 집으로 가야지."

"아니에요, 괜찮아요."

새벽시간까지 함께한 그 아이다.

"그래도 내일, 아니…… 오늘 일을 해야 되잖아? 어서 가."

그 아이에게 약한 모습을 보이지 않으려고 아버지가 가만히 깊은 숨을 들이마신다.

"어떻게 아버님 혼자……."

말끝을 채 맺지도 못한 그 아이의 눈가로 삐죽삐죽 물기가 비친다.

"괜찮아, 어서!……."

재촉에 마지못한 듯 그 아이가 손으로 입을 가린 채 응급실을 나서는 뒷모습에서 아버지가 쉽게 눈길을 거두지 못한다. 빈터로 무언가가 무섭게 엄습하던지 지그시 깨문 입술로 아버지의 신음이 새어나온다.

"서들비 보호자분!"

"네!……."

의사의 지시대로 아이의 손과 발을 주무르며 뜬눈으로 밤을 지새운 휑한 눈망울이 휘둥그레진다.

"왜?……."

의아해하는 아버지의 눈매를 무감각하게 맞받은 간호사가 자신을 따라오라는 턱짓을 한다.

그녀의 턱짓에 이끌려 혼잡한 사무실로 들어선다. 의사와 간호사들이 뒤섞인 그곳은 정신이 없다. 당직을 마친 의사의 안색이 피로에 젖어 건성적인 투로 앉으세요, 한다. 턱짓으로 가리킨 보조의자에 아버지가 엉거주춤 엉덩이를 걸치듯 앉는다.

"죄송합니다. 저희 병원에서 환자를 관리하기에는 그래서…… 메이 저병원으로 옮기는 게 좋을 듯해 연락을 취해놨으니 그리로 가셔야 되겠습니다."

사무적으로 냉랭하게 설명하고 말문을 닫은 의사가 돌아서려 하는걸 아버지가 잠깐만! 서둘러 뒷모습을 붙잡는다.

"무, 무엇을 어떻게 해야 된다는 것인지?……."

아버지의 외침에 주춤하던 의사가 흘낏 고개를 돌려 빠히 바라보므로 아버지가 더듬더듬 대던 말끝을 흐린다.

"책상 위에 있는 게 영상 CD이니까 원무과에서 초진기록표를 찾아 가지고 가시면 됩니다."

의사의 입술가로 인자한 미소가 흐르는 건 보호자에게 주는 배려인 듯 보여도 불안한 심기는 가슴을 쥐어뜯고 싶은 심정이다.

의사가 돌아서 나간 빈 공간에 두 눈을 못 박고 멍하니 서있는 눈망울에 더 붉은 이슬이 맺힌다. 붉어진 눈시울이 미세하게 흔들리며 뜻을 알 수 없는 탄식이 일그러진 입술 사이로 새어나온다.

"보호자 분, 원무과는 저쪽이에요!"

장승처럼 서있는 아버지 옆 의자에서 사무를 보던 간호사가 복잡한 데 서있지 말고 빨리 서류정리 하라는, 눈길조차 없이 한 손으로 가리킨다. 도대체 이곳도 병원인데…… 무엇 때문에 아이를 다른 병원으로 옮기라는 것일까? 그만큼 아이의 상태가 위험해서 아이를 그 병원으로 옮기라고 하는 건가! 하얗게 바래진 머릿속으로 무엇 하나 떠오르지 않는다. 무엇을 어떻게 해야 될지 몰라 가슴이 막혀 뭐라 형용할 수 없을 만큼 싸한 물굽이가 밀물처럼 가슴속을 헤집는다.

잠시 벽에 등을 붙인 채 눈을 감고 있던 아버지가 천천히 눈을 뜨곤 원무과를 향해 발길을 옮긴다.

밤새 대지를 달궜던 열대야가 채 식기도 전에 찾아온 햇살이 습기를 더해 후줄근한 육신이 맥없이 가라앉는다. 이른 출근 시간과 맞물린 올림픽대로는 서울로 향하는 차량들로 혼잡하다. 앰뷸런스의 비상등이 쉴 새 없이 깜박이므로 주춤대던 차량들은 피할 수 있는 공간만 보이면 차선을 양보해준다.

아이는 의식을 가지고 지금의 상황을 느끼고 있는 건지, 아니면 체념을 한 것인지 두 눈이 꼭 감겨 있다. 혹여나 자신의 위급한 상황으로 인해 큰 병원으로 옮기고 있다는 걸 눈치채면 어떡하지, 라는 상심 속에서도 최악의 혼수상태로 빠지면 안 되는걸 숙지하고 있던 터라 나머지는 아이의 손가락을 쉴 새 없이 주무른다. 주체할 수 없는 혼란으로 스며드는 허탈이 움틀 때마다 내내 저리는 어깻죽지에 힘이 쭉 빠진다.

인도를 오가는 다양 계층의 사람들과 출근길을 달리는 차량들도 바쁘다. 가지각색의 간판으로 도배한 빌딩숲의 아침은 동녘에서 떠오르는 햇빛으로 기지개를 켠다.

앰뷸런스기사의 짜증 섞인 투덜거림과 요란한 클랙슨소리에 아버지가 앞창으로 눈길을 옮긴다. 워낙 혼잡한 도로인데다 앰뷸런스의 사이렌 소리에 무뎌졌는지 그럴듯한 검정 승용차는 아예 꿈쩍도 안하고 자신의 차선을 고집한다. 앰뷸런스기사가 앞차의 턱밑까지 다가간다. 그러고는 클랙슨을 연발 쏘아대는 통에 그때서야 우측 신호등을 켜고 못이기는 척 옆 차선으로 핸들을 돌린다. 이런 일에 만성이 되었다는 듯 앰뷸런스기사는 아랑곳없이 좌측으로 핸들을 돌린다.

병원 타운이라는 표현이 적법할 만한 웅장한 건물 속으로 빨려 들어간 앰뷸런스가 응급실센터 정문에 정차한다.

"보호자분은 빨리 원무과에 가서 접수하세요!"

앰뷸런스기사의 여운이 사라지기도 전에 아버지가 후다닥 응급실 문을 밀치고 들어섰으나 황망한 눈길을 거두지 못한다. 미처 환자복을 지급받지 못한 수많은 환자들이 원무과 앞 대기자 의자에는 물론, 휠체어에까지 앉은 채로 링거주사를 꽂고는 불안한 눈시울로 주변을 두리번거린다.

더구나 원무과 창구에는 서류를 접수하려는 사람들과 다음 순서를 대기하고 있는 사람들로 인산인해다. 어느 한 사람 밝은 표정 없이 서두르는 기색이 난무하다. 아이의 신상 명세를 빨리 접수시켜야만 아이가 살아날 것 같은 불안감이 메마른 입술을 타들어가게 만든다.

긴장과 초조함으로 주변을 두리번거릴 때 소리 없이 여의사가 다가온다.

"이 환자입니까?"

함께 온 직원에게 묻고는 주치의입니다, 라며 약간 놀라는 눈빛을 짓는다.

"언제부터 저렇게 되었습니까?"

"……."

저렇게 되기까지의 과정을 묻지만 아는 바가 없는 아버지다.

여태까지 물 한 모금 마시지 못한 채 사경을 헤매고 있는 아이의 몰골에 제발 그만 물어보라는 고뇌가 역력하다. 걱정하지 말라는 말을 듣기는커녕 차가운 눈빛이라 그냥 빤히 의사를 바라보고 있자니 민망해 아버지가 얼른 고개를 돌린다.

"영상 자료가 최악입니다."

그렇게 말한 의사가 직원에게 시선을 돌린다.

"전반적으로 다시 검사하고 중환자실로 빨리 처치하세요."

지시를 하고는 총총걸음으로 사라지는 여의사의 뒷모습에 시선을 둔다.

"중환자실!……."

혼잣말로 읊조리는 아버지의 입술이 파르르 떨린다. 아이의 손을 잡고 있던 손마저 떨려 달리 할 수 있는 게 없어 슬며시 손을 놓는다. 혹여, 아이에게 나약해져가는 모습으로 비쳐질까 봐 걱정이 되었기 때문이다.

중환자실!

다른 병실과는 달리 입구부터 기분 나쁠 만큼 음산한 것이 마음을 혼란케 한다. 아이의 얼굴에서 눈길을 거두지 못한 채 이동침대에 끌려가다시피 걸음을 옮긴다.

이동침대가 옮겨지면서 아버지의 경악하는 눈망울이 흔들린다. 형용할 수 없는 소독 냄새에 뒤섞인 죽음의 그림자가 눈과 귀, 코로 엄습했기 때문이다.

동공이 멈춘 상태에서 벌어진 입을 다물지 못하고 허공에 시선을 둔 할머니, 목에 호스가 꽂힌 채로 두 눈을 부릅뜨고 있는 할아버지, 들어서는 이동침대를 바라보며 두려운 눈동자로 괴성을 지르는 아주머니! 산소호흡기 안에서 삶과 죽음을 오가는 거친 호흡들, 일상에 찌든 탓인지 무료한 낯빛으로 손놀림을 하고 있는 간호사들, 거기에다 환자복 밖으로 드러난 팔다리가 힘없이 늘어져 피골이 상접하다.

저들은 자신이 처한 현실에서 고통을 느끼며 의식은 있을까? 있다면 삶과 죽음에서 무엇을 갈구하고 희망할까? 한걸음, 한걸음 옮길 때마다 여기저기 수많은 환자들의 모습을 훑는다. 고통스러워 뒤척이는 것인지, 아니면 무의식적으로 자신의 생명이 붙어있다는 걸 알리려는 표출인지, 살고 싶어 하는 애절한 몸짓과 눈망울인지 알 수 없는 아비규환이 따로 없다.

넓은 병실의 통로를 한없이 가다가 투명한 아크릴 창으로 내부가 훤히 보이게끔 꾸며진 병실에서 이동침대가 멈춘다.

중환자병실에서 또 분리돼 아이가 옮겨진 병실은 무엇이고? 아이는 왜 여기에 있어야 되는지 두려운 눈길을 멈추지 못하고 두리번거린다. 아이가 들어서면서부터 아버지는 이미 침대에 누워있던 환자들의 모습에서 시선을 떼지 못한다.

그것은 분명 죽음에 이른 몰골들이다. 그렇다면 아이의 상태가 저 지경이어서? 그래서 이곳으로 옮겼단 말인가! 소리치고 싶어서, 울부짖고 싶어서 아버지의 얼굴이 무참히 일그러진다.

침대의 커튼이 쳐지며 간호사 두 명이 주고받는 목소리가 웅얼거린다. 아이에게 무슨 짓을 하고 있는 것일까? 의료기기와 주사액봉지가 커튼 속으로 쉬지 않고 들어간다. 두근두근 가슴이 뛴 잠시 후, 커튼이 걷히면서 아이의 모습이 드러난다.

"아!……."

산소마스크 안에서 헐떡이는 아이의 호흡이다. 야위어 가냘픈 두 팔은 마치 예수가 십자가에 못 박힌 듯 양옆으로 벌어진 상태로 영원히 깊은 잠에 든 듯하다. 숱한 의료기기들, 산소마스크 안에서 숨을 헐떡이고, 가슴과 두 팔엔 수많은 주삿바늘(몸속으로 흘려들어 보내는 정맥 주사)이 미로처럼 연결되어있다. 소변으로 복수를 뽑아내기 위해 요도에 삽입된 도뇨관으로 붉은 핏물이 흘러내린다.

붉은 혈액 주머니! 그곳에서 진득하게 떨어지는 핏방울이 호스를 타고 아이의 몸속으로 들어가고 있는 게 아닌가! 아이의 가녀린 두 팔에 여섯 개나 되는 링거액 주사가 꽂혀 있다. 저것들은 무엇이란 말인가! 묻고 싶어도 간호사들 입에서 나올 답변이 두려워 묻지도 못한다.

갑자기 병실의 정적을 무너뜨리는 구둣발소리가 들리더니 잠시 뒤 통곡이 울려 퍼진다. 위급하다는 병원의 연락을 받고 달려온 아들과 딸이 얼굴을 묻은 채 통곡을 한다.

"엄마! 마지막으로 눈 한 번만 떠 봐!……."

딸의 절규에 간호사가 다른 환자를 생각해 조용히 좀 해주세요, 라고 음산하게 주의를 준다. 옆에 있는 환자가 숨을 거둔 걸 알까? 그래서 간호사가 조용히 좀 하라고 했던 것일까? 천장에 시선을 둔 채 동공이 멎어 있다. 목에 호스를 끼고 산소호흡기 안에서 숨을 헐떡이며 두 눈을 뜨지도 못하는 환자들이 옆에서 숨을 거둔 사실을 인지할 수는 있을까? 그래서 병실이 더 음산하고 스산하게 느껴질까?

"보호자 분, 이제 나가세요!"

간호사가 아버지에게 건성으로 내뱉는다.

어떻게 아이를 이곳에 두고 나갈 수가 있단 말인가! 붉은 눈망울이 간호사에게 옮겨진다.

"병실 입구에 면회 시간과 보호자 수칙이 있습니다."

주의사항을 말한 간호사가 서둘러 병실을 나가버린다. 한동안 멍한 상태로 서 있다가 내딛는 발걸음이 무겁다.

"살려 주세요! 살고 싶어……."

힘이 하나도 없는 목소리로 애원하는 오십이 되어 보이는 아주머니! 어떤 연유로 환자가 되었을까? 가던 걸음을 멈춘 아버지를 쳐다보는 눈길엔 힘이 하나도 없다. 의식을 가지고 살고 싶다는 것인지, 아니면 죽음의 늪에서 살고 싶은 몸부림인지 알 수가 없다. 아버지가 걸음을 멈춘 채 뒤로 고개를 돌려 아이가 있는 곳을 멍하니 본다.

중환자실을 나온 아버지가 병실 입구에 면회자수칙이라는 문구 앞에 선다. 면회 시간은 오전과 오후 두 번이며 시간은 30분이다. 그때서야 사경을 헤매고 있는 아이를 격리된 공간에 두고 제한된 횟수와 시간에만 볼 수 있다는 현실 앞에 두 다리가 휘청거린다.

복도 의자에 주춤 걸터앉아 벽에다 머리를 기댄 채 아버지가 눈을 감는다. 허옇게 텅 빈 머릿속이 윙, 윙 거릴 뿐 무엇 하나 떠오르질 않는다.

"삐리릭, 삐리릭……,"

밤새 한숨도 수면을 취하지 못한 동공이 쓰라려 벽에 머리를 기대고 눈을 감고 있다가 전화벨소리에 놀라 얼른 수화기에 신경을 쓴다.

"서들비 씨 환자 보호자 분이시죠?"

아이의 이름에 아버지의 귀가 쫑긋한다.

상담실과 주치의? 되새기며 걷는 아버지의 걸음이 먼 길을 걷듯 무겁고 더디게 옮겨진다. 병실 복도 중간쯤의 그곳이 상담실인 듯해 안쪽을 주춤 살피다가 대기실에서 본 여의사와 눈길이 마주친다. 컴퓨터를 유심히 살피던 여의사가 흘끔한다.

"환자와 관계가 어떻게 되시지요?"

느닷없이 내뱉는 투로 묻고는 컴퓨터 쪽으로 다시 시선을 돌리곤 살짝 오른손을 들어 의자를 가리키므로 아버지가 가만히 앉는다.

"따님이 저 지경이 되도록 부모님이 방치했다는 것에 의사로서는 도저히 납득이 안 됩니다. 변명이든, 해명이든, 아시는 데까지 설명을 해보세요. 따님이 저렇게 된 사유를……."

옅은 한숨을 내뱉은 여의사가 잠시 고개를 갸우뚱한 채 구차한 변명이라도 들어보자는 투의 싸늘한 눈빛으로 변한다. 그 아이에게 들은 자초지종을 아버지가 더듬더듬 전한다.

"생을 포기한 환자입니다."

"네?!……."

거두절미한 여의사의 단언이다.

불길한 예감이 우려했던 사실로 다가와 차디찬 얼음조각이 가슴을 때린다. 윙- 하는 어질증에 아버지가 두 손으로 얼굴을 덮는다.

"급성전격성간부전증입니다."

"그, 그게?……."

아버지의 더듬대는 입술을 외면하곤 좀 더 구체적인 설명이 필요했던지 여의사가 손을 깍지 낀다.

"급성전격성간부전증이란, 간의 기능이 불과 며칠 사이에 급격히 상실되는 의학적 응급 상황입니다. 그러니까 지금의 증상으로 봐서는 일주일에서 열흘 사이에 간세포 기능이 거의 마비된다고 봐야 하는데, 이미 진행이 많이 돼 고비입니다."

아버지의 벌어진 입과 눈이 굳어져 여의사가 던진 입술을 눈여겨 볼 겨를도 없다.

"뭐, 뭐라고요? 그, 그!……."

사시나무 떨듯 눈빛이 흔들리고 온몸에서 힘이 빠져 정신이 혼미하다. 일주일에서 열흘 사이? 아이의 운명이 일주일은 뭐고, 열흘은? 속내로 되묻는 통에 선뜻 말문을 열지 못한다. 그것은 마치 서로 먼저 나가려고 앞다투다 뒷발에 걸려 넘어진 것처럼, 더듬대는 언어의 질서가 무너진 꼴이라 속내가 뒤틀린다.

"어, 어떻게 해야 아이가 살 수 있습니까?"

"급성간부전의 경우에는 뇌빈혈에 의한 뇌부종, 그러니까 삼투압의 침해로 대뇌자기조절의 소실로 인한 간성뇌증과 단백질합성장애, 즉 혈액의 혈청 알부민과 프로트름빈 타밍 수준으로 봐서는 합병증까지…… 그러니깐 간세포기능이 거의 마비라고 생각하면 됩니다."

여의사의 한마디, 한마디에 집중하고 있던 아버지가 모든 것을 부정하고 싶어 고갯짓을 한다. 가슴이 저려 먹먹했으나 눈물을 보이지 않으려고 무던히 애쓰는 눈살에 가득 채운 건 붉은 눈망울이다.

"여러 가지 검사를 해봤는데, 환자한테서 B형 간염이라든지 C형 간염 어느 감염도 없습니다. 과거에 간질환이 없었던 환자에게도 특이적으로 가끔 드러나는 증상이 있어 의학계에서도 그 원인을 분석하고 있는 중입니다. 그리고 급성폐렴에 의한 합병 증세로 장기 마비가 와 급성 전격성간부전증으로 발전돼 복수가 생기기 시작했습니다."

점점 악조건으로 치닫는 여의사의 표현에 따라 아버지의 어깨가 흔들린다. 그런 모습을 차마 마주하기가 언짢았던지 여의사가 슬며시 돌리던 눈길을 다시 돌려 한참 아버지를 바라본다. 함께 고민해야 환자를 살릴 수 있다는 사명감이 든 모양인지 무거운 표정으로 변한다.

"한 달 훨씬 전부터 급격한 스트레스에 의한 식욕 부진으로 거식증까지 왔기 때문에 최악으로 영양 상태가 나빠졌습니다. 거기에다 무용을 전공한 체형에 체지방이 없는 체질이라 급격한 영양 결핍으로 보통사람보다 현격한 체력 고갈이 생리적으로 나타납니다. 급성폐렴은 영양실조가 원인이 되기도 합니다. 환자의 영양 결여는 심각해도 보통 심각한 것이 아니어서 그것은 자신의 생을 포기하려는 의도가 아니고서는 있을 수가 없는 일입니다. 영양 결핍으로 체력이 떨어져 혼자서는 움직일 힘도 없었을 거고요. 어찌 보면 급성장기마비로 인해 순환되지 못한 혈액마저 복수가 되었다고 봅니다. 조금만 늦었으면 복수가 기도를 막아 사망에 이를 수도 있었습니다."

"선, 선생님! 아이는 살 수가 있습니까?"

묻는 눈동자에선 푸른빛이 일렁인다.

"지금 상태로는 장담할 수 없습니다. 특히 극심한 고뇌에 부딪친 환자일수록 의식적으로 생을 포기하고픈 마음에서 스스로 모든 걸 거부합니다. 더욱이 간성혼수상태에서 주고받은 대화조차 전혀 기억하지 못하기도 하고요."

"아이를 발견했을 때 저를 잠시 알아본 것도 같습니다."

"그것은 10분 후에 죽음을 앞둔 사람이 유언을 남기는 것처럼 순간적인 현상이라고 생각하세요. 깨어나면 자신이 한 언행을 전혀 기억하지 못합니다.”

“아이가 살 수만 있다면 무엇이든 할 수 있습니다.”

“지금으로선 원인, 과정, 결과를 따질 시간적 여유가 없습니다. 최선의 방법은 간이식뿐입니다.”

“네? 그, 그럼 간이식을 하면 아이가 살 수 있다는 겁니까?”

한동안 멍한 상태로 상담실 밖으로 눈길을 주고 있던 아버지가 환한 표정이 되어 시선을 옮긴다.

“선생님, 저의 간을 주면 되지 않겠습니까?”

“혈연, 동종자매조직적합성항원일치의 유전법칙에 의하면 친형제자매의 장기 이식이 가장 이상적입니다. 혈연 간이므로 거부반응이 거의 없다는 뜻이죠.”

“아이 혼자입니다.”

“그럼, 어머니는?”

끝음절을 빠르게 이은 여의사의 물음이라 아버지가 선뜻 말을 잇지 못한다. 여의사 역시 묻고는 딱히 특별한 궁금증이 아니라는 듯 잠시 머물다가 지나간 기색에서 아이뿐이란 걸 느낀 듯하다.

“시간이 촉박합니다. 장기 이식과 회복 치료는 전적으로 환자 부담이라서 알고도 포기하는 사례가 대부분입니다.”

모든 비용이 만만치 않다는 걸 의연 중 내포한 것은, 의중을 떠보는 듯해 아버지가 말없이 고개를 끄덕인다.

“수술비용은 어떻게든 마련할 테니 아이를 살릴 수 있는 길만 있다면 무엇이든 하겠습니다.”

앞에 놓여있는 잔을 들어 한 모금 마신 여의사가 무거운 정적을 깬다.

“간이식 수술은 수술 중에서도 가장 힘겨운 수술이라 의사나 환자나 똑같이 힘겹게 싸워 나가야 합니다. 수술 시간만 최소 15시간에서 18시간 걸리는 대수술인지라 수술비용과 사후 관리 비용이 만만치 않다는 걸 아셔야 합니다."

"가, 가능성은?……."

수많은 보호자들과의 상담으로 만성이 된 여의사가 덤덤한 표정을 지으며 검지로 이마를 두드린다.

"장기가 성공적으로 생착이 자리를 잡는 동안 거부 반응과 부작용만 없다면 성공입니다."

보호자에게 희망을 주는 뒷면에 도사리고 있는 부작용이란 어감의 그림자는 뭘까? 그럼, 하고 일어선 여의사가 쌩- 하니 사라진다. 도깨비에 홀린 듯 어안이 벙벙한 아버지가 상담실을 나온다.

참으로 요상한 날씨다.

정오가 지날 무렵부터 무슨 심술인지 한바탕 소나기를 쏟아붓고는 멎는가 싶으면 또다시 쏟아붓는다. 그렇게 몇 차례 반복하다가 이젠 시커먼 구름이 빠르게 흩어지며 맑은 하늘로 되돌아온다.

소나기가 지나간 후 가로수며 돌담에 늘어져 있는 잡풀들은 한껏 빗물에 씻겨 푸르고, 나무를 휘감고 올라간 덩굴의 잎사귀들마저 덩달아 반짝인다. 등나무 아래 앉은뱅이의자에서 몸을 일으킨 아버지, 약속 시간이 거의 다 됨을 알고 천천히 걸음을 뗀다.

장기이식센터 검사실.

2층 엘리베이터에서 내린 아버지가 이쪽저쪽을 살피다가 검사실, 이란 곳으로 걸음을 옮겨 들어간다.

"성함은?"

흰 가운을 입은 간호사가 책상에 앉아 사무적으로 묻고는 눈짓으로 한 곳을 가리키더니 상의만 갈아입고 나오란다.

엉거주춤 들어간 아버지가 푸른 옷으로 갈아입고 나와 소변검사를 비롯해 여러 가지 검사를 마친 다음 마지막으로 오라는 책상 앞 의자에 앉는다.

"자식들이 부모님께 장기이식 하는 건 봤어도 아버님이 자식에게 장기 기증 하는 건 처음입니다."

아버지의 기색을 흘끔 살피다가 눈살을 거둔 간호사의 말이다.

팔에서 혈액 몇 통을 뽑아낸다. 주삿바늘을 정맥에 고정시킨 다음 반창고로 테이핑 하고는 지금 바로 C.T 촬영실로 가세요, 손짓으로 방향을 가리킨다.

사무실을 나와 병원복도에서 두리번거리던 아버지가 C.T 라고 씌어 있는 사무실 앞 간이의자에 앉는다. 한참을 기다려도 부르지 않아 사무실 문을 두드린다. 흰 가운의 간호사가 문을 열고 왜? 라는 눈망울을 짓다가 팔에 꽂혀있는 주삿바늘을 본다.

"아! 조영 C.T 촬영실을 찾으시는군요?"

복도 끝까지 나와 손짓으로 저쪽 오른편으로 돌아가시면 끝에 촬영실이 있어요. 라고 장소를 가리킨다.

건강하다고 믿고 살아왔다.

병원의 출입이 처음인 아버지는 모든 게 생소해 왠지 모르게 가슴이 뛰고 두근거려 병원 냄새에 구토증상이 일어난다. 간호사가 일러준 복도 끝을 따라 꺾어진 복도로 들어선다. 양편으로 두 개의 C.T 촬영실이 마주보고 있다. 복도 중간쯤에서 어느 곳으로 들어가야 할지 두리번거린다. 그때 오른편 촬영실 문이 열리며 흰 가운을 입은 남자 직원이 이름을 확인한 다음 안으로 들어오라고 눈짓을 한다.

도살장에 끌려 들어가는 심정이 되어 엉거주춤 안으로 들어간다. 실내에는 흔히 티브이에서나 봤던 둥그런 모형의 기구가 덩그러니 놓여

있다. 조영 C.T 침대에 드러누워 감은 눈 속으로 아이의 형상이 흐물흐물 스친다. 이런 심경일까? 아이는 아파서 사경을 헤매는 처지가 아닌가! 아이에게 간을 주기 위한 검사도 이처럼 가슴이 두근대고 떨린다. 장시간 수술을 맞이하는 아이의 삶과 죽음이 떠오르자 눈이 더 질근 감긴다.

팔에 꽂혀있는 주삿바늘의 테이핑을 풀어낸 직원이 그곳에 주사액을 삽입한다.

"10초 정도 온몸이 불덩이처럼 화끈거려도 놀라지 마세요."

원통처럼 생긴 굴속으로 몸이 미끄러지듯 들어간다. 직원의 말처럼 온몸이 불덩어리가 된 듯 화끈거려도 놀라지 않는다. 굴속을 들어갔다가 나올 때마다 숨을 멈추세요. 몇 십 초 후 숨을 쉬세요, 그러기를 20분 동안 반복한다.

"일어나세요, 몇 시간 속이 울렁거리고 어지러울 수 있으니 물을 많이 마셔야 됩니다."

촬영 판독은 영상으로 주치의에게 전해진다는 말도 잊지 않는다.

다음날 오전 일찍 장기이식센터 3층에서 아버지가 내린다. 여러 가지 상념으로 꼬박 날을 샌 눈이 휑하다. 사무실이 분주해 아무도 아는 척하는 이가 없어 멀쑥해진 아버지가 눈에 보이는 의자에 앉는다. 주변을 두런대는 아버지의 눈길이 여직원과 마주친다.

"무슨 일?"

이름을 확인하고는 상담실로 안내한다.

50대의 의사가 손짓으로 의자를 가리키다. 엉거주춤 다가간 아버지가 그의 손짓을 따라 맞은편 의자에 앉는다. 50대 중반의 남자는 병원생활에 이골이 난 베테랑다운 모습이다.

"참으로 안타까운 일입니다."

그간의 사정을 듣고 난 의사가 고개까지 끄덕이며 안타까운 표현을 덧붙인다.

"형제자매도 없고 어머니까지 없으니 참으로 딱합니다, 건강한 형제의 기증이 가장 좋은데…… 그래서 자식들의 장기 기증을 받은 어르신들이 빠르게 회복되는 겁니다."

"저 혼자의 간으로는 힘들다는 겁니까?"

그때껏 직원의 설명만 듣던 아버지가 부르르 떨리는 양손을 움켜쥐고 실의에 찬 시선을 의사에게 보낸다.

"현재의 검사기준으로선 어쩔 수가 없습니다."

"그러면 어떻게 해야 합니까?"

아버지의 얼굴이 처참히 일그러지므로 눈길을 비킨 의사가 어렵게 말문을 연다.

"조직 검사 영상 자료를 보면 아버님의 간은 애석하게도 우엽 70퍼센트와 좌엽 30퍼센트의 간 크기입니다. 70의 간을 주고나면 30의 간으로 재생하기란 힘이 듭니다. 30의 간도 부분적으로 자연적인 현상의 노화가 있기 때문에 수술 후 아버님이 깨어나지 못할 수도 있습니다."

"깨어나지 못해도 해야지요! 아, 아이는 이제 세상에 발을 디뎠습니다. 인생이 뭔지는 알고 가야되는 거 아닙니까?"

뜻하지 않은 분노가 치밀어 오른 탓일까? 대상도 없는, 누구의 탓도 아닌 분노를 의사에게 퍼붓는 자신이 초라해 아버지가 책상을 집고 일어섰던 몸을 힘없이 내린다.

"아버님의 심경 충분히 이해하지만, 병원에서 할 수 있는 선이라는 게 있습니다."

"이렇게 하면…… 어, 어떻겠습니까?"

깊게 숨을 들이마신 아버지의 눈길을 맞받은 의사가 턱짓으로 계속

하라는 암시를 준다.

"저의 장기를 필요로 하는 분에게 주고, 그쪽에서 간을 주는 것은 가능하지 않겠습니까?"

"네? 허허……."

짧은 웃음으로 얼버무린 것이 미안했던지 금세 웃음기를 없앤 의사가 슬쩍 입 꼬리를 말아 올리고 덧붙인다.

"무슨 물물교환도 아니고?……."

"누가 물물교환을 하자고 했습니까?"

의사의 끝말이 이어지기도 전에 음성을 높인 아버지를 멀뚱히 쳐다보던 의사가 시선을 내린다.

"그런 뜻은 아니었습니다. 은연중에 뜻이 잘못 전달된 듯해 죄송합니다. 아버님의 간절한 마음은 이해가 되지만 그런 걸 병원에서 주선할수 있는 문제가 아닙니다."

외려 의사가 당황한다.

"어느 가족이든 서로를 살리자는 취지일 뿐입니다. 모든 것이 다 어려우면, 위험하더라도 저의 간으로 할 수 있는 거 아닙니까?"

의사에게 다가가 손을 움켜쥔 아버지가 무릎을 꿇은 채 재촉하는 눈가로 물기가 가득 고인다. 자신의 닦달이 맞을까? 싶은 의아심이 생겨 사고를 흩뜨려 놓고 있는 것은 아닌지 아버지의 가슴이 울컥한다.

"감정적으로 수술을 하는 게 아닙니다."

"이것이 어떻게 감정입니까? 부모가 자식을 살리겠다는 마음이지!"

"어떻게 한 사람을 살리기 위해 한 사람을 죽여야 합니까? 저희도 최선을 다해 연결을 해보겠으나 우리나라가 선진국에 비해 장기 기증이아주 빈약하고 취약한 나라입니다."

"핏줄을 나눈 형제자매도 자신의 장기를 선뜻 내주기란 고민이 될 것입니다. 그런데 아무런 연고도 없는 타인에게 어떻게 간을 달라고 합니까? 무엇이든, 무엇이든 할 수 있습니다. 도와주십시오!……."

원한다면 무엇이든 할 수 있다는 눈빛으로 의사를 쳐다보는, 가능성이라고 할 수 있는 길이 있다면 무엇이든 하겠으니 길을 알려달라는 물망울이 손등 위에 떨어진다.

"아버님의 심정 충분히 이해합니다. 하지만 제가 할 수 있는 선이라는 게 있습니다. 지금은 대놓고 거래를 하는 시절이 아닙니다. 그래서 환자 보호자들의 이런 부분이 저희들한테도 가장 힘들고 난감한 시간이기도 합니다."

비밀스럽게 하는 건 환자 가족의 몫이라는 뜻인지라 희망의 한 가닥이 또다시 뜯겨져나가는 아픔이다.

아버지가 엘리베이터 앞에 선다.

층을 알리는 점멸등이 위로 올라간다. 몸을 돌려 비상구로 들어서서 내려딛는 걸음이 허공을 밟듯 걸음걸이가 휘청댄다. 일주일에서 열흘 사이! 간이식 수술! 기증자가 없으면 아이가 죽는다. 어떻게? 휘청대는 걸음으로 하얗게 바래진 머릿속에서 떠오르는 말들이 아버지의 가슴을 후벼 판다.

비상구 계단을 나와 1층 복도에 설치된 의자에 엉덩이를 걸친 아버지가 오고가는 사람들을 본다. 엘리베이터 문이 열리자마자 환자를 실은 이동침대가 불쑥 튀어나온다.

"잠깐만, 잠깐만!"

구급대원이 소리친다.

무심히 지나치듯 또각또각 들리던 구둣발소리가 멈추더니 여의사가 내려다보고 있다.

"정신을 차려야 합니다. 그래야 환자를 살릴 수 있어요."

응답을 기대하고 했던 말이 아니라는 듯 여의사가 가던 방향으로 또 각또각 걸어간다. 여의사가 했던 말들을 되새기던 아버지가 퍼뜩 눈을 뜬다.

"씨팔!…… 그, 그러면 아이가 죽어가는 걸 가만히 지켜보고만 있으라는 거야?"

사나운 눈빛이 된 아버지가 갑자기 괴성을 지르곤 간이의자를 걷어차더니 두 손으로 의자를 집어든 채 울부짖는다.

"니 딸이 죽어가도 감정 운운 타령하겠냐? 내가 죽어도 좋다고 했잖아? 네 놈의 간을 달라는 것도 아니고, 내 간으로 하자는데 무슨 이유가 그리 많아? 인정머리라고는 벼룩의 간만큼도 없는 의사 새끼야!……."

복도에서 울부짖으며 의자를 집어던지던 아버지가 화장실로 들어가 세면대 앞에 선다.

낯선 사람이 거울 속에서 붉은 눈초리로 자신을 뚫어져라 비웃고 있다. 미세하게 떨리는 눈빛에 얼비치는 초라한 몰골은 씻지도 못하고, 면도도 못한 노숙자의 형상이 따로 없다. 거울을 향하던 주먹이 허공에서 우뚝 멈춘 채 부르르 떨리는 손바닥으로 거울을 짚는다. 희뿌옇게 흐려지는 거울이 흔들린다. 아버지가 수도꼭지를 틀고는 세차게 쏟아지는 물줄기를 받아 마구 얼굴을 문지른다.

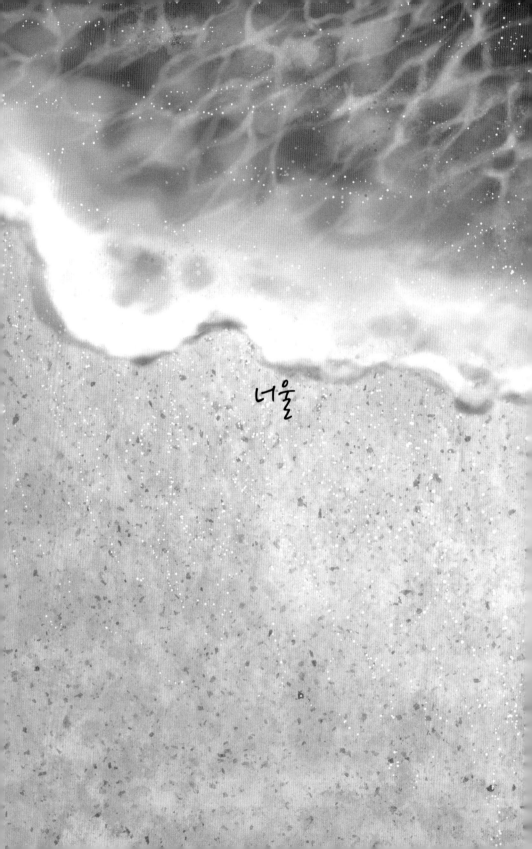

너울

"사, 살려 주세요! 살고 싶어요!……."

중환자실로 들어선 아버지.

중환자실 통로를 걸어가다가 우뚝 걸음을 멈춘 채 흐느끼는 아주머니를 바라본다. 푹 꺼진 여인의 눈꺼풀이 파르르 떨면서 실눈이 떠진다. 차라리 눈물이라도 흘리지…… 그러면 덜 애절하게 느껴질 텐데…… 흘린 눈물마저 메말라버린 걸까? 그래서 흘릴 눈물조차 없어 마른 울음을 토해내는 걸까? 힘없이 꼼지락거리는 손가락마저 슬퍼 보여, 꼼지락거리는 여인의 손을 잡아주고 싶어 움찔하던 손길을 멈춘 아버지가 아이의 병실로 걸음을 내딛는다.

아버지, 병실입구에서 병실로 들어가지도 못하고 아크릴 창에 손을 얹는다.

"아!……."

고통스런 외마디만 내뱉을 뿐인 아버지는 무엇을 어찌해야 될지 몰라 아크릴 창에 머리를 기댄다.

가녀린 팔에 수없이 멍들어버린 주삿바늘 자국이다. 새 것으로 바뀌었는지 가득 찬 혈액 주머니에서 핏물이 떨어진다. 바싹 말라버린 볼, 눈두덩 자체가 사라져버린 눈꺼풀. 툭 불거진 광대뼈만 보이고 살가죽이 뼈에 붙어버린 얼굴은 사람의 형상이 아니다.

"들, 들비야!……."

울컥 눈물이 쏟아져 차라리 자신의 가슴을 찢고 간을 뜯어내 아이에게 주고 싶다. 그렇게 아이가 살아날 수만 있다면 차라리 간을 뜯어서 주고 싶다. 아이가 살 수만 있다면…….

밭은 신음을 토해낸 아버지가 몸을 돌려 아크릴 창에 등을 붙인다. 스멀대는 눈가를 지우지 못한 채 아버지가 눈을 감는다.

2년 전,

학과 선배 언니가 E시에 무용 학원을 개원하면서 그곳으로 와주길 고대하고 있는데 어떻게 했으면 좋겠어? 라고 아이가 상의했다. 출퇴근 거리가 걱정되어 꼭 가야 하느냐? 물었을 때 자신이 와주길 기다린다고, 했다.

선배 언니가 학원을 오픈하는 데 아이의 이력이 필요했던 모양이다. 학원을 찾는 학부모들은 예민하게 학원 원장과 강사의 경력을 따지기 때문이었다. 아이는 이미 고등학교 3학년 때, 전국체조선수권대회에서 수상을 해 독자전형특채로 G대학을 입학했다. 거기에다 대학 2학년 때, 가장 권위 있는 전국체조대학선수권대회에서 금상까지 받은 경력에다 재즈발레를 전공했으니 선배 언니에겐 꼭 필요한 후배라 이해가 맞아떨어진 셈이었다.

아이가 가고 싶어 하는 눈치라 조금 생각해 보자, 했다. 아이는 이제 성인이 되었으니 세상을 알고 싶어서? 그렇다면 독립을 해보고 싶은 건가? 사실일 가능성이 높다. 더구나 독립심이 강해 혼자서 모든 걸 헤쳐 나오지 않았던가. 아이는 홀로 설 수 있다는 자신감이 한층 굳어진 게 뻔했다.

설령 그렇다 해도 아직 사회경험도 없는 아이인데…… 크게 염려할 바가 아닌가? 이미 일은 벌어졌고 아이의 결심이 굳어진 듯했다.

여린 아이라는 단정이 모순일지도, 정서적인 자율성의 표출을 존중해야 하는지도 모른다. 그렇게 심경을 치부해버리려고 하다 보니 불그스름해지는 눈시울을 감출 수가 없었다.

나름대로 열심히 챙겨준다고는 했어도 엄마가 필요한 시기에 엄마가 없었던 아이였다. 가슴 저리게 만든 빈자리를 채워주려고 노력은 했다. 그래도 언제나 부족한 듯해 채워주지 못한 점이 후회가 되어 언제나 가슴엔 멍울로 자리했다.

한 번도 곁을 떠나 본 적이 없는 아이가 독립을 하고 싶어 한다. 염려가 돼 쉽게 결정을 내리지 못했던 것은 당연했을지도 모른다.

연둣빛으로 물이 오른 나뭇잎들이 화창한 햇살을 받아 아지랑이가 뭉클 솟아나는 E시로 아버지가 향했다. 1시간밖에 안 되는 거리인데도 유난스럽게 길게 느껴지는 것은 마음이 허해졌기 때문일 터였다.

아무리 학과 선배의 좋은 조건이라 해도 아이를 홀로 살게 한다는 게 마음을 짓눌렀다. 이미 결정된 아이의 뜻을 꺾고 싶지 않아 E시를 살펴보러 가는 아버지. 이왕 결정한 거 마음을 비우자며 스스로 마음을 추스르는 눈언저리가 스멀거렸다.

"빵, 빵~"

생각에 잠겨 신호등이 바뀐 지도 모르고 있다가 클랙슨 소리에 깜짝 놀란 아버지가 룸미러를 흘끔 보고는 서둘러 액셀러레이터를 밟았다. 교차로 건너편 차도에 즐비하게 늘어서 있던 차량들이 왼쪽 눈을 깜박이며 서서히 움직였다. 아버지도 선명한 좌회전 유도 선을 따라 핸들을 돌렸다.

신도시답게 E시는 깨끗했다.

새로 지어진 건물들이 반듯하게 세워져있었다. 질서정연하게 늘어져 있는 가로수들조차 이방인의 방문을 스스럼없이 반기듯 청명한 햇살이 나뭇잎 사이로 살포시 내려앉았다.

크고 작은 건물들의 창문과 도로를 질주하는 차창에도 햇살이 반짝였다. 건널목을 오가는 사람들은 불현듯 마주치며 스쳐가는 생뚱함에 익숙지 못해 눈만 껌벅인다. 그들이 건널목을 지나 인도를 따라 걷는 길에 수많은 상점들이 있었다.

서양 여자의 웃는 얼굴에 안경을 걸쳐놓고는 안경만 쓰면 서양여자처럼 된다는 식의 선전을 하는 안경점, 유명 헤어디자이너의 이름을 단 헤어숍, 다소 이색적이고 낭만적으로 꾸며진 아마데우스 카페 등등 잠시 공해의 답답함을 잊게 해주는 거리가 눈의 피로를 풀어주는 듯해 아버지가 싱긋 웃었다.

KB국민은행이라는 대형 간판이 붙어있는 건물 옆 골목으로 핸들을 돌렸다. 앞에서 거북이 주행을 하던 빨간 승용차가 비상등을 켜고는 좁은 도로에서 주차하기 위해 안간힘을 쓰는 모양새다. 겨우 차 한 대가 지나갈 공간을 유지시켰다는 생각이 들었던지 차창 밖으로 몇 번이고 고개를 내밀어 확인하고 내린다. 뒤창에 아기가 타고 있어요! 라고 씌어있다. 노랗게 물들인 머리카락을 뒤로 한 번에 묶은 젊은 엄마, 상점 안을 기웃거리다가 문을 밀치고 들어갔다.

조금은 널따란 골목 안으로 오피스텔이 즐비하게 늘어져 있는 게 보여 입가로 미소가 피어오른 건, 아이가 유난히 빵을 좋아해서다. 골목 입구에 파리바게뜨 제과점이 있어 그쪽을 향하게 했을 터였다.

부동산중개소 앞에 차를 세우고 문을 밀쳤다.

서로의 책상에서 컴퓨터를 하고 있던 두 남녀가 동시에 시선을 들더니 남자가 먼저 일어났다.

"무슨 일?……."

남자가 눈빛으로 물었다.

"부동산중개사무실에 들어왔으면 당연히 집을 보러온 게 아니겠습니까?"

미소가 아버지의 입가로 그려졌다.

덩달아 뻘쭉 미소를 지은 중개업자가 소파로 안내하고는 두툼한 노트를 펼쳐 빠르게 몇 장을 넘겼다.

"평수는? 가족은? 어느 정도의 액수를 생각하고 있으시고, 언제쯤 이사를 하실 겁니까?"

단숨에 묻는 통에, 눈여겨봐야 좋으련만 혼자 재빨리 설명하므로 끼어들기도 뭐해, 그렇다고 모른 척하기도 마땅찮아 묵묵히 있던 아버지가 중개업자의 눈빛을 마주했다.

"아이 혼자 불편하지 않게 생활할 수 있는 것을 원합니다."

"마침 아주 좋은 게 나왔습니다."

노트에 적혀있는 한곳을 중개업자가 가리키자 아버지가 노트에 적힌 한 곳에 손가락을 얹었다.

"이 정도는 어떻습니까?"

아버지의 턱짓이었다.

"아버님의 혜안이 탁월하시군요!"

칭송을 늘어놓더니 지금 바로 보여드릴 수 있습니다, 덧붙이므로 아버지가 고개를 끄덕여 보이곤 자리에서 일어섰다.

골목 양편으로 상점이 즐비했다.

세탁소와 중국집, 적당한 크기의 분식집, 그 옆으로 24시간 편의점, 크고 작은 상점이 쭉 늘어진 골목이었다. 이리저리 살피던 시선을 거둔 아버지를 기다리고 있었다는 듯 중개업자가 아버지 곁으로 다가와서는 보폭을 맞췄다.

"9층이라 전망도 좋고, 어제 부득불 비어졌습니다."

그리고는 왜 아이는 여기에서 혼자 생활을 하려고 합니까? 묻는 것에 아버지의 응답이 없어 불편한 심기를 감지한 듯 뻘쭉한 중개업자가 입술을 닫고는 엘리베이터 버튼을 눌렀다.

오피스텔 번호 키를 누르고 문을 열어준 중개업자가 옆으로 비켜서서 들어가라는 눈짓이었다.

현관 미닫이문을 열고 안으로 들어서자마자 오른편으로 주방이 보였다. 왼편으로는 거실 창이 3단으로 되어있는 게 그런대로 시원한 느낌을 줬다. 큰방은 혼자 생활하기에 그럭저럭 괜찮아 보여 작은 방문을 열었다. 붙박이장으로 다가가 세 개의 문을 다 열어본 다음 미닫이문을 밀쳤다. 그곳은 세탁실이었다. 천장에 건조대가 걸려있어 고개를 끄덕이는 아버지의 모습에 중개업자는 어떻게 하겠느냐는 눈길이었다.

"오늘 계약합시다."

아버지가 중환자실을 뛰쳐나와 상담실을 기웃거린다.

상담실 안에 주치의가 안 보여 아버지가 간호사에게 주치의를 보자고 부탁을 하고는 복도를 어슬렁댄다.

복도 중간쯤의 철문으로 흰 가운을 입은 주치의가 또각또각 구둣발 소리를 내면서 상담실을 향해 걸어온다.

"왜 저의 간으로는 안 된다는 겁니까?"

가타부타 말도 없이 긴 한숨을 뿜어낸 여의사가 잠시 아버지의 눈길을 바라보다 또다시 같은 한숨을 쉰다.

"간의 크기가 부적합해 어쩔 수가 없습니다."

"안 되는 이유가 그것뿐입니까?"

"……."

신경질적인 아버지의 외침으로 인해 멀뚱한 눈길로 바라보던 여의사가 시선을 비켜 컴퓨터 영상을 클릭한다.

"간을 기증하겠다는 당사자가 원하면, 의사는 수술만 하면 되지 않습니까?"

음성이 상담실에 울릴 정도의 의외의 고성이라 흘낏 눈길을 아버지에게 보낸 여의사의 눈망울이 놀란 듯하다.

"가능한 것이 있는 반면 불가능하다는 것도 있어요. 그게 바로 아버님의 간입니다. 아버님의 딱한 사정을 아는지라 교수님을 비롯해 여러 의료진들이 다각도로 의견을 조율해봤지만 불가능 쪽으로 가닥이 잡혔어요."

"왜, 자꾸 불가능을 말씀하십니까? 가능성은 찾으면 있을 수 있는 게 아니겠습니까? 무엇이든 가능한 것을 말씀해보세요! 무엇이든…… 제가 할 수 있는 것은 무엇이든!……."

아버지의 붉어지는 시선에 예상치 못한 눈물이라는 듯, 당혹스런 기색으로 애꿎은 컴퓨터영상자료를 이리저리 클릭하다 멈추곤 자세를 아버지 쪽으로 향한다.

"아버님의 70 퍼센트 간을 환자에게 기증하고 나면 아버님에게 간이 얼마 남지 않아 자칫 깨어나지 못할 수도 있고, 깨어난다 해도 회복가능성이 희박합니다."

"아비가 자식에게 기증을 한다는데 왜 안 된다는 겁니까? 아, 아이가 죽어가고 있는데…… 합시다, 내가 죽어도 좋다고 하지 않습니까!"

아버지의 붉어진 눈망울과 안색이 파리해져 마주보기 무안한지 여의사가 시선을 돌려 입술을 움찔한다.

"생사 문제입니다."

"그러니 해야죠! 딸아이의 생사 문제가 아닙니까? 죽어도 좋으니 수술을 합시다. 하는 데까지는 해봐야 되지 않겠습니까? 만, 만약에 선생님의 자식이 저 지경이 되어있다면 어떻게 하시겠습니까? 그냥 의사가 그런다고 그대로 죽게 둘 겁니까? 그러니까 내가 죽어도 좋다고 하지 않습니까? 남의 일이라 방관하지 말고 죽을 때 죽더라도 나의 간을 아이에게 이식합시다."

"아버님의 심경 저도 이해합니다, 자식 가진 부모의 마음은 다 똑같을 테니까요."

가끔씩 막무가내로 따지고 대드는 보호자가 의사에게는 가장 난감한 문제다. 보호자의 사견에 끼어들기도 뭐하고, 그렇다고 부정만 하기에도 마땅찮은 상담이 다반사라 그럴 때가 가장 곤란하다

"기증자분을 개인적으로는 만날 수는 없는 겁니까?"

불현듯 무언가 지푸라기라도 잡을지 모른다는 눈빛이 아버지의 눈망울에 붉은 물기로 스멀거린다.

"힘든 현실이에요."

아버지의 묻는 의도를 알지만 의사로서 할 수 있는 한계 밖이라는 의미로 고개를 젓는다.

"그, 그럼 어, 어떻게 해야 아이를 살릴 수가 있습니까?"

"지금으로서의 방법은 형제와 생모뿐입니다."

"없는 형제를!…… 없는 생모를 어디서 구합니까? 내가 안 깨어나도 좋습니다. 각, 각서를 쓰고 내 간으로 합시다!"

"감정적인 문제가 아니라고 하지 않았습니까?"

"이게 어떻게 감정적인 문제입니까? 자식을 살리고자 하는 부모의 마음이지, 이것이 어떻게 감정의 문제입니까?"

높아지는 아버지의 어투와 표정에서 눈길을 거둔 채 더 이상 논리적인 상담이 안 된다고 느끼곤 여의사가 무료한 표정으로 변한다. 슬그머니 일어난 여의사가 목례를 해보이고는 상담실을 나간다. 여의사가 나간 빈 공간에 아버지가 한동안 눈길을 거두지 못하다.

없는 형제를, 없는 생모를 어떻게 하란 말인가!

무참히 일그러진 얼굴로 상담실을 나와 물러설 때와는 달리 총총걸음으로 향하는 발걸음엔 분노가 가라앉지가 않는다.

병원 복도를 지나 접수창구 앞이 소란스러워 아버지가 걸음을 멈춘채 그들의 대화를 듣는다.

"선생님, 아기를 살려주세요!"

외국에서 온 여성이다.

아직 한국말도 서툰 걸 봐서는 한국으로 온 지가 얼마 되지 않은 모습이다.

"그런 일은 저의 소관이 아니라고 하지 않습니까?"

얼굴을 붉힌 의사가 주변을 두리번댄다.

"베트남에서 남편만 믿고 한국으로 시집을 왔습니다. 남편이 집에 들어오지도 않아요. 아기는 아프고 살려주세요!"

베트남에서 한국으로 시집을 왔다는 아기 엄마가 두 손을 비비며 의사에게 통사정을 하며 애원하지만 의사의 얼굴이 난감하다.

"그런 것은 접수창구에서 문의하세요!"

베트남 여인이 잡고 있던 손을 떼어낸 의사가 신경질적으로 소리친다.

"돈도 없고, 의료보험증도 없어 안 된대요. 흑!……."

의사에게 뿌리침을 당한 아기 엄마가 간이의자에 앉아 머리를 숙인 채 흐느낀다. 그녀를 물끄러미 바라보던 아버지가 더듬더듬 지갑에서 지폐를 꺼낸다. 주춤대던 아버지가 아기 엄마에게 다가가서는 말없이 그녀의 손에 지폐를 쥐어주고는 적지만 보탬이 되었으면…… 하곤 발길을 돌린다.

"저, 잠깐만요!……."

당황한 기색으로 아기 엄마가 아버지를 부른다. 돌아보지 않고 고개만 끄덕인 아버지가 천천히 발길을 뗀다.

8월의 본격적인 폭염이 불타고 있다.

구름 한 점 없는 하늘에 치솟은 햇볕이 지글지글 타는 듯 기상청 관측 이래 온도계를 연일 갱신하는 불볕더위다. 가만히 있어도 등줄기로 샘이 솟듯 물기가 끈적거린다. 차라리 세차게 비라도 내렸으면 하는 마음으로 주변을 두런댄다.

그때서야 자신이 지금껏 물 한 모금도 마시지 않았다는 걸 깨닫고는 여의사의 말대로 정신을 차려야지, 라고 아버지가 속내로 읊조린다.

"식당이 어디에 있습니까?"

곁을 스치는 여자에게 묻는 동시에 고갯짓으로 모르겠다는 시늉을 해보인 여자가 바람처럼 사라진다.

드넓은 병원 어디에 식당이 있는지, 또 어디로 가야 하는지 가늠이 되지 않아 아버지가 이리저리 살피다가 건너편 통로를 건너다본다.

오른편에 동그랗게 만들어진 아크릴간판에 편의점이란 문구가 매달려 있다. 그곳으로 어정쩡한 발길로 들어선 아버지가 왼편으로 몇 개의 식탁이 놓여있는 걸 보고는 차림표를 느릿느릿 살핀다. 라면, 갈비탕, 떡볶이, 김밥, 등등 간단한 차림표에서 눈길을 거두고 매점 안으로 들어간다. 바나나우유 하나와, 빵 한 개를 집어 들더니 계산대에서 돈을 지불하고는 식탁에 앉는다.

우유를 한 모금 마시고 빵 봉지를 뜯으려던 손짓을 흠칫하곤 갑자기 빵을 구겨 쓰레기통으로 던진다. 아이가 물 한 모금도 마시지 못하고 사경을 헤매고 있다. 아비라는 작자가 살겠다고 빵이 목으로 넘어갈 수 있겠냐, 하는 자책의 설움이 복받쳐 입 안에 남겨진 티끌마저 뱉어내려는 듯 침을 뱉는다.

편의점을 뛰쳐나온 아버지가 여기가 어디지? 속내로 웅얼대곤 의지하고는 관계없이 무작정 내딛는다.

아버지가 돌담 쪽으로 방향을 잡고는, 언제부턴가 안식처가 되어버린 그곳을 물끄러미 본다. 그곳에서 담배를 내뿜고 있는 남자를 보는 순간, 갑자기 강한 흡연욕구가 엄습했던지 아버지의 눈길이 그곳을 향한다.

어른 키만큼의 높이로 단장된 돌담을 향해 느릿느릿 발길을 옮긴다. 돌담에 등을 붙이고 넋을 놓은 채 남자가 맥없이 허공에 눈길을 두고 있다. 다소곳이 서 있는 남자를 보고 그냥 지나칠 수가 없어 아버지가 그리로 다가간다.

등을 돌린 채 담배를 피우던 남자가 다가오는 인기척을 느끼고 슬며시 고개를 돌린다.

"아! 오셨군요!"

남자의 반색에 아버지가 어떻게 응해야 할지 몰라 남자를 따라 돌담에 등을 붙인다.

서로의 이름도 모르면서 부지불식간에 잠깐 스친 인연으로, 동병상련의 침울한 기색이 흡사해 눈인사를 누가 먼저라고 할 것도 없이 의지하고픈 마음으로 서로의 옆모습에 의지한다.

"저, 담배……."

멋쩍은 표정으로 어색하게 뽑은 담배 한 개비를 남자가 권한다.

"아! 예……."

"어, 어떻게?……."

남자가 말끝을 흐리며 묻는 건, 당신은 왜 그런 몰골로 병원을 서성이고 있는 것이요, 라는 의문일 터. 느닷없이 묻는 바람에 남자의 눈길을 그대로 받고 있다가 멋쩍게 눈길을 피한다. 뭐라고 설명할 수 없는 속내를 읽기라도 했다는 듯 남자가 고개를 끄덕이더니 담배꽁초를 버린다.

"애들 엄마가 간암으로 죽을지도 모릅니다."

독백인 듯 읊조리는 남자에게 퍼뜩 눈길을 준 아버지의 눈이 동그랗게 떠진다. 아마도 간이라는 표현이 나와서 지푸라기라도 잡고 싶은 심정이 남자에게 시선을 준 듯하다. 아버지가 의외의 반응을 보인 탓인지, 마찬가지로 남자도 동그랗게 눈망울을 뜨고는 흘끔거리다가 조심스레 덧붙인다.

"병원에 다닐 틈도 없이 바삐 살았습니다. 얼마 전에 아이들 엄마가 피를 토해서 진찰을 받아보니 수술도 불가능한 상태랍니다."

"아!……."

어떤 말도, 위로의 말도 할 수 없어 조용히 남자의 눈길을 지켜보던 아버지가 담배를 꺼낸다.

"담, 담배나 하나 더 피우시죠."

담배 하나를 건네주곤 멀끔한 남자의 시선이 슬퍼 보여 아버지가 얼른 눈길을 내린다. 허탈하게 아내의 병을 밝히는 통에 가슴이 저린 아버지의 허한 눈망울이다.

"아이가 간이식을 못하면 죽……."

스스럼없이 아내의 죽음을 밝히는 남자의 말에 용기를 얻은 듯 말을 멈춘 아버지가 더 이상 덧붙일 수가 없어 헉, 하는 신음을 속으로 삼킨다.

"그, 그러시군요! 아이가 아프면 더 힘드실 텐데……."

남자 역시 타들어가는 심정을 대변하듯 허옇게 지친 입술이 물기 하나 없이 메말라 있다. 아버지를 흘낏 본 남자가 홀연히 담뱃불을 비벼 끄고는 그럼, 하더니 느린 걸음으로 아버지에게서 멀어져 간다.

습한 바람이 볼을 스쳐 지나간다.

일렁이는 바람결 따라 나뭇잎이 쓸려 다닌다.

출렁이며 뒤집히는 잎사귀에 눈이 시려 눈을 감았다가 뜬다. 어딘가를 응시하는 듯해도 무엇 하나 눈길로 다가오는 게 없다. 주머니로 손을 집어넣고는 더듬더듬 담뱃갑을 꺼내 한 개비를 입에 물고 라이터를 켠다. 푸른 불꽃이 어른거린다.

돌담에 등을 기댄 채 깊게 삼켰던 연기를 뜨거운 열기 속으로 뿜어낸다. 희뿌옇게 사라지는 실루엣 속에서 뭉클한 무언가가 잡아당기는 듯해 눈을 감는다. 생모? 의사의 말을 되새기는 눈빛이 아련해진다. 깊숙이 묻어버리고 싶었는데 세월의 씻김에 지워질 만도 한데 새살이 돋듯 출렁이는 물결은 뭘까?

기차역 광장을 끼고 돌면 광장과 골목길의 경계가 돌 축대로 쌓여져 있다. 골목길로 접어들면 오른편으로 광장을 받치고 있는 돌 축대가 있고, 돌 축대를 따라 조금 지나면 전봇대 가로등이 십여 미터 간격을 두고 골목길을 비췄다.

골목길 가로등 사이에 세 개의 포장마차가 나란히 있다. 왼편으로는 이삼층으로 된 상가가 길쭉하게 늘어져 있으며 상가로 들어가는 후문은 군데군데 입을 벌린 채 스산했다.

입구 한 귀퉁이의 쓰레기통은 잡다한 쓰레기가 넘쳐 여기저기 검고 흰 쓰레기 봉지가 덩그러니 버려져 있었다.

기차가 플랫폼으로 들어오는지 경적을 울리며 철거덕대는 소리가 은은하게 울려 퍼졌다.

어두컴컴한 골목길로 접어들어 포장마차에서 새어나오는 불빛을 향해 이리저리 기웃거린다. 왔던 길로 다시 몸을 돌려 골목 입구를 빠져나와 우물쭈물하던 그녀, 오른편으로 걸음을 내딛더니 귀퉁이를 돌아 환한 불빛이 살아있는 상가 앞을 거닐며 기웃거렸다.

아디다스, 필러, 아식스 등 스포츠 용품이 즐비하게 늘어선 상점을 지나 얼마쯤 가다가 불현 듯 옛 기억이 떠올라 2층으로 올라간다. 레스토랑 문을 밀치고 들어가려다가 얼른 몸을 돌려 계단을 내려와 다시 왔던 길을 거슬러 발길을 옮겼다.

그녀는 처음 골목길 입구에 섰다.

골목길로 들어서서는 더딘 걸음으로 포장마차 불빛이 새어나오는 곳에서 걸음을 멈췄다. 세 개의 포장마차 중, 가운데가 태민의 포장마차였다. 우물쭈물 망설이던 그녀가 포장마차 천막을 걷고 안으로 들어설 때 태민의 눈망울은 화등잔처럼 불꽃이 일었다.

날씨가 아침부터 우중충했다.

어제 그녀가 일러준 카페에 함께 앉은 둘의 침묵은 깊은 바다 속처럼 일렁일 뿐, 누구도 먼저 입을 열지 못했다. 창밖을 응시하던 태민이 울컥 하는 심경을 참지 못한 채 말문을 열었다.

"어떻게 알고?……."

"……."

고개를 숙인 채 흐느끼는 사이로 주방에서 그릇을 옮기는 소리, 여기저기 테이블에서 주고받는 소리가 없었다면 어느 곳에 있는지조차 가늠이 되지 않을 정적이었다.

그녀의 눈가로 흘러내린 물방울이 테이블 위에서 흐려지다가 또 물기로 젖어들곤 했다.

"지금에 와서 찾아온 이유는?……."

"아기를 한 번만 만나게 해주세요! 떳떳하지 못하지만, 흑!……."

얼마나 정전된 시간이었을까? 납빛보다 더 무거운 침묵이, 두 사람을 휘어감은 적막이. 으스스 어깨를 떤 그녀가 힘에 부쳤던지 고개를 들었다.

"용서하라고 찾아온 것이 아니에요. 아기가 버려지고, 혼자서 이겨 내고 버텨온 세월을 이해할 수는 없는지 알고 싶어요."

"모든 것이 엎질러져 흙탕물이 된 지금에 와서 이해하고 용서할 게 뭐가 있겠어? 아기는 형이 미국으로 데리고 들어가 해외입양 시켰어. 우리 사이에 이제 아기는 영원히 없어."

"안 돼요! 그럴 수는 없는 거예요! 어떻게 아기를……."

그럴 수는 없다고, 어떻게 아기를…… 더 이상 말을 이을 수 없었던 것은 그녀의 한계였으리라. 결국 무너져 내린 그녀의 가녀린 어깨가 추위에 떠는 가랑잎마냥 흔들렸다. 한시도 가슴에서 지워본 적이 없던 그녀의 여울목을 지워보려는 태민의 눈빛에서 고뇌가 진득하게 묻어났다.

그녀를 이해하고 용서는 할 수 있어도 그녀에게 마음을 열 수 없었던 것은, 그녀의 말처럼 그녀의 뜻이 아니었다 해도 버려진 아이가 밤마다 엄마의 품이 그리웠을 아픔이 용서가 되지 않았기 때문이다.

우리의 인연은 여기까지, 라고 했을 때 그녀가 일어섰다.

뒤돌아보는 그녀와 눈을 마주치지 않으려고 태민은 눈길을 들지 않았다. 유리창 밖의 그녀는 횡단보도 앞에 홀로 섰다. 그녀의 뒷모습에 태민의 볼로 물줄기가 주룩, 흘러내렸다.

그녀의 뒷모습을 쫓는 눈길을 그녀가 눈치라도 챌까 봐, 뒤돌아서서 유리창을 바라보는 눈망울에 태민이 눈길을 돌렸다. 건널목의 신호등이 바뀌었다. 건널목에 모여 있던 무리 속에 섞여 있던 그녀가 사라진

도로로 자동차의 물결이 출렁이며 차선이 보이지 않았다.

세상의 모든 만물이 잠들어버린 도시, 신 새벽의 여명이 스멀거린다. 아이가 기다리고 있는 집으로 돌아가기 위해 포장마차를 정리하고 버스 정류소에 서있다.

새벽의 어스름이 벗겨지며 가로등도 하나둘 눈을 감았다. 건너편을 바라보고 있던 태민. 양장점 쇼윈도 안에 빨간 원피스를 입은 마네킹이 웃고 있었다. 어떤 사내가 양장점 앞을 지나치다가 빨간 마네킹 앞에 멈춰 서서는 마네킹을 어루만졌다. 버스가 달려와 정차하는 바람에 쇼윈도가 가려졌다가 얼마쯤 지났을까? 버스가 떠나간 사이로 어떤 사내가 보이지 않았다.

인도를 걷는 인적이 뜸해 멀리서도 눈에 띄게 사방은 훤히 밝았다. 불 꺼진 상점들을 지나 가로수 앞에 선 태민이 울컥 하는 눈시울을 감추려 가로수를 잡은 채 눈을 감았다. 영원히 묻어야 할 뜨거운 것들이 발등 위로 하염없이 떨어졌다.

"저, 죄송……."

깊은 생각에 잠겨있던 아버지가 갑작스레 환청처럼 들리는 음성에 퍼뜩 눈을 치뜨고 황량한 눈길로 바라본다. 우물쭈물 입술을 일그러뜨린 사내가 말끝을 얼버무리고는 덧붙인다.

"저, 담배가 있으시면……."

사내가 기어들어가는 목소리로 고개를 주억거린다.

"아! 네……."

그제야 사내가 다가온 의도를 알고 주춤주춤 주머니에서 담배를 꺼내 사내에게 한 개비를 건넨다. 어색하게 눈인사를 하는 둥 마는 둥 한 사내가 걸어가는 길은, 미처 가로등 불빛이 미치지 못해 어둡다. 느릿

느릿 걸음을 옮기는 발길 따라, 손길 따라 움직이는 손가락 사이에 끼어 있는 담뱃불이 반딧불인 양 나불나불 떠다닌다.

돌담 위에 홀로 서 있는 가로등불빛이 멍하니 흐느적거려 허한 마음이 짜르르 스며든다. 시계를 들여다보니 벌써 오후 면회 시간이 다가오고 있다. 멀리 떨어져 있는 병동을 향해 아버지가 발길을 내딛는다.

중환자실 입구에는 많은 사람들이 여기저기 모여 있다.

퇴근을 하고 온 사람인 듯 서류 가방을 들은 채로 비상구 입구에서 누군가와 조용히 통화를 한다. 목소리가 긴 엿가락처럼 늘어진 몹시 피곤에 절은 음성이다. 그 사람한테서 조금 떨어져 학교를 마치고 부모님을 따라온 학생은 핸드폰을 들고 게임에만 열중이다.

통로 한가운데로 뒷짐을 지고 말없이 서성거리는 아저씨, 그리고 벽에 등을 붙인 채 눈을 감고 있는 할아버지. 여러 사람이 둥그렇게 모여 서로의 시선이 마주치면 슬쩍 비키고 상대의 말에 고개만 끄덕이다가 날카로운 눈빛으로 변한다.

"그러니까 아버지 편히 보내드리자고 했잖아요?"

큰딸이다.

"지금 와서 그런 말하면 뭐해? 벌써 9개월째다. 나 혼자 병원비 감당하기 벅차다."

오빠의 한숨이 사라지지 않는다.

"그래서 목구멍에 구멍 뚫지 말자고 했잖아요?"

작은딸이다.

"그렇게 하자고 해서 동의한 거지, 저렇게 식물인간으로 9개월이 되리라고는 생각도 못했다."

"모든 건 오빠 혼자 결정한 거고, 오빠가 재산도 제일 많이 받았잖아요?"

작은딸의 앙칼진 음성에 며느리가 끼어든다.

"고모, 그게 무슨 말이에요? 지금까지 두 분 모시고 살았어요."

그들을 지나친 아버지가 중환자실 입구에서 걸음을 멈추더니 면회자 수칙을 본다. 읽어내려 가던 눈길에 손을 청결히 하세요, 라는 문구가 보여 벽에 부착된 소독액을 꾹, 눌러 손가락 사이사이를 꼼꼼히 문지른다.

병실 문이 털거덕, 열린다.

환자를 보려온 사람들의 움직임이 열린 문으로 향한다. 경비요원인 듯 건장한 청년은 왼손에 무전기를 들고 문 중앙에 서서 사람들을 바라본다. 면회자 수칙을 또박, 또박 전하고 기계 동작처럼 옆으로 몸을 비킨다.

밀물처럼 병실 속으로 스며들어가는 사람들.

동공이 멎어있는 남편을 부르는 아내 옆에서 학생은 핸드폰만 만지작거린다. 산소호흡기 안에서 호흡을 헐떡이는 할아버지를 안쓰럽게 바라보는 할머니는 연신 눈물을 찍어내고, 그 옆의 침대에선 딸이 어머니 볼에 뺨을 비비대며 눈물만 흘린다.

그들 사이를 간호사들은 망망대해 암초를 피해 다니듯 이리저리 흰 돛단배처럼 떠다닌다. 눈망울만 이리저리 옮겨 다니며 살려주세요, 살고 싶어요, 라는 아주머니가 눈물 없이 흐느낀다. 무엇 하나 변한 것 없는 그들에게서 눈길을 거두고 아이가 잠들어 있는 병실로 향한다.

두 팔이 양쪽으로 늘어진 채 가녀린 팔에 꽂혀있는 수많은 링거액 주삿바늘. 붉은 혈액주머니에서 끈끈하게 흘러내리는 핏방울. 요도에서 흘러나온 핏물이 가득 찬 오줌주머니, 산소호흡기 안에서 헐떡이는 호흡, 유난히 손가락이 가늘어 애처로워 보인다. 지방이 다 빠져나간 손등은 푸른 핏줄로 선명하게 도드라져 있다. 아이의 손을 천천히 잡고 어루만져 보려 해도 살이 하나도 없다. 손가락이 아플 듯해 얼른 손을 놓고는 퉁, 퉁 부어오른 발등과 발바닥을 쓰다듬는다. 언제까지 저렇게 이리

저리 몸도 못 움직이게 주삿바늘로 묶어놓고 어디까지 참고 견뎌야 한단 말인가. 물 한 모금 마시지 못한 아이의 입술은 허옇게 갈라져 인간의 형상을 상실한 모습이다.

절망과 아픔, 그리고 슬픔이 한꺼번에 밀려온다. 그 모든 걸 홀로 끌어안고 힘겹게 걸어가게 놓아준 죄의식에 몸 둘 바를 몰라 아버지가 미안하구나!…… 끝내 겉으로 표현하지 못하고 주르륵 떨어지는 물방울을 감추려 고개를 돌린다.

그간의 아이를 바라보는 뿌듯함과 기대는, 앞으로 살아야 할 대부분의 운명이 아이와 함께라는 이유가 아니었던가. 그런데 눈앞으로 펼쳐진 두려움은 현실로 다가와 아이를 제대로 바라볼 수가 없다. 아이가 홀로 떠다니는 돛단배처럼 바닷길을 잃을까 봐 얼마나 아픈 세월을 가슴에 묻고 살았나.

아이가 있어 살아야 할 이유가 있었고, 목적이 있어 그 길을 쉼 없이 달려왔다. 그런데, 이제 와서 무슨 권리로 아이를 빼앗아가려 하나? 눈밖에 날까 봐 살얼음 위를 걷듯 조심조심 걸어온 죄밖에 없는 아이다. 아무런 예고도 없이 준비 따윈 애초에 상관없이 불쑥 떠다 밀어놓고, 험난하게 깎아지른 절벽을 오르라고 옥죄지 않는가. 아이에게 보내는 눈길조차 아려 눈을 감는다.

아침부터 햇살이 따스했다.

조수석에 놓여 있는 여러 가지의 봉투를 보고 흐뭇한 미소를 짓던 아버지의 기색이 금세 사라졌다. 맛있거니, 하고 아무리 해줘도 아이의 입에 잘 맞을지가 의문이었고, 남자가 해주는 게 뭐가 맛있겠나, 하는 의구심이 드는 것 또한 사실이었다.

"무엇이 먹고 싶으냐?"

묻고는 해다 주는 반찬도 있었지만, 아이가 잘 먹을지도 모를 거란 기대로 만든 음식도 적지 않았다. 그럴 때마다 아이는 그렇게 말했다.

"어쩌면 그렇게 맛있게 만들었어요? 이번 쇠고기장조림은 예술이었어요."

표현을 쏟아낼 때면 정말인 줄 알았다.

"그래, 오늘 당장 품질이 좋은 소고기 사다가 또 해야 되겠구나!"

할 때면 아니에요, 제가 먹고 싶을 때 연락드릴게요, 했다.

지금쯤 장조림은 다 먹었겠다, 싶어 장조림 다 먹었지? 물으면 조금 남았어요, 히히…… 웃음으로 넘길 적마다 걱정이 되었다. 정말 잘 챙겨 먹는 것인지, 귀찮고 피곤해서 끼니를 거르지는 않는지, 내내 마음이 언짢은 건 어쩔 수가 없었다.

"먹고 싶은 게 있으면 말해라."

할 때마다 네, 알았어요, 먹고 싶은 게 있을 때 연락드릴게요, 했지만 한 번도 아이가 먼저 연락하지 않을 때면 걱정으로 가슴을 쓸어내리곤 했다.

아이의 집에 도착한 아버지가 현관문을 밀치고 들어섰다.

아이의 집에 들어서자마자 먼저 하는 것은 주변을 둘러보는 것이다. 부엌이며, 거실이며, 침실이 대체적으로 깨끗해 냉장고문을 열고는 미간을 찌푸렸다. 일회용인 듯싶은 용기에 담긴 몇 가지의 음식물과 먹다 남은 치킨이 봉지에 싸인 채 덩그러니 있고, 달걀 몇 개가 달랑 있을 뿐이다. 걱정이 되어 틈이 나면 밑반찬을 해오기 시작하다보니 아이의 집에 들어서면 냉장고부터 열어보는 습관으로 바뀌었다.

지난번에 갖다놓은 음식물을 잘 먹었는지가 최대 관심사고 염려이기 때문이다. 이것저것 반찬통을 열어보고, 반찬이 조금만 남아있어도 망설임 없이 음식물봉지에 쓸어 담았다.

젓가락이 별로 가지 않은 것처럼 보이는 반찬엔 고개를 주억거렸다. 아이가 별로 좋아하지 않는구나, 하는 뜻이므로 다음에는 해오지 않았다. 빈 반찬통을 개수대에서 씻은 다음 건조대에 물이 잘 빠지게 엎어놓고는 가지고 온 반찬 꾸러미를 풀어 반찬통에 차근차근 채웠다.

냉장고 문을 닫고는 냉장고 문에 써놓은 메모지를 뜯어 다른 메모지에 써내려간다. '자연산 마다. 키위하고, 검은 깨하고, 토종꿀을 아는 사람한테 부탁해서 가지고 왔다. 아침저녁으로 갈아 마실 때 꼭 요구르트와 우유를 섞어야 한다.' 쓰면서 '꼭'을 강조했다.

창문을 하나둘 활짝 열었다.

깔끔하게 한다고 해도 혼자서 처음으로 살아보는 아이다. 직장에서 퇴근하면 피곤할 텐데 걱정이 되어 진공청소기를 들고 침실로 들어가봤다. 침대 머리맡에 정갈스레 개어져 있는 이불과 베개 하나. 화장대 위에 조그마한 화장품들. 창문 밑으로 놓은 책상에 가지런히 꽂혀 있는 책들과 자그마한 인형들. 컴퓨터 옆에 세워진 아빠와 딸의 사진. 장미꽃이 만발한 넝쿨을 등진 채 활짝 웃고 있는 아버지의 미소가 유독 사진을 차지했다. 아이가 새치름하게 눈을 흘금거려 하이파이브로 웃었다.

"밑반찬을 조금 해왔다."

처음 밑반찬을 만들어 아이를 찾아갔을 때 아이는 놀라면서 말을 잇지 못했다.

"지금 어디 계시는데요?"

말을 잇지 못했던 아이의 반응으로 눈시울이 아른거려 아버지는 창밖으로 눈길을 옮겼다. 밑반찬만 주고 가려했는데…… 직장 생활이라는 게 멋대로 할 수 있는 게 아니라서 눈치가 보이면 어떡할까? 염려가 되어 마음이 불편해 반찬만 두고 갈 테니 오지 마라 할 걸, 진작 못한 점이 눈가로 후회의 빛이 서렸다.

아이의 홀로서기부터 전화로만 안부를 묻던 아이의 얼굴이 좀은 야윈 듯해 아버지가 눈길을 거두지 못했다.

"아빠, 저, 어린애 아니에요. 그 눈빛이 뭐예요?"

아이는 이제 어른이 되었구나! 아버지가 속으로 읊조렸다.

"맛있고 비싼 걸로 드세요."

활짝 웃는 아이의 모습 참으로 오랜만인 듯했다.

스테이크를 자르며 힘들지 않느냐고 물었고, 괜찮다며 밝게 바라보는 아이의 눈길에 덩달아 웃음을 지었다. 아이의 직장생활보다 혼자 살아가는 게 더 힘들지 않을까? 염려가 되었으나 아이가 밝게 웃으므로 다행이다 싶었다. 자신은 주로 대학 진학생을 개인 지도하기 때문에 보수도 좋고, 그리 어려움 없으니 걱정하지 말라며 아이가 위안을 주지만 쉽게 가라앉지 않은 걱정이 문제였다.

어린아이도 아니고 이제 성인인데…… 그리 마음을 다져도 쉬 가라앉지 않는 걱정이 내내 마음을 짓눌러 언제나 한쪽 가슴이 아렸다. 아무리 바빠도 끼니 거르지 말고 잘 챙겨먹어야 된다고, 억양을 높이는 아버지의 귓등으로 얼비치는 흰 머리칼이 눈에 띄어 아이가 일어나 옆에 앉았다.

"아빠, 이제 코털 빠진 호랑이 되셨나 봐요?"

무슨 소리냐는 듯 아버지가 눈을 동그랗게 떴다. 아이가 건성으로 어깨를 털어내고는 흰 머리칼이 생겼어요, 라며 눈시울이 붉어졌다.

"늘비만 건강하게 잘 살면 아무 걱정 없다."

아버지가 애써 톤을 높이며 감정을 감추려 했으나 갈라지는 음색이 안쓰러워 아이가 가만히 아버지의 어깨를 감싸 안았다.

천천히 중환자실을 나온 아버지.

우중충한 날씨에 습도가 높아 내딛는 발걸음도 끈적끈적하다.

병실복도 문을 밀치고 나온 아버지가 주변을 두린대다가 갈 곳이라 곤 돌담뿐이라 그리로 걸음을 옮긴다.

돌담에 등을 붙인 채 담배를 꺼내 입술에 물고는 하늘로 시선을 둔다. 검게 물든 하늘이 폭우라도 내릴 기세로 용트림을 한다. 비라도 쏟아져라, 아버지가 속내로 읊조리곤 눈을 감는다.

"저…… 죄송합니다만, 담배가 있으시면……."

어떤 남자의 어색한 음성에 눈을 뜬 아버지가 남자를 쳐다보며 주머니에서 담배를 꺼낸다. 어색한 표정으로 담배를 받아든 남자가 아버지를 쫓아 돌담에 등을 붙이고는 10년 넘게 끊었던 담배인데, 라며 쓴 웃음을 입가에 문다.

"병원에 오기 전에는 정말 몰랐습니다. 이, 이렇게 아픈 사람이 많은 줄……."

아버지는 어떤 남자의 말에 공감을 한다는 듯 고개를 끄덕여 보인다. 넌지시 아버지를 바라보던 어떤 남자, 당신은 무엇 때문에 병원에 왔소, 하듯 눈길을 보낸다. 아버지의 눈길을 비킨 남자가 담배꽁초를 자신의 발밑에 던지더니 그만 비벼도 될 터인데 앞발로 마구 비벼댄다. 형태가 없는 티끌까지 사정없이 비벼댄 남자, 착 달라붙어 있는 찌꺼기를 걷어찬다.

"누, 누가 아파서?……."

"어머니의 검사결과가 치매에 위암이라고 하더군요. 아내는 병원 냄새가 질색이라며 간병인을 고용하라고 하지 뭡니까?"

노기를 삭이지 못한 어떤 남자가 정말 이럴 수 있는 겁니까, 라는 눈빛에 불꽃이 일렁인다. 10년 넘게 금연을 했다던 한 움큼의 담배 연기가 남자의 귓등으로 피어오른다.

두 사람, 침묵하는 동안 어색함이 누그러지지 않는다.

혹여 선생께서는 이런 상황에 처하면 어떤 생각을 하겠느냐고, 묻고는 아버지가 침묵하므로 또다시 묻는 통에 아버지가 잠시 그에게 눈길을 두었다가 허공으로 시선을 옮긴다.

"해야 할 일이라면 해야죠, 어머니인데……."

"그, 그렇지요? 도대체 며느리가 뭡니까?"

"어차피 며느리는 남이 아닙니까?"

어떤 남자의 눈길을 비킨 아버지가 지하주차장으로 들어가는 승용차의 꽁무니를 본다.

"그, 그렇군요!…… 자신은 병원 냄새 때문에 못한다고……."

복잡한 눈초리의 어떤 남자는 긍정인지, 부정인지 모호한 고갯짓을 하다가 하늘에 두었던 눈길을 거둔다.

"처자식을 위해 열심히 살아왔습니다만, 만약에 자신의 어머니가 그 지경이 되었으면 그렇게 할 수 있을까요?"

"저마다 사정이 있으니 할 수 있는 사람은 하고, 하기 싫은 사람은 못하는 게 아니겠습니까?"

"……."

멀어지는 어떤 남자의 뒷모습에서 동병상련의 노을이 비친다.

씁쓰레한 입가의 아버지가 담뱃갑을 꺼내다가 빈 갑을 구겨버리고 병원 건물을 휘둘러본다. 땅거미가 건물 벽면에 부딪쳐 오그라드는 끝자락이 외등불빛으로 화들짝 놀라 사라진다.

뒷걸음질로 돌담에 등을 붙이고 젖은 속눈썹을 지우려는 아버지의 눈꺼풀이 풀썩거린다.

발길이 끊긴 빈터에서 아무런 맥락도 없는 기적만을 기다리는 마음이 덧없고 서글퍼 눈이 짓무른다. 정문을 빠져나가는 자동차불빛, 저 병동에서 병동의 통로를 지나 장례식장으로 들어가는 한 무리의 사람들, 앰뷸런스의 요란한 경광등이 사라지는가 싶더니 이동침대로 환자를 옮긴 후 찾아든 정적이 썰렁하다.

병동으로 들어선 아버지가 복도를 따라 걷다가 복도 끝의 창가로 다가간다. 어둠이 짙게 깔린 하늘에서 먹장구름이 용트림을 한다. 번쩍이는 번개불빛에 반사된 창으로 아버지의 모습이 실루엣처럼 명암을 가르다가 금세 사라진다. 검푸른 창에 낯선 사람이 서있다. 먹지도 씻지도 면도도 못 한 초췌한 몰골에 멍한 눈빛은 넋이 나간 듯 흐트러진 모습이다. 아이가 그리 되기까지 자신이 무엇을 했나, 하는 회한의 동공을 씻겨내려는지 후드득 빗방울이 창문을 때린다. 우루루 쾅, 쾅!…… 번쩍이는 유리창 속의 실루엣이 허물어지듯 가물거려 속눈썹에 매달린 물방울이 그렁그렁하다. 모든 현실이 믿기지가 않아 고갯짓을 하는 입술이 일그러진다.

"청소를 해야 하니까, 자리 좀 비켜주세요."

무슨 소리인가! 무거운 눈꺼풀을 들어 올린 아버지가 눈길을 찌푸리곤 자리에서 벌떡 일어나 보니 청소하는 소리가 분주하다. 언제부터인가 자신의 잠자리가 되어버린 간이의자에서 아버지가 몸을 일으키고는 창밖을 본다.

이른 햇살이 창을 비집고 있다. 밤새 추적거리던 빗줄기는 그치고 날이 밝은 것이다. 창밑에 앉아 빗줄기를 응시하다가 깜빡 잠이 들었던 모양이다. 의자에서 일어서는 몸이 휘청거린다. 육신이 찌뿌드드해 한동안 이마에 손을 얹고 있다가 천천히 눈을 뜬다.

병실복도를 왔다 갔다 하는 의사와 간호사들의 걸음걸이에 밤샘을 한 흐느적거림이 진득하게 묻어난다.

이리저리 병동을 헤매다가 시계를 본 아버지가 중환자실로 향한다.

부풀대로 부푼 아이의 배에 삽입된 호스로 누런 액체가 흐른다. 요도에 삽입된 호스에선 붉은 핏물이 여전히 뿜어져 나온다. 바늘이 꽂힌 팔이 어제보다 더 가냘프고 아파 보여 쓰다듬으려다 혹시 주삿바늘이라도 건드려 아파할까 봐 가던 손길을 얼른 멈춘다. 그러고는 보조의자에 엉덩이를 걸치고 아이를 바라본다.

아버지가 아이의 머릿결을 가지런히 쓸어 넘겨주다가 고개를 젓는 눈가로 이슬이 맺힌다. 얼굴을 감싸쥔 두 손가락을 비집고 떨어진 물방울이 아이의 손등 위에 번진다. 뼈마디만 만져지는 아이의 손이다. 살점이라곤 하나도 만져지지 않는 손이다.

"흑……."

마치 속내에서 일렁이는 아픔이 뒤틀리듯 속이 울렁거린다. 뭔가를 바스러뜨리고 싶어 마음이 걷잡을 수 없이 혼란스러운 건 나중이고, 우선은 무언가를 찾아야 하는 것조차 가늠치가 않다. 번민이 내내 가슴을 짓눌러 약해져선 안 되겠다 싶어 아버지가 퍼뜩 물기를 훔친다.

이상해서? 분명 무언가가 이상해서 아버지가 옆을 본다. 헌데, 아이의 옆 침대의 환자가 바뀌었다. 분명 어제 어머니, 눈 좀 떠보세요! 아들이 울부짖었던 환자가 아니다. 핏기 하나 없는 동공이 멈춘 모습으로 아들의 울부짖음에 끔쩍도 안하던 환자였다! 그럼? 그 환자가 어디로 간 걸까? 완쾌가 되어 퇴원을 한 건가? 벌써 그렇게 빨리 완쾌가? 아이의 손을 잡은 손이 파르르 떨려 아버지가 천천히 아이에게로 눈길을 돌려 슬그머니 손을 잡는다.

주삿바늘에 짓눌려 터진 정맥이 검푸르게 손등과 팔목에 퍼져있다. 아플 듯해서 여기저기를 쓰다듬지를 못한다. 뼈에 살가죽만 덧씌워놓은 듯 앙상한 아이의 모습에 할 수 있는 게 아무것도 없다. 그것이 서러워 눈물마저 아픈지도 모른다. 그날, 아이가 기뻐하던 눈망울이 떠오른다.

퇴색된 단풍잎들이 바람결에 쓸려 수북하게 쌓인 오후였다.

은연중 기다리던 출판사로부터 전화를 받은 아버지가 들뜬 마음으로 편집실로 들어갔다.

"기다리고 있었습니다, 선생님."

반갑게 악수를 청하며 맞이한 편집장은 인사하실 분께 드리세요, 라며 포장된 소설 한 뭉치를 건넸다. 따뜻한 소설을 받아드는 순간 제일 먼저 아이가 떠올랐다.

출판사를 나와 담 벽에 등을 붙인 채 아버지는 한동안 있었다. 코발트색 하늘이 끝도 없어 높게 보여 하늘이 그렇게 높은 줄 몰랐다.

아버지는 눈이 부신지 하늘에서 눈길을 거두고 아이에게 전화를 걸었다. 아이는 전화를 받자마자 허겁지겁 약속 장소로 들어와 손부터 내밀었다. 책을 받아 든 아이는 소설을 가슴에 안았다가 얼굴에 비볐다가 행복해하는 모습이었다. 세월이 벌써 이렇게 흘렀구나, 하는 회상에 눈시울이 붉어졌다.

아이가 중학교를 들어간 지 얼마쯤 안 되었을 때다.

"아빠, 직업은 뭐야?"

직업이 뭐냐고, 묻고는 존경받는 직업이었으면 좋겠어, 덧붙이는 바람에 등줄기로 식은땀이 흘렀다. 아이를 바로 보기가 힘들어 직업이 뭐였으면 좋겠어, 라고 물었을 때 유별나게 책 읽기를 좋아하는 아이가 눈길을 똑바로 했다.

"소설가면 좋겠어."

아이의 눈망울이 빛났다.

"지금은 아니지만 열심히 노력해 존경받는 소설가가 되도록 노력할게."

했던 세월이 주마등처럼 스쳤다.

"아빠, 진심으로 축하해요! 교수님과 친구들이 기다리고 있어서 자랑하러 가야죠."

소설을 뒤적이던 아이가 환하게 웃었다.

"아빠! 출간기념으로 제일 비싼 음식으로 골라요."

두 손으로 자신의 턱을 받친 채 한동안 눈길을 비키지 않았다. 아이의 가슴에 어떻게 담겨져 있을지 모를 출생비밀 때문에 마음이 착잡했다.

레스토랑에서 나온 아이가 팔짱을 끼므로 아버지의 눈이 휘둥그레졌다. 아이가 팔짱을 낀 게 처음이라서, 생소해서 아버지는 놀랐다.

아이와 헤어져 방향도 없는 길을 하염없이 걷던 아버지가 결심을 한 듯 공중전화부스 안으로 들어갔다. 도저히 맨정신으로 대화할 수가 없어 술기운을 빌린 아버지. 아이의 흐느낌만 수화기로 흘러나올 뿐 아무 말이 없어 아버지가 부스에 등을 붙이고 앉았다.

비바람이 세차게 윙윙대는 찬바람이 공중전화부스 문을 털거덩! 흔들었다. 말을 이어야 되는데, 뭐라 해명을 해야 되는데 입술이 떨려 눈물이 먼저 아버지를 울리고 말았다.

"지금까지 속이고 살아온 것에 대해 용서해라."

어깨 숨을 추스르는 아버지의 가슴이 부풀어 올랐다. 가슴에 상처가 되었다면 용서하라고, 입술이 떨려서, 가슴이 아파서, 자신의 가슴을 움켜쥔 손이 떨려서 아버지가 세운 무릎에 얼굴을 묻고는 용서하라는 말만 되풀이했다.

수화기로 아이의 자그마한 흐느낌이 새어나올 뿐 묻고 싶어도, 아버지가 아파할 것 같아 혼자 묻고 살아야 했던 아이의 슬픔이 가슴 저리게 파고들었다.

"이제는 한으로 안 남아요. 나를 버린 분이 어떤 분인지 꼭 한 번 만나보고 싶었어요. 왜 그렇게 나를 버려야만 했느냐고 따지고 싶었고요. 보고 싶었어요! 꼭 한 번 만나보고 싶었어요! 그런데…… 이제 어떡해요? 그분은 지금 가정이 있을 거잖아요? 그렇다면 만날 수 없잖아요? 꿈속에서 그렸던 그리움도 이젠 허상이고요. 그 허상을 어떻게 지우고 어떻게 안고 살아야 되는 거예요? 우리가 영원히 함께 할 게 아니라면 만나서는 안 되잖아요? 그분도 저도 만난 그 후의 상처를 어떻게 안고 살아가라고요! 보고 싶어서, 꿈속에서라도 품에 안기고 싶었어요. 꼭 한 번만이라도 엄마라고 부르며 안기고 싶었다고요! 언젠가는 제 앞에 나타날 것이라는 희망을 갖고 지금까지 버티며 살아왔잖아요! 저의 어릴 적 인형의 그림이 전부 엄마였어요. 소꿉장난도 함께 놀아준 인형이 엄마였다고요! 보고파도 견딜 수 있었던 건, 슬퍼도 참을 수 있었던 건 인형 속에 엄마가 있었기 때문이에요. 제가 아파하면 엄마 인형이 함께 울었어요. 엄마 손이 약손이라며 잠들지 못할 때면 자장가를 불러주던 인형이 엄마였다고요! 그분도 제가 보고파했던 만큼 아파했을까요? 그분은 꼭 저를 그렇게 버려야만 했나요. 어떻게 그럴 수가 있는 거죠! 아빠, 인간이 인간을 그렇게 무책임하게 버려도 되는 건가요?……."

흠뻑 젖은 눈망울로 아이의 입원실을 나온 아버지가 휘청거리며 걷다가 우뚝, 걸음을 멈춘다. 중환자실을 들어섰을 때 눈물 없이 흐느끼던 아주머니가 있던 침대를 간호사들이 새롭게 침대보를 까는 건, 새로운 환자를 맞이할 준비를 하는 게 아닌가! 그렇다면? 병동으로 건너올 때 건너편 장례식장으로 들어가던, 침대에 누워있는 사람의 모습을 흰 천으로 덮은 이동침대! 어딘지 낯이 익은 듯해 보였던 어깨, 흐느끼며 이동침대 뒤를 쫓던 남자? 그랬구나! 자신이 이곳에서 서성거리다 가면 아내가 덜 외로워할 것 같아서 서성인다는 남자였다! 여윈 어깨를 늘어뜨리고 흐느적거리며 걷던 남자다. 흘릴 눈물조차 말라버려 메마른 눈빛으로 살려주세요! 살고 싶어요! 흐느끼던 아주머니가 아내였으며 애들 엄마였구나! 그런 모습 보면 애들이 마음 아파할까 봐, 애들 보면 메말라 버린 눈물샘이 더 아플까 봐, 그래서 애들도 못 데려왔다고, 애들 엄마가 떠나면 저 혼자 어떻게 애들을 키워야 될지 죽고 싶은 심정이라며 입술을 떨던 남자였어, 그 남자였구나! 아픈 미소가, 건성 웃음이 허탈하게 일그러진다. 오늘만 두 명이…… 허공에 멈춘 동공이 아파서 나가려던 걸음을 주춤하던 아버지가 고개를 돌린다. 병실 끝에 아이가 누워있는 병실이 흐릿하게 울렁인다.

비상계단을 내려가다 말고 아버지가 벽에 머리를 기댄 채 흐느낀다. 죽는 모습만 이렇게 기다려야 해! 아무것도 못 해 보고…… 독백에 힘겨워 어깨가 마구 흔들리는 아버지. 그런 모습을 지켜보다가 눈으로 주고받던 그중 한 명이 아버지의 어깨에 손을 얹는다.

"안타까운 일이라도…….."

돌아서는 아버지의 표정을 빠르게 읽은 뱁새가 잠시 망설이는 기색을 보이다가 금세 표정을 바꾼다.

"매부리코 성님, 태민이지라잉!"

뱁새의 부름으로 다가온 매부리코가 아버지에게 다가와 힘든 일이 있으면 상의하게, 하고는 뱁새의 눈길을 스친다.

"매부리코 성님이 여그 병원은 꽉 잡고 있어 부링게, 아무 염려 마소. 원하는 대로 될 것이구만."

커피숍 문을 밀치고 들어온 아버지가 실내를 훑다가 손을 번쩍 들고 반기는 테이블로 급히 다가간다.

"돈을 급히 구하느라 좀 늦었습니다."

"됐어, 괜찮아. 이쪽은 부탁한 사람이고, 저쪽은 아이 아빠야."

양쪽을 인사시킨 매부리코의 표정이 느긋하다.

"사례비만 정확히 주시면 됩니다."

조선족 여성의 말투다.

"싱싱한 20대여! 물건은 무진장이니게, 조금도 걱정하지 마소!"

눈웃음을 지은 뱁새가 연신 고개를 까닥인다.

"의사와 상의해야 되는 거 아닙니까?"

조선족 여성과 매부리코를 번갈아 살핀 아버지의 기색에 조급함이 진득하게 묻어있다.

"장기이식은, 장기이식센터에서 총괄하는 거야. 연락이 가면 의사 놈들은 수술만 하는 거고. 아이가 위급하다며? 시간이 없잖아?"

장황하게 장기이식에 대해 부연설명을 한 매부리코가 거만한 기색으로 아버지의 표정을 살핀다.

"그, 그렇습니까? 처음이라 잘 몰라…… 그리고, 약속대로 나머지는 수술이 끝나는 즉시 드리겠습니다."

머리까지 조아린 아버지가 매부리코에게 돈뭉치를 건넨다.

3층 엘리베이터에서 내린 아버지가 수술실을 향해 천천히 걷는다. 깊게 심호흡을 하고는 수술전광판을 바라본다. '수술 중'이라는 불이 들어와 있다. 다음이 아이의 수술이구나. 속내로 읊조리는 가슴이 울컥한다.

초조한 마음에 아버지가 자꾸 시계를 본다.

오전 9시를 가리키고, 복도는 아버지의 숨소리만 들릴 뿐 인적이 없다. 10시가 넘어가고 있지만 수술실 문이 열릴 낌새도 없다. 이 시간이면 아이가 도착할 시간이 아닌가! 왜 아이는 안 오는 걸까? 복도 끝을 두리번대던 아버지의 눈망울이 화들짝 커진다.

"이, 이것은?"

읊조리는 아버지의 눈망울이 사나워진다. 눈빛이 붉게 타오른다. 후다닥, 몸을 돌린 아버지가 울부짖는다.

"안 돼!······."

오고가는 사람들, 브레이크 밟는 소리, 운전자가 무작정 차도로 뛰어든 아버지를 향해 소리친다.

"야! 미친놈아!"

여기저기서 괴성이 울려 퍼지고 미친 듯, 누가 봐도 미친 듯이 이리 부딪치고, 저리 부딪치며 뛰는 아버지의 행색은 미친 모습이다.

"뭐야!?······."

오토바이를 세우고, 철가방에서 음식을 꺼내다가 음식물과 함께 인도로 나뒹구는 사내가 눈을 부라린다. 후다닥, 고개를 돌렸으나 아버지의 그림자가 저만큼 사라진 뒤다.

커피숍 문을 밀치고 들어간 아버지가 우왕좌왕 실내를 두리번대다가 그들과 있던 자리로 뛰어가 울부짖는다.

"여기에 있던 새끼들 어디 갔어?"

손으로 입을 가린 채 두려운 눈망울의 여종업원이 움칠한다.

"누, 누구요?"

내뱉고는 어쩔 줄 모른다.

"어제 여기에 있던 새끼들! 그 새끼들 말야?"

"!?······."

의자를 집어 들고 울부짖다가 그 자리에 풀썩, 주저앉은 아버지가 몸부림친다.

"개자식들! 어떻게 자식의 죽음을 갖고도 장난질이냐? 더러운 자식들아! 그러니 쓰레기라는 소리를 듣는 거야, 빵잽이 새끼들아! 어떻게…… 어떻게 그럴 수가 있는 거냐? 자식이 죽어가고 있는데!…… 더러운 자식들아!……."

오후 면회를 마친 가족들이 힘없는 발걸음으로 정문을 향해 가고 있다. 외등 두 개가 서로 마주 보며 정문을 비춘다. 비상등을 켠 앰뷸런스가 요란하게 정문을 통과한다. 사라지는 앰뷸런스의 꽁무니를 멍하니 응시하던 아버지가 몸을 돌려 횡단보도 앞에 선다.

이어지는 길과 갈라지는 골목 앞에서 주저하던 아버지가 골목으로 발길을 뗀다. 쓰레기통을 뒤지던 도둑고양이가 낯선 침입자에게 으르렁거리자 아버지가 눈길을 피한다.

내딛는 아버지의 발걸음이 힘에 부쳐보였던지 구름에 걸터앉은 달빛이 느릿느릿 뒤를 밟는다. 문득, 누군가의 흐느낌에 아버지가 걸음을 멈춘다. 한손으로 아래 둥치를 껴안고, 한쪽 무릎을 꿇은 채 크윽 구토를 한다. 능력이 미치지 못하는 응어리를 알코올로 대신하는 모양이다.

"인생 뭐 있어? 눈 감고 자다가 눈 못 뜨면 영원히 가는 거잖아! 인생은- 나그네길- 빈손으로 왔다가-."

그자 비틀비틀 골목길을 빠져나간다.

병동으로 돌아온 아버지, 어느새 자신의 침실이 되어버린 간이의자에 웅송그린 채 옆으로 몸을 눕히곤 두 다리를 가슴께로 한껏 당겨 새우잠을 청한다.

한강변으로 떨어지는 가로등불빛을 받으며 지나가는 차창으로 스미는 바람이 코를 찡긋하게 한다.

다희가 곰곰이 생각하는 눈빛은, 들비의 입원에 대한 궁금증이다. 더이상 묵과할 수 있는 문제가 아니라는 판단에 통화버튼을 누른다.

창가에 서서 턱에 손을 받치고 생각에 잠겨 있던 성아가 전화벨 소리에 얼른 통화버튼을 누른다.

"응, 다희야! 뭐, 뭐라고?…… 자세히 말을 해 봐!……."

"들비가 병원에 입원했는데 아주 심각한가 봐. 오빠가 가봐야 되는 거 아니야?"

상담실로 들어서는 성아의 표정이 창백히 굳어있다.

"선생님, 그 사람의 상태가 어느 정도입니까?"

의사의 손짓에 따라 앉은 성아가 거두절미한 채 들비의 상태를 묻고는 빤히 응시한다.

"관계가 어떻게 되는지?……."

"그 사람이 입원을 할 정도면 모든 잘못은 저에게 있습니다. 제가 모든 걸 책임지겠습니다."

"심각합니다. 그리고 시간이 없어요. 아주 급할 정도로……."

중환자실로 들어선 성아에게 의사가 들비의 실체를 가리킨다. 의사의 손길을 쫓던 성아의 눈망울이 화들짝 놀란다.

"저, 저 사람이 드, 들비란 말입니까?"

10여 일 동안 물 한 모금도 마시지 못한 몰골은 뼈에 가죽만 입혀놓은 미라의 모습이다.

"저, 저 때문에 저 지경이 된 사람입니다. 살려주세요!……."

가냘픈 손은 수없이 꽂은 주삿바늘에 짓눌려 시퍼렇게 죽어있다. 손등을 쓰다듬으며 성아가 그 위에 얼굴을 묻는다.

"들비, 이렇게 아파했으면서 왜 그렇게 피한 거야? 들비가 그리워할 때면, 나도 얼마나 그리워하고 있는지를 생각해봤어? 바보야, 사랑은 피하면 피할수록 더 아픈 거래. 그래서 사랑은 사랑 안에서 아파해야 덜 아프다고 하잖아! 이젠 들비 혼자 있게 두지 않을 거야. 들비의 가슴에 내 영혼을 영원히 심어줄 테니까 다시는 아파하지 마. 사랑해, 들비야!……."

에필로그

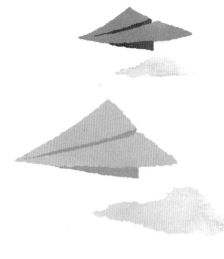

돌담에 등을 붙이고 서서 한동안 넋을 놓고 있던 아버지가 눈시울을 그대로 둔 채 더듬더듬 발길을 옮긴다.

아이의 생각에 눈앞이 흐려져 비틀대는 걸음은 먹지도, 씻지도, 못한 몰골로 병동을 서성대는 노숙자다. 오전 회진 때 여의사가 그랬던가?

"아버님, 정신 차리세요! 꼭 외계인 같아요."

그게 무슨 대수야! 아이가 죽어가고 있지 않은가. 아이를 살릴 수 있다는 생각이 의사뿐, 매달릴 수 있는 것도 병원뿐이라 병원복도를 서성일 뿐이다.

연일 비가 오락가락하는 날씨다.

중천에서 쨍쨍 내리쬐던 햇볕이 언제인 양 변덕스레 한바탕 소나기를 쏟더니 다시 햇살이 쨍쨍하다. 그러기를 벌써 몇 번째다. 후덥지근한 대기에 눈살을 찌푸리곤 걸음을 내딛는 등줄기로 땀이 흥건하다. 기지개를 켜듯 연푸른 잎사귀가 나뭇가지 위에서 바스락거린다. 어스름의 잔영이 어둠으로 잠기자 나트륨 외등이 시야를 밝힌다. 또다시 쏟아지는 빗줄기로 사방이 캄캄해지므로 한껏 움츠린 아버지가 고개를 숙이고 걷는다.

병동 처마 밑에서 하늘을 본다.

새카맣게 물든 하늘이 서서히 벗겨진다. 처마 밑에 쪼그려 앉아 있다가 몸을 일으킨 아버지가 정문을 빠져나와 건널목을 건너, 이리저리 무작정 걷다가 다시 방향을 틀어 걸어왔던 길을 그대로 걷는다.

"비켜요!"

중심 없이 갈팡질팡하는 아버지의 모습에 오토바이가 소리친다. 화들짝 놀란 아버지가 흘긋 고개를 돌리는데 오토바이가 쏜살같이 스쳐 간다.

"얌마! 차라리 나를 치고 가라!……."

"멀쩡한 날씨에 미쳤수?……."

오토바이 운전자가 뒤로 고개를 돌려 씽긋 웃고는 이마에 거수경례를 남기곤 사라진다.

횡단보도를 건너 앞만 보고 걷던 아버지의 눈망울이 혼란스럽다.

"도대체 여기가 어디지?……."

멍한 눈매로 주변을 훑으며 웅얼거리는 건, 아이가 병실에 혼자 있는데…… 그러다가 혹시? 아니야, 그럴 리가…… 아득함에 서둘러 건널목을 지나친다. 어딘가에 눈길을 둬도, 무언가를 쳐다봐도, 뭔가가 아려 눈길이 머물지를 못한다. 발길 아래서 쫓는 그림자가 무서워 아버지가 얼른 고개를 든다. 그래도 그림자가 사라지지 않아 그림자를 따라 가로수에 내려앉는 불빛이 창백하다.

혼잡하던 병동은 쥐 죽은 듯 고요하다.

환자들의 거친 숨결과 악몽을 꾸다 깨어나 괴성을 지르는 환자를 빼고는 고요하다. 맨 구석의 간이의자로 다가가 비스듬히 몸을 눕히고 잔

뚝 몸을 웅크리자 눈이 스르륵 감긴다.

장 여사와 하 사장 앞에 서류를 놓은 성아의 눈빛이 비장하다. 서류를 훑던 장 여사의 눈망울이 화들짝 커지며 입술을 뗀다.

"이, 이게 뭐, 뭐야! 무슨 서류야?……."

"보신 대로입니다!"

"본 대로라니? 그러니까 이 서류를 왜 나한테 보여주는 거야? 이 서류를 왜 가지고 왔느냐고?"

서류를 집어든 장 여사가 서류내용을 읽다가 장기기증서?…… 말문이 막힌다는 기색으로 성아를 노려본다.

"네!…… 장기기증서입니다!"

"내, 내가 이걸 왜 봐야 되는데?……."

"어머니가 장기기증을 안 하실 거면, 제가 반드시 해야 합니다."

"내, 내가 왜 장기기증을 해야 돼? 또 성아가 왜 장기기증을 해야 되는 거고?……."

"저와 어머니 때문에 아무 잘못도 없는 한 생명이 죽어가고 있습니다. 아무 잘못도 없이, 우리 가정에 피해를 준 것도 없는 사람이 죽어가고 있다고요!……."

"누, 누가?……."

"들비가요. 가슴에 멍울을 안고 죽어가고 있다고요! 들비가 죽어가고 있다고요!…… 어머니가 원하신 결과가 이것이었습니까? 어머니는 제가 평생을 죄인으로 살아가기를 바라십니까? 그렇습니까, 어머니!……."

"그런데 왜 장기기증서야?……."

"들비가 지금 장기이식을 못하면 죽어요! 죽는다고요!……."

"걔가 왜 죽어?……."

입을 다물지 못한 장 여사의 눈빛이 의문으로 휘둥그레지며 성아에게서 눈길을 거두지 못한다.

"어머니가 진정으로 원하는 자식의 행복이 무엇입니까? 어머니의 뜻에 따라 겉으로만 행복한 척하고, 속으로는 회한의 분노를 품고 사는 자식의 모습을 원하세요?……."

"?!……."

성아의 분노에 할 말을 잃은 듯 장 여사가 하 사장에게로 시선을 옮긴다. 묵묵히 침묵으로 일관하던 하 사장이 서류를 집어 든다.

"지금까지 내 아들이 나를 실망시켜본 적이 없소. 그렇다면 나는, 내 아들의 뜻에 따르는 게 옳은 듯싶소."

3층 수술실 5평 남짓한 회의실에 과 스텝인 유 교수가 크리넥스 화장지를 엄지와 검지 손끝으로 만지작거린다. 평균 15시간 이상의 대수술이라 긴장감도 있겠으나 손끝의 예민함을 증가시키려는 습성인 듯하다. 넉 대의 모니터 앞에서 영상의학과 김 교수가 수십 장의 CT(컴퓨터단층촬영), MRI(자기공영영상), 초음파, 혈관 조영 이미지를 빠르게 넘긴다. 유 교수 뒤편에는 다른 의료진들이 삼색 볼펜으로 뭔가를 적으며 긴장의 눈빛을 늦추지 않는다.

팔짱을 낀 채 영상자료를 살피던 유 교수가 김 교수에게 눈길을 보낸다.

"기증자의 장기는 어때?"

"양호한 편입니다."

김 교수가 말하곤 모니터 영상을 넘기다가 영상을 정지시키더니 좌우로 고개를 흔들고는 덧붙인다.

"문제는 수혜자의 상태입니다."

"왜?"

유 교수가 무엇이 문제야? 하고는 모니터에 바짝 시선을 집중시키다.

"환자 대변 색깔은 어땠어?"

유 교수가 집도할 주니어 교수에게 눈길을 보낸다.

"혼수상태에서 배출이 전혀 안 되었을 뿐만 아니라…… 그래서 핑거 에네마(항문에 손가락을 넣어 변이 나오게 하는 방법)를 시행하여 검사한 결과 혈변으로 응고된 상태입니다."

초진기록차트를 들고 환자의 현황을 브리핑하던 주니어 교수는 영상 의학과 김 교수를 쳐다본다.

"몸속의 혈액이 오십 퍼센트 이상 사라졌다는 건 최악의 혈전(혈관 안 에서 피가 엉기어 굳은 덩어리)상태입니다. 더군다나 사라진 혈액이 어디로 없어졌는지가 의문이기도 하고요."

입을 굳게 다문 김 교수가 유 교수의 결정을 기다리는 눈치다. 두 의 료진의 브리핑을 묵묵히 경청하던 유 교수가 지그시 눈을 감았다가 뜨 곤 천천히 의료진들을 훑는다.

"일단 열어 봅시다."

수술실 D 로제트.

수술실 문이 열리면서 아이가 누워 있는 이동침대가 서서히 들어온다. 산소마스크를 낀 채 씨 라인(혈액이나 수액을 다량으로 주려는 목적으로 환자의 몸에 연결되는 관)이 부착된 모습이다. 심장 박동, 혈압, 숨 쉬는 체크 등 4 개의 연결 단자 코드를 가슴에 꽂고 죽은 듯이 D 로제트로 다가온다.

로제트란 장미 꽃 장식을 의미한다.

중앙데스크를 중심으로 꽃잎모양으로 흩어져 있기 때문이다. 준비 된 의료기구 사이를 두고 이동침대가 자리를 잡는다.

유 교수가 수술실로 들어선다.

그의 뒤로 간이식 전문의들의 긴장된 기색이 역력한 것은, 장장 15시간 이상의 대수술은 언제나 힘든 시간이기 때문이다. 유 교수가 속옷만 남긴 채 멸균처리된 푸른 수술복으로 갈아입는다. 머리에 모자를, 입엔 마스크를 쓰고, 솔에 세척액을 묻혀 수술복 전체를 문지르곤 맨발에 슬리퍼를 신는다.

무영등이 내려 비치는 수술대 위에 기증자인 성아가 두 눈을 감은 채 잠들어 있다. 제일 먼저 수술실에 들어와 기증자를 편히 잠재운 마취의가 유 교수에게 고개를 끄덕이는 것은 마취가 잘 되었다는 신호다. 수술실 수간호사의 눈신호가 떨어진다. 보조간호사가 수술부위를 정성스레 소독을 시작하는 동안 의료진들은 고개를 숙여 묵념한다. 오늘도 무사히 성공적으로 수술을 마치기를 바라는 마음일 터다.

유 교수가 헤드라이트를 착용한다.

무영등만으로도 여러 각도에서 빛을 비춰 그림자가 생기지 않으나 수술하다 보면 보조집도의 그림자가 어른거릴지도 모를 사태에 대비해 미연에 방지하려는 것이다. 유 교수는 그런 것까지 미연에 방지하고 싶어 대수술 땐 꼭 헤드라이트를 착용한다.

유 교수가 천천히 수술대 앞으로 다가간다.

스크랩(수술 기구 사용을 돕는 간호 업무자)이 메스를 들어 유 교수 손에 쥐어주므로 어시스턴트(보조 의료인)들의 시선이 모여진다. 유 교수의 오른 편에 있는 치포(레지던트 중 최고참 주로 4년차)가 파오크다(수술 부위를 메스로 자를 선을 긋는 것)를 신중히 긋는다. 치포에 의해 그어진 선이 마무리되기를 유 교수가 바라본다. 메스로 수술 부위를 긋는 순간 복부에서 붉은 피가 샘솟듯 분출된다. 리트렉트!(벌어진 수술 부위를 안전하게 고정시키는 기구) 치포의 외침에 리트렉트를 준비하고 있던 스크랩이 얼른 치포의 손에 넘긴다.

"석션!"

치포의 지시에 바이스(부담당자인 레지던트)가 수호간사에게 눈짓을 한다. 수술용 거즈가 붉게 물들어 간다는 것은 긴장이 시작되었다는 것이다. 환자의 체온이 떨어질 것이 염려돼 냉방기가 멈춘 상태에서 하는 수술이라 복더위에 이중고다.

"간이 깨끗하고 건강하구만."

유 교수가 만족하다는 듯 고개를 끄덕이곤 우엽 쪽의 간을 절개한다. 간의 크기는 좌엽이 삼사십 퍼센트의 크기다. 그래서 유 교수가 육칠십 퍼센트의 우엽을 이식해 본 결과 기증자에게 별 이상이 없고, 수혜자에게는 많은 양의 간이 이식되기 때문에 그만큼 효과가 좋아 수혜자의 회복이 빠를 수밖에 없었다.

집도의 주니어 교수가 유 교수에게서 메스를 이어받는다. 유 교수는 수혜자의 간을 척출하기 위해 자리를 옮겨야 하기 때문이다.

직경 몇 밀리미터에 불과한 비정맥, 상형문막정맥, 하양문막정맥, 그리고 수많은 혈관을 이어야 하는 난이도의 장기이식수술. 기증자의 생체부분 이식수술 시간도 8시간 정도 걸리는 대수술이라 의료진들의 이마와 등줄기로 샘이 솟듯 물줄기가 흐른다.

건강한 간을 수혜자에게 이식하려면 그만큼 빠른 시간의 손놀림이 필요해 의료진들이 주고받는 눈빛이 무영등 사이를 번득인다.

기증자 피부봉합 시 최대한 예쁘게 봉합하시오!

기증자 수술실 벽 액자에 글씨가 씌어있다.

기증자가 대부분 부모에게 생체 간이식을 하려는 20대의 아들과 딸들이다. 이식수술 자체의 흔적이 평생 남기 때문일 터이다.

"수처를 해!"

집도의가 치포에게 복부 봉합을 하라는 지시를 하고는 허리를 펴더니 흘끔 시계를 본다. 오후 3시를 가리키는 분침과 시침이 합쳐지는 중일 때 메스를 이어받은 치포가 복부에서 리트렉터를 빼낸다. 무영등 아래 벌어진 성아의 복부가 그대로 드러나 스크랩이 치포를 바라본다. 치포가 고개를 끄덕인 것은 봉합을 시작하자는 의미다. 치포의 눈짓에 스크랩이 포셉(수술 부위조직 봉합을 위한 수술용 집게)으로 꿰맬 부위를 당긴다. 치포가 수술용 바늘로 절개된 부위를 한 땀, 한 땀 꿰맨다. 그러고는 보비!(출혈을 지혈하는 전기 지혈기) 조용히 말한다. 보조 스크랩이 꿰맨 부위가 매듭지어질 때마다 보비를 밟는다. 기증자의 봉합을 예쁘게 하시오, 라는 문구처럼 치포의 섬세한 손놀림이 한동안 치밀하게 이어진다.

"박 선생!"

치포가 성아의 봉합을 마친 후 꿰맨 부위를 세세히 살피고 나서 스크랩을 부른다. 허리를 펴는 치포의 안색이 편안한 걸 봐서는 수술에 만족한 모양이다. 치포의 눈길을 쫓아 부술 부위를 살피고 난 스크랩이 치포에게 눈길을 옮기곤 고개를 끄덕인다.

"봉합도 잘되었으니 드레싱을 마치고 회복실로 이동시켜."

수술실 입구 벽 전광판엔 수술 중이라는 불이 들어와 있을 뿐 병동복도는 아버지의 숨소리 이외 적막하다.

벌써 9시간이 흘러가고 있다. 숨이 막힐 듯해 아버지가 가슴을 쓸어내린다. 윙, 윙 대는 이명마저 현기증을 일으켜 잠시 벽에 손을 짚고 있다가 눈을 뜨고는 수술실 앞에 서서 전광판을 쳐다본다.

"종교가 무엇인지는 잘 모르지만 항상 가슴속에 신앙의 뿌리가 있었습니다."

터져 나오려는 신음을 견디지 못하고 아버지가 벽에 손을 짚곤 그 위에 얼굴을 묻는다. 손등으로 뜨겁게 번지는 물기를 얼굴로 비벼대다 머리를 감싸 안는다.

"인간의 삶과 죽음을 주관하시는 신이시여! 지금까지 신의 믿음을 생각해본 적이 없으니 의심 또한 해본 적이 없습니다. 인간에게 주어진 믿음이 얼마나 소중한 것인가를 깨우쳤으므로 신 앞에 두 손을 맞잡고 기도합니다. 눈망울을 적시며 흘리는 눈물만이 슬프게 하는 것이 아니고, 겉으로 드러낼 수 없었던 가슴을 적시는 눈물의 아픔을 아시는지요? 자신의 운명과의 싸움에서 얻어진 결과의 소산이라면 기꺼이 받아들이겠습니다. 비록 일엽편주의 불안한 항해이지만 언젠가는 파도가 가라앉은 잔잔한 물결 위에서 수평선을 바라보는 용서의 세월이 올 것이라 믿습니다. 가야 할 길이 아무리 험난해도, 당신이 주신 시련이라면 두려움 없이 가겠습니다. 혼자 감당하기에 너무 힘든 시간이었으나 지나간 시간들의 짓눌림을 용서로 받아주시고, 다가올 현실을 희망으로 인도해 주십시오. 하지만, 생을 접기에는 아무런 잘못도 없는 아이가 왜 운명에 무릎을 꿇어야 합니까? 아이를 살려주십시오! 대신, 저에게 어떠한 형벌을 준다 해도 아이만 살려주신다면 기꺼이 따르겠습니다. 제가 향하는 길에 시련이 온다 해도 후회 없이 저의 믿음을 사랑할 수 있도록……."

모태신앙인이라고 입버릇처럼 떠들어댔던 어린 시절이 떠오른다. 그래서 문득 신의 존재가 가슴으로 다가왔던 것일까? 허물어져 내린 어깨가 힘없이 늘어진 채 아버지의 오열이 멈추지가 않는다.

깊은 밤이 적막에 텅 비어있다.

먹구름이 새벽바람에 밀려 하늘을 짙게 덮는다. 음산하게 빗줄기 떨어지는 소리가 창문을 흔들고, 병원 지붕 위로 빗줄기가 무섭게 쏟아져 내린다.

새벽 3시가 넘어가고 있고 수술 시간이 18시간이 흐르고 있다. 위급 상황에서 이뤄진 수술인 데다 상태가 워낙 안 좋아 의료진들의 등줄기로 식은땀이 축축이 배어있다. 다른 의료진들이 교대로 임무를 바꿨으나 위급 상황을 전해 듣고 새벽 2시에 다시 들어온 유 교수는 꼬박 날을 샌 셈이다.

무겁게 내려앉으려는 눈꺼풀을 가까스로 치떠가며 헤드라이트에 비친 부위를 세밀히 관찰하려 신경을 곤추세운다. 장에서 간으로 공급되는 간 문맥이 심한 혈전으로 정상적인 기능을 하기에는 위험했다. 췌장 밑에서 혈관을 떼어내 새로 문맥을 만들어야 하므로 유 교수가 아니면 해낼 수 없는 고난도이며 가장 위험한 수술이기도 하다. 유 교수가 췌장에서 떼어낸 혈관을 세밀히 박리한 다음 혈관문합(끊어진 혈관을 잇는 것) 수치를 마쳐갈 즈음이다.

"딜티아젬입니다!(심박수 다운)"

스크랩이 치포에게 나지막이 속삭이고는 일렉트로 세팔로 그라피(뇌파)와 심전도 그래프를 가리킨다. 굴곡의 선이 완전히 떨어지고 있다. 옆 사람의 가는 숨소리까지 예민하게 들리는 수술실 안에서 스크랩의 음성이란 유 교수에게 천둥처럼 들렸을 터다.

"딜티아젬이라니?"

허리를 구부정하게 일으키며 유 교수가 읊조린다. 그것은 허탈함이 동반된 독백인 듯하다. 피로에 지쳐있던 유 교수의 눈빛이 갑자기 섬광처럼 번득이더니 의료진들을 빠르게 훑는다.

"여기서 포기하면 안 돼! 다들 정신 똑바로 차려! 피티(혈액응고수치)는 어때?"

"최악입니다. 더 이상 헤파린(혈액응고 억제제)을 사용할 수도 없습니다. 장시간의 수술에 의해 출혈이 많아 완전 저체온증으로 떨어진 환자의 체온을 끌어올리기란……."

치포가 말을 얼버무리고 유 교수의 날카로운 눈길을 피해 어찌해야 좋을지 모르겠다는 표정으로 다시 유 교수에게 시선을 돌린다.

"펙드 셀(수혈용 혈액)을 꽂기가 가능한 곳이면 다 꽂아! 그리고 웜셀라인(따뜻하게 데워진 식염수)을 쉬지 말고 해!"

유 교수가 심각한 표정으로 지시를 하곤 고개를 떨어뜨린다. 할 수 있는 최선을 다했는데 자신의 상식으로 도저히 이해가 안 되는 수혜자의 거부 반응이 무의식에서 일어나고 있다.

도대체 무엇 때문에 환자의 장기기능이 저토록 거부반응을 일으키는 것일까? 도저히 이해가 되지 않은 상황이란 듯 유 교수가 잠시 눈을 감는다.

"교수님, 어레스트(숨이나 심장박동이 멈춘 상태)입니다!"

그래프를 살피고 있던 바이스가 빠르게 외치고는 시피알(심폐소생전기충격기)을 스크랩에게 건네받더니 심장 위에 올려놓는다.

"환자! 환자! 무엇 때문에 이토록 거부 반응을 일으키는 거야? 정신 차리란 말야! 환자!……."

희뿌연 안개가 뒤덮인 사이로 여인의 모습이 드러난다.

'너를 가슴에 품고 살아온 세월이 얼마인데…… 세월에 묻혀 가슴 아린 시간도, 언젠가 한 번쯤은 너의 그림자를 볼 수 있을 것이란 희망 때문에 버텨왔다. 무엇이 그렇게 너를 힘들게 했기에 한 가닥 희망마저 짓밟아버리는 거냐! 내가 너를 그리워할 때면, 너의 가슴은 미움으로 아팠을 텐데…… 울고 싶으면 난 울 수 있었지만 넌, 가슴에 멍이 들까 봐 마음껏 울지도 못했잖아? 너의 마음이 아플까 봐, 울고 싶어도 너의 상처가 덧날까 봐 참고 살았는데…… 무엇 때문에, 무엇 때문에…… 아팠으면 아팠던 만큼, 울고 싶었으면 마음껏 울지, 바보야! 너의 이름만이라도 알고 싶어 수많은 이름을 써보고 지워버렸던 세월만큼 가슴에 품었던 너의 모습이 정녕 여기에 있단 말이냐! 꿈속에서라도, 한 번만이라도

너를 안고 싶어 불면의 밤을 지새웠던 시간들이 겨우 이거야! 보고 싶
었다. 미치도록 보고 싶었는데…… 가슴에서 너의 모습을 상상하며 버
텨온 세월이 겨우 이거야! 나를 미워했던 만큼 네 가슴에 켜켜이 쌓인
그리움이, 나에게는 지울 수 없는 아픔이 되어 너를 안고 살아왔어. 누
가 너를 이렇게 만들었어? 그리움과 슬픔을 묻고 살아가는 니에게 말
이다. 눈이라도 한번 떠봐. 내가 너를 그리워했던 세월만큼 너도 아팠
을 거 아니야! 가슴속에 멍울진 미움을 덜고 힘을 내봐! 아가야, 힘을 내
봐!……'

　흐느낌이 어디서부터 들려오는 울림일까? 먼 시간에서부터 겹겹이
포개어져 발현된 떨림이다. 영원히 떠지지 않을 듯했던 아이의 눈꺼풀
이 서서히 떠진다.

　뿌연 안개 속에서 희뿌옇게 드러나는 사람들은 누구인가? 수술모자
에 마스크로 얼굴을 가린 사람들. 말없이 무표정으로 내려다보는 사람
들이다. 여기가 어디이며, 이 사람들이 왜 내려다보고 있는 걸까? 마음
을 흔드는 흐느낌의 울림이 어디에서 오는 걸까? 어디에서 들려오는 흐
느낌인가! 힘겹게 울림이 전해져 오는 곳으로 아이가 고개를 젖힌다.

　여인이 가슴을 부여안은 채 울고 있지 않은가! 자신을 바라보는 눈망
울에서 왜 피눈물이 흐르는 걸까? 여인이 무슨 이유로 바라보며 눈물을
흘리는 것인가, 왜? 무엇 때문에! 아이의 가슴이 울렁인다. 어디서 본
듯한 가슴속에 묻혀있어 영원히 묻을 수밖에 없었던 그리움! 그리움만
으로 아픔과 슬픔을 묻고 살아야 했던 그분! 꿈속에서라도 만나고 싶었
던 그분! 꼭 한 번 불러보고 싶었던 그리운 이름, 엄마! 멀어서, 그래서
가까이 있어도 다가가지 못하는 그리움! 가슴이 싸르륵 저려 급격하게
커진 아이의 눈망울 따라 가슴이 짓눌려 입술이 움칠거린다.

　'가슴에 묻고 그냥 살게 두지 여기에는 왜 왔어요! 보고 싶으면 가슴

에 묻고, 슬프면 아린 대로 살게 두지…… 그렇게 가슴에 묻고 버텨온 세월이라 너무 아파서 지울 수가 없었어요! 그런데 이제 와서 가슴에 묻혀있는 그리움을 지우라고요? 지울 수가 있어야 지우고, 잊을 수 있어야 잊는 것이잖아요! 이제 와서 용서하라고요? 용서도 용서할 수 있는 게 있어요! 가슴에 멍울로 자리한 아픔을 어떻게 하라고요! 인형 속의 엄마도 용서하지 못할 거예요! 수많은 세월을 가슴에 품고 살아온 슬픔을 아니까요. 외로워서, 보고파서, 흐느끼지 않으면 견딜 수 없었던 그리움을 지켜봤으니까요! 그런데 왜 이제 나타났어요? 그동안 가슴에 품고 살아야 했던 그리움만으로 살게 두지, 내 앞에 왜 나타났는데요? 울지만 말고 말 좀 해봐요! 당신도 그립고 보고픈 마음을 한시도 잊어본 적이 없었다고 변명이라도 해봐요! 꿈속에서라도 엄마 품에 안겨 한 번만, 꼭 한 번만 자장가를 들으며 잠들고 싶었던, 얼마나 그리움에 사무쳤던 아픔인 줄 아세요? 인형 속의 엄마하고만 놀 수밖에 없었던 내 영혼을 더 이상 슬프고, 아프게 만들지 마세요, 이제 와서 어떡하라고요, 엄마!…….'

　회복실로 들어가 입술을 다물지 못하는 아버지가 그 자리에 풀썩 주저앉는다. 붉어진 눈망울에 물기가 가득하다.
　"아버님, 오셨어요!"
　여의사의 말에 아이의 눈꺼풀이 파르르 떨다가 힘겹게 떠진다.
　"아, 아, 빠!……."
　자신을 부르는 아이의 손등에 얼굴을 묻은 아버지의 오열이 어깨를 들썩이게 한다.
　"잠시 아픈 꿈을 꾸다가 깨어난 거야. 아빠가 옆에서 지켜주니까 무서워하지 마. 사랑한다, 내 딸아!……."

아이의 손등 위에서 울부짖는 물줄기가 쉼 없이 흘러내리므로 아이의 눈가로 뜨거운 물방울이 또르륵 구른다.

중환자실을 나온 아버지, 흐르는 눈물을 닦으려 하지 않는다. 중환자실을 나와 허둥대는 아버지의 발길이 멈춰지지가 않는다. 이 병동에서, 저 병동으로 미구 건너디니디가 힘에 부치면 의자에 앉아 잠시 쉬고 다시 일어나 저 병동으로 건너간다. 그런데도 발길이 힘들지 않아 편의점으로 들어가 우유와 빵을 들고 나온다.

"중환자실을 가려면 어디로 가야 합니까?"

허겁지겁 병동으로 뛰어든 여인은 아버지의 손짓을 따라 뒤도 안 돌아보고 뛰어간다.

병동을 나와 돌담을 향해 걷는 아버지가 두 팔을 활짝 편 채 깊게 숨을 들이마시고는 하늘로 눈길을 둔다. 햇살을 가렸던 구름이 흩어진다. 흩어진 구름 사이에서 아이의 할머니가 웃다가 사라지는 아침을 맞이하는 하늘엔 흰 뭉게구름이 둥실 떠있다.

회복실에서 일반 병실로 옮겨온 들비는 자신의 상처가 되살아났던지, 현실을 받아들이지 못해 몸부림친다.

"먹기 싫어요! 싫다고 했잖아요? 제발 저 혼자 있게 가만히 두세요!……."

"한 숟가락만 먹었으면 좋겠다."

아버지가 떠주는 숟가락과 죽 그릇이 바닥으로 나뒹군다.

바닥에 널브러져 있는 죽 그릇과 수저를 주섬주섬 주워들은 아버지가 아이에게 다가가서는 들비의 옷에 묻은 죽 국물을 찬찬히 닦는다.

"들비야, 힘을 내자. 여기서 주저앉으면 안 돼……."

"아빠도 보기 싫으니까, 제발 나가세요! 제발! 흑……."

그러던 어느 날 새벽이다.

"사람이 죽어요! 사람이 죽었어요!"

보호자가 화장실을 들어갔다가 소스라치게 놀라 비상벨을 누르고, 간호사를 부르고, 복도로 나와 소란을 떠는 통에 병실 전체가 아수라장이 되었다. 보호자의 외침에 아버지가 후다닥, 일어나 들비의 침대를 살피다가 뛰어간 화장실에 목을 맨 들비가 있었다.

"들비야, 이런 짓을 하면 아빠에게 미안하지 않아? 너를 지키기 위해 살아온 아빠를 생각해서라도 이래선 안 돼, 들비야!……"

들비를 안은 아버지의 절규는 들비의 어깨로 줄기를 이루며 하염없이 뚝 뚝 떨어진다. 어렴풋이 의식이 되돌아온 들비가 아버지의 어깨를 안는다.

"아빠, 정말 그러네! 왜, 아빠를 생각 못했지? 아빠, 미안해. 정말 미안해! 흑……"

그렇게 두 사람이 지치고 쇠약해져가는 어느 날이다.

꽃을 한 아름 안은 성아가 병실을 찾았으나 성아의 등장으로 인해 들비의 광기가 또다시 살아났다.

"나가요! 여기는 왜 왔어요? 빨리 나가요!……"

집기를 집어던진 들비가 광폭하게 몸부림치기 시작한다.

자신의 초라한 몰골을 보여주고 싶지 않았겠으나 더 이상 상처를 받아들일 용기가 없었을 터다.

"미안해. 모든 것은 나의 잘못이야. 미안해, 들비야!……"

들비의 손을 잡으려 하는 성아와, 성아의 손길을 뿌리치는 들비가 악을 쓴다.

"나가요! 다시는 내 앞에 나타나지 마세요! 이만큼 아픈 걸로 충분해요."

더 이상 안 되겠다 싶은 아버지가 성아를 눈짓으로 병실 밖으로 나오게 한다.

"자네의 약속대로 기증자가 자네라는 걸 말하지 않았는데, 상태를 봐가며 진실을 알려야겠네."

"아버님, 들비를 처녀귀신 안 만들 거죠? 그러면 저에게 보내주세요. 죽든, 살든 들비와 남은 운명 함께 하겠습니다."

"사랑은 두 사람의 몫이지만 결혼은 가정사라네."

"부모님께서도 허락하셨습니다."

"들비의 현재 심경을 몰라 뭐라 할 말이 없네."

"아버님은 끝까지 비밀을 지켜주시고 아무 말씀 마세요."

천천히 성아에게 다가간 아버지가 성아를 안더니 그의 어깨를 토닥이며 흐르는 눈물을 그대로 둔다.

하늘 중천으로 솟아있는 햇살이 포근히 내려앉고 있다.

뒤에서 휠체어를 미는 성아의 입가로 성근 미소가 잔잔히 흐른다. 그런 성아의 미소를 바라보는 들비의 눈빛이 반짝이는 건, 그동안 성아에게 미안한 마음이 쉽게 사라지지 않아서이다.

성아가 병문안을 올 때마다 그를 얼마나 홀대를 했는지를 자신이 잘 알기 때문이다. 그럴 때마다 너그러운 미소로 묵묵히 기다려준 그가 고마울 따름이다.

성아의 정성스런 간호로 들비의 건강은 하루가 다르게 호전되어 갔다. 그토록 반항하던 들비가 성아의 묵묵한 숟가락을 거절하지 못하고 받아먹다 보니 볼에도 살짝 살이 붙기 시작했다.

"들비, 날씨가 너무 좋지?"

돌담으로 다가온 성아가 휠체어를 돌려세워놓고는 하늘을 바라본다.

"너무 청량한 게 기분이 좋아요."

"들비가 퇴원을 하면 제일 먼저 가보고 싶은 곳이 있어."

"어디에요?"

"우리가 마지막으로 갔던 바닷가를 가보고 싶어."

"헌데요…… 전 자신이 없어요. 평생 불구로 살아야하는 제가 무엇을 원하겠어요."

"들비는 충분한 자격이 있어. 왜냐하면 나로 인한 상처를 받은 아픔이기 때문에 자격이 있고, 무엇보다도 중요한 것은 들비의 가슴에 나의 영혼이 담겨져 있어서 나는, 들비를 영원히 보호해야 할 의무가 있어."

"가슴에 영혼이!…… 그, 그러면?……."

"그래, 우리의 가슴엔 나의 영혼이 반반씩 있는 거야. 들비, 사랑해. 나와 결혼해 줘."

미래웨딩홀의 입구가 하객들로 붐빈다.

하객들을 맞이하느라 정신이 없는 아버지. 아버지 곁에서 하객들에게 인사하느라 후배들 역시 바쁘다.

"고릴라 형님! 어서 오십시오. 오늘은 더 핸섬해 보이십니다."

"기린 형님, 어서 오십시요! 새신랑처럼 신수가 훤하십니다."

"딱부리 형님, 작년보다 더 젊어지셨습니다. 새 장가 가셔야지요?"

망치, 번개, 황소를 비롯한 후배들의 인사가 예식장을 울린다.

예식을 알리는 방송을 듣고 식장 입구에 선 아버지.

오늘은 아이를 즐겁게 보내야 된다고 수없이 다짐을 했다. 하지만 자꾸 가슴이 울렁거려 눈을 감았다가 뜨고 반복을 해도, 찌릿한 마음이 가라앉지를 않는다.

웨딩드레스를 입고 등장하는 아이를 보는 순간, 그토록 참아야 된다고 다짐을 했건만 눈망울이 시려 견딜 수가 없다. 참으려 해도 떨어지는 물방울을 어찌지 못한 채 아이의 손을 잡고는 신부화장 지워지면 안 된다, 당부를 했으나 정작 아버지의 볼로 물방울이 떨어져 구른다. 아버지의 손을 잡은 들비의 화장은 이미 물기로 흘러내리고 있었다. 두 사람의 사연을 아는 하객들 또한 흐르는 눈물을 닦으며 아버지가 성아에게 넘겨주는 손을 눈물로 지켜본다.

주례사가 시작된다.

"주례를 수없이 해보았으나 이번 주례처럼 감동을 받은 주례가 없었습니다. 백년가약을 맺은 두 사람은 물론, 함께한 모든 분들의 축복이라 생각합니다."

목사의 주례사를 듣던 어떤 사람이 자리에서 벌떡 일어나서 주변의 시선을 끌더니 갑자기 목청을 높인다.

"목사님, 홧팅!"

하객들의 웃음소리가 훈훈하게 퍼지며 꽃을 피운다.

승용차 앞에 선 아버지가 들비의 손을 잡고는 미소를 짓는다.

"아빠는 들비를 믿어. 행복해라."

"아빠, 너무 힘들게 해서 미안해. 정말 미안해요."

아버지의 품에 안긴 들비의 볼로 흐르는 물기는 그동안의 가슴 저린 아픔의 흔적이었으리라.

성아의 손을 꼭 잡은 아버지가 고개를 끄덕인다.

"어서 출발하게!"

사라지는 승용차의 뒷모습에서 아버지가 눈길을 거두지 못한다.

"고생 많으셨습니다."

조용히 다가온 장 여사가 고개를 숙인다.

"부족함이 많은 아이를 받아주셔서 감사합니다."

"딸 하나 얻었습니다."

"감사합니다."

아버지에게 미소를 건넨 장 여사의 그림자가 건물 뒤편으로 모습을 감춘다. 그녀에게서 눈길을 돌린 아버지가 하늘로 시선을 둔다.

"어머니, 다 지켜보셨지요? 저는, 어머니와 들비한테 약속을 지켰습니다."

하늘로 보낸 눈길에 옅은 새털구름 사이로 뭉게구름이 둥실 떠있다. 아버지, 들비가 사라진 그림자를 쫓아 발길을 내딛는다.

그 어떤 고난도 '사랑'만 있다면
반드시 극복해 낼 수 있습니다!

권선복
도서출판 행복에너지 대표이사
한국정책학회 운영이사

　세상살이가 아무리 큰 시련을 준다 하여도 나를 지지해주고 사랑해
주는 가족만 있다면 분명 이겨낼 수 있습니다. 그렇기에 멀리에 있든,
바로 곁에 있든 가족이 있는 한 세상은 언제나 내 편입니다. 특히 부모
자식 간의 사랑은 그 어떠한 가치보다 소중하며 위대한 힘을 가지고 있
습니다.

　『둥지 위에 매미』는 힘겨운 현실이 주는 상처를 끌어안고 살아가는
현대인들의 마음에 작은 온기와 위로를 전하는 책입니다. 저자의 생생
한 경험을 바탕으로 한, 독자의 마음을 애끓게 하는 이야기는 행복의 진
정한 의미가 무엇인지 다시금 되새기게 합니다.

　이 아름다운 이야기가 영화화, 드라마화 되어 전국 방방곡곡에 행복
의 기운을 전파해주기를 바라오며 모든 독자분들의 삶에 봄햇살처럼
온기 가득한 나날이 늘 함께하기를 기원드립니다.

연탄 두 장의 행복

이재욱 지음 | 값 13,500원

현재 부천작가회의 회장이자 수주문학상 운영위원으로 활동 중인 이재욱 소설가의 「연탄 두 장의 행복」 노년층, 이혼녀, 불법체류 외국인 등이 우리 사회에서 겪는 참담한 현실을 생생히 전한다. 제목과는 완전히 다른, 섬뜩한 결말을 담고 있는 「연탄 두 장의 행복」을 필두로 총 아홉 편의 단편소설들이 환희와 슬픔, 불행과 행복을 그려내고 있다.

조력자의 힘

서윤덕 지음 | 값 15,000원

여군 출신의 한 여성이 부모로, 사업의 조력자로, 강사로 살아가며 타인의 행복한 삶을 위해 늘 노력하고 열정을 쏟는 과정에 대해 담은 책이다. 군 생활 중 전우애를 통해 타인을 돕는 기쁨의 참된 의미를 깨닫고 이를 우리 삶에 어떻게 적용할 것이며, 그 작은 도움 하나가 우리 사회를 얼마나 행복하고 풍성하게 만드는지를 가슴 따뜻한 글발로 엮어 내었다.

잘나가는 공무원은 어떻게 다른가

이보규 지음 | 값 15,000원

9급 말단에서 1급 고위공무원으로 나아가는 과정을 경험을 토대로 세세히 기술하고 다양한 자기계발 소스들을 중간중간에 삽입하여 재미와 실용이라는 두 마리 토끼를 한꺼번에 잡아내었다. 한국강사협회와 삼성경제연구소에서 선정한 '명강사'인 만큼 스토리텔링의 탄탄함은 독자의 흥미를 끌기에 충분하다.

긍정에너지

권선복 외 32인 지음 | 값 20,000원

여기 각자의 분야에서 나름대로 성공을 거둔 33인의 멘토가 있다. 수많은 난관을 극복하고 끝내 행복한 삶을 성취한 그들만의 특별한 비결은 과연 무엇일까. 책 「긍정에너지」는 성공을 거머쥐기 위해 반드시 갖춰야 할 자세 '긍정'의 힘이 얼마나 위력적인지를 다양한 목소리를 통해 들려준다.

된다 된다 책쓰기가 된다!

오경미, 이은정, 유길문 지음 | 값 15,000원

책 『된다 된다 책쓰기가 된다!』는 CEO를 비롯한 리더들을 위해 '책을 쓰기 위해 무엇을 준비해야 하고 어떠한 과정을 거쳐야 하는가'를 상세하게 담아내고 있다. 특히 다양한 그리스로마신화를 예로 들면서 책쓰기 비법을 설명해주어 독특한 재미를 전하고 있다. 눈을 뗄 수 없게 만드는 신화 관련 미술품들은 그 자체만으로도 충분한 볼거리를 선사한다.

사업에 성공하는 조건

오신우 지음 | 값 15,000원

책 『사업에 성공하는 조건』은 현대경영학에서 여전히 외면되고 있는, 타고난 '소질'과 '운명'의 중요성을 천명하고 있다. 이 독특한 인문경영서는 사업을 하고 있거나 준비 중인 사람이 반드시 알아야 할 2가지 조건 외에도 사업과 최신 경영의 핵심인 가치관 경영, 시스템 경영, 관료주의 혁신 등을 제시하고 있다.

열정으로 이룬 꿈, 마흔도 늦지 않아

이철희 지음 | 값 15,000원

책 『열정으로 이룬 꿈, 마흔도 늦지 않아』는 마흔셋이라는 (업계에서는 많이 늦은) 나이에 정식 은행원의 꿈을 이룬 이철희 전 IBK기업은행 지점장의 인생역정, 성공 스토리, 자기계발 노하우를 담고 있다. 이미 KBS에서 방송된 강연 100도씨를 통해 자신의 이야기를 세상에 알렸지만, 거기에 다 담지 못했던 에피소드와 온기 가득한 삶의 여정이 감동적으로 펼쳐진다.

50년 호텔 & 리조트 외길인생

나승렬 지음 | 값 15,000원

책 『50년 호텔 & 리조트 외길인생』은 평생을 호텔&리조트 사업에 바쳐온 관광 분야의 전문가이자 산증인이 전하는 우리 관광업계의 과거와 미래, 비전과 희망에 대해 담고 있다. 우리 관광업계가 마주한 문제점을 지적하고 동시에 대안을 제시하고 있으며, 장인정신으로 무장한 저자의 열정이 책 곳곳에서 빛을 발하고 있다.

취준생에서 CEO까지!
양형남 지음 | 값 15,000원

책 『취준생에서 CEO까지』는 취업이라는 현실과 명확하지 않은 꿈 사이에서 갈피를 못 잡고 우왕좌왕하는 젊은이들은 물론 날로 각박해지는 삶의 무게에 힘겨워하는 중장년층까지 꼭 필독해야 할 깨우침을 담고 있다. 그럴듯한 이론에 미사여구를 덧붙인 자기계발서가 아닌, 현실에 대한 명확한 인식과 미래에 대한 구체적인 설계를 돕는 인생 경영서이다.

포기 하지마 넌 최고가 될 거야
권기헌 지음 | 값 15,000원

책 『포기하지 마! 넌 최고가 될 거야』는 본격적으로 험난한 인생길에 접어든 젊은이들에게 전하는 '격려와 조언'을 담고 있다. '자아, 지식, 열중, 긍정, 소통, 창의, 감성, 꿈'이라는 주요 키워드를 중심으로, 어떻게 하면 자신이 원하는 인생을 살아갈 수 있는지에 대해 따뜻한 목소리로 자세히 설명하고 있다. 취업과 경제적 사정 때문에 늘 고민이 많은 우리 청년들이 이 책을 통해 자신감을 얻고 밝은 미래를 위한 청사진을 구축하기를 기대해 본다.

넘어진 후에야 비로소 나를 본다
김세미 지음 | 값 15,000원

『넘어진 후에야 비로소 나를 본다』는 실패와 좌절 후에 부족한 점은 무엇이었는지 점검하고 다시 도전할 수 있도록 독자를 독려한다. 현재 한국이미지리더십 연구소 대표이며 국가원로회의 전문위원으로 활동 중인 저자가, 20여 년 사회생활 경력을 토대로 전하는 위기관리 및 자기경영 노하우가 책 곳곳에서 빛을 발하고 있다.

청춘이고 싶다 청춘이 아니어서
정철수 지음 | 값 15,000원

책 『청춘이고 싶다 청춘이 아니어서』는 우리 대한민국이 현재에 이르기까지 온갖 열정을 다해 삶을 살아온 베이비부머 세대의 추억과 희로애락을 담고 있다. '철수와 영희'로 대변되는 어린 시절의 기억에서부터 시작하여 청년을 거쳐 중년에 이르기까지, 대한민국의 역사와 그 궤를 함께한 자신들의 성장과정을 생생히 그려낸다.

Happy Energy books

좋은 **원고**나 **출판 기획**이 있으신 분은 언제든지 **행복에너지**의 문을 두드려 주시기 바랍니다.

ksbdata@hanmail.net   www.happybook.or.kr   단체구입문의 ☎010-3267-6277

도서
출판 **행복에너**

하루 5분 나를 바꾸는 긍정훈련
행복에너지

'긍정훈련'당신의 삶을 행복으로 인도할
최고의, 최후의 '멘토'

'행복에너지 권선복 대표이사'가 전하는
행복과 긍정의 에너지, 그 삶의 이야기!

권선복

도서출판 행복에너지 대표
대통령직속 지역발전위원회
문화복지 전문위원
새마을문고 서울시 강서구 회장
한국정책학회 운영이사
영상고등학교 운영위원장
아주대학교 공공정책대학원 졸업
충남 논산 출생

국민 한 사람, 한 사람이 모여 큰 뜻을 이루고 그 뜻에 걸맞은 지혜로운 대한민국이 되기 위한 긍정의 위력을 이 책에서 보았습니다. 이 책의 출간이 부디 사회 곳곳 '긍정하는 사람들'을 이끌고 나아가 국민 전체의 앞날에 길잡이가 되어주길 기원합니다.

＊＊ 이원종 대통령직속 지역발전위원회 위원장

'하루 5분 나를 바꾸는 긍정훈련'이라는 부제에서 알 수 있듯 이 책은 귀감이 되는 사례를 전파하여 개인에게만 머무르지 않는, 사회 전체의 시각에 입각한 '새로운 생활에의 초대'입니다. 독자 여러분께서는 긍정으로 무장되어 가는 자신을 발견할 수 있을 것입니다.

＊＊ 최 광 국민연금공단 이사장

권선복 지음 | 15,00

"좋은 책을
만들어드립니다"

저자의 의도 최대한 반영!
전문 인력의 축적된 노하우를 통한 제작!
다양한 마케팅 및 광고 지원!

최초 기획부터 출간에 이르기까지, 보도 자료 배포부터 판매 유통까지! 확실히 책임져 드리고 있습니다. 좋은 원고나 기획이 있으신 분, 블로그나 카페에 좋은 글이 있는 분들은 언제든지 도서출판 행복에너지의 문을 두드려 주십시오! 좋은 책을 만들어 드리겠습니다.

| 출간도서종류 |

시·수필·소설·자기계발·일반실
인문교양서·평전·칼럼·여행기
회고록·교본

도서
출판 **행복에너지**
www.happybook.or.kr
☎010-3267-6277
e-mail. ksbdata@daum.net